천성래 대하소설

正本 **국경의 아침**

천성래 대하소설

正本 **국경의 아침**

③

제2부 목마른 산하(山河)

지우출판

正本
국경의 아침 ③

제2부 목마른 산하(山河)

인쇄 / 2022. 9. 25.

발행 / 2022. 10. 5.

지은이 _ 천성래

발행인 _ 김용성

발행처 _ 지우출판

출판등록 _ 2003년 8월 19일

서울시 동대문구 천장산로 11길17. 204-102

TEL: 02-962-9154 / FAX: 02-962-9156

ISBN 978-89-91622-95-1   04810

ISBN 978-89-91622-92-0   04810 세트 전10권

lawnbook@hanmail.net

값 16,000원

차 례

제19장 모란봉 악단 공연 날에

1

정숙은 하루 종일 목을 혹사시킨 탓에 해질녘에는 다시 목이 잠겨 겨우 토막말을 해야 했다. 해가 지는데도 선전원의 일은 끝날 기미가 보이지 않았다. 몸은 녹초가 되었는데 어둠속에서도 목소리를 빳빳이 일으켜 세워야 했다. 점쟁이무당의 영신靈神이라던가. 병이 들어 골골 앓다가도 굿거리를 만나니 펄펄 날뛰는 사람처럼 고성기확성기만 잡으면 앙칼진 목소리가 튀어나왔다.

덕순이가 건강을 회복해 기업소에 다시 나오는 것을 보고 정숙은 사람의 목숨이 참으로 질기다는 것을 깨달았다. 같은 기업소에 있는 탓에 하루에도 마음만 먹으면 언제나 만나볼 수 있지만 선전원 직분을 수행하면서 덕순 동무를 만나볼 한 식경의 여유조차 생기지 않았다. 그런데 이상한 것은 덕순이가 예전과 달리 정숙에게 지나치게 사근사근하다는 것이었다. 기업소에서도 일을 하는 중에 빠져나와 정숙을 찾아와서 이런저런 말들을 늘어놓았다. 덕순이와 수다를 떠는 것이야 예나 지금이나 특별할 것도 없지만 덕순은 말끝마다 박태산에 대한 말을 끄집어내는 것이었다.

정숙은 덕순의 입에서 태산의 말이 튀어나올 때에 마치 아이가 경기를 하듯 깜짝 깜짝 놀랐다. 평양 김만유 병원에 입원해서 이처럼 사람 구실 하도록 도움을 주었다는 말로부터 시작해서 어디서 들었는지 모를 태산에 대한 영웅담을 읊거나 장차 아들 동실에 대한 내일날미래의 찬란한 계획까지 정숙이 듣기로는 터무니없는 이야기를 늘어놓았다. 무 밑동같이 외로운 동무라고 듣기 싫은 말에도 말시답을 해주다 보니 덕순은 무장 밑도 끝도 없는 말을 늘어놓았다.

조기백의 아낙네아내만 아니라면, 딸애 봄이가 은근히 연분하고 있고, 또한 아들 참이가 하루라도 보지 않으면 안 될 정도로 죽고 못 사는 동실의 어미만 아니라면 귀가 따가울 정도로 듣기 싫은 태산이 동무에 대한 덕순의 풀무질을 단박에 내쳤을 터이었다. 정숙은 무엇보다 덕순의 이처럼 바뀐 태도가 리해되지 않았다. 태산의 도움으로 평양 병원에 가서 검병진찰과 치료를 받고 생활을 다시 시작할 정도로 회복해서 돌아온 것은 당연히 축복해 줄 일이지만 난데없이 찾아와서 예전에 않던 행동을 하는 것이 여간 마음에 거슬렸다.

태산에 대한 덕순의 편역은 남달랐다. 태산이 곁에서 겻불만 쬐더라도 아들 동실의 앞날은 완전히 구름장이 걷힌다는 것이었다. 공화국에서 같은 인민으로 태어나 어찌 구 만 리 창공을 한번 날아보지도 못하겠느냐며 간곡히 하소연했다. 공화국에서 녀자의 팔자는 사내를 누구로 만나느냐에 달려 있다고 했다. 자식들을 군에 보낸 녀성 동무들에 대한 이야기를 늘어놓으면서도 어느 동무 자식은 군에 간지 2년도 되지 않아 휴가를 두 번을 나왔다는 둥, 평양에 사는 한 녀성 동무는 아들이 함경도 무산에서 군대생활을 하는데 1년에 면회 3번을 다닌다는 둥, 사내를 잘 못 만난 녀성 동무들은 10년 동안 군에 간 자식의 얼굴 한번 보지 못했다는 둥, 별의별 말을 늘어놓았다.

– 정숙 동무, 에구 하품을 하니 너구리 눈이구나~

– 아니, 뭐에요? 너구리 눈이라니~

정숙이 공화국의 질이 나쁜 눈썹먹마스카라을 사용해서 폼을 냈지만 하품을 하자 흘러나온 눈물에 젖어 금세 검정물이 눈가에 흘러 묻은 것을 보고 덕순이가 비아냥하는 말을 했다.

- 보라, 정숙 동무. 구홍연지, 립스틱이래 어찌 그리 칙칙하누. 나그네남편 잘 만나면 기깟 공화국 연지며 눈썹먹마스카라은 처다보지도 않는다~

- 덕순 동무, 팔자 드세 나그네남편 없는 주제에 오늘 보자니 어찌 속을 빡, 빡 긁어대니~

정숙은 덕순의 긁어대는 말에 잔뜩 약이 올라 퉁을 주어버렸다. 공화국의 군인들이 어떻게 연명해 나가는지 정숙 역시 알고 있었다. 돈이 많은 인민들은 자식을 군대에 보내지 않으려고 애를 썼다. 군대에서 별을 달고 있는 장성들은 자식들이 편히 군대 생활을 하도록 자신이 근무하는 부대로 발령을 낸다고 했다. 입이라도 덜려고 군대를 자원했던 시절도 있었지만 이제 공화국 당국에서 군인들에게조차 식량을 제공하지 못하게 되자 양식을 구해오라는 조건으로 휴가를 보내준다는 것이었다. 군인들 역시 혹독하게 노동을 하지 않으면 편히 밥을 먹는 시대는 이미 공화국에서 잊혀진 얘기였다.

큰 건물을 짓는데 동원되는 7총국이나 8총국 군인들이 이제 건설업은 물론 농사짓는 데에도 동원되고 있었다. 6~7명이 한 조가 되어 농사를 짓는 부업조를 운영하고 있었고, 토끼나 돼지 등을 키우는 2명의 돈사豚舍 당번까지 지정하고 있다는 것이다. 농촌 주변의 군인들은 무조건 농촌 일에 의무적으로 동원되고 있었다. 군에서 휴가라는 일정의 규정은 있지만 이런 특수 목적 이외에 부여되는 경우란 없었다.

포상휴가란 명목은 대개 물자 구입의 명목을 지니고 있었다. 탈영병을 잡으러 가는 경우에 잠깐 집에 들르는 휴가도 있다고 했다. 공화국에서 자식을 군대에 보내고 10년 동안 자식의 얼굴도 보지 못하는 부모들이 태반이라는 것이다. 잘사는 집안 자식들은 휴가를 마치고 귀대

할 때 반드시 비닐 장막이나 돼지, 석탄 등을 가져와야 했다.

　공화국의 사정이 이렇게 되자 군대를 면제받으려고 엄지손가락을 절단하는 경우도 있었다. 염장무, 염장 배추가 전부인 군대식 반찬은 공화국 젊은이들의 희망을 일찍부터 소금에 절여버린 셈이었다. 장차 자식들을 공화국의 군대에 보내야 하는 부모들은 누구나 이런 공화국 군대의 실태를 알고 있었다. 그래서 덕순의 말장난에 정숙은 크게 동요하지 않았다.

　덕순은 장차 아들 동실을 군에 보내 박태산의 도움을 빌어서 공화국에서 떵떵거리며 살겠다는 포부까지 밝혔다. 이런 덕순의 얘기들은 공연히 튀어나온 말이 아니라 태산의 그늘에서 싹을 트고 나온 말이 분명해 보였다. 군대를 다녀와야 사내들은 출세를 한다는 말도 있고 공화국 사내치고 군대 가는 것이야 당연지사지만 아직 초모징집도 전에 군대 들어가서 떵떵거리고 살 거라는 덕순의 말은 실로 믿기지 않았다. 하루를 마감하는 늦은 저녁까지 정숙의 곁에 다붙어서 급기야 태산의 이혼에 관한 얘기까지 정숙의 귓전에 흘리는 덕순의 말끝에 정숙은 허공에 대고 크게 외치기 시작했다.

　- 동무들이여 명제품, 명상품으로 최고의 실적을 냅시다!

　성숙은 신의주 직포공장 앞 네거리로터리에서 작업을 마치고 귀가하는 동료들을 향해 마구 외쳐대고 있었다.

　- 국산품을 증산하고 애국 증산의 열풍, 비약의 열풍으로 국산화를 실현합시다!

　어둠이 깔린 네거리를 빠져나가는 동료들이 정숙의 외침을 따라 구호를 외치고 있었다. 정숙은 이쪽저쪽 장소를 옮겨가며 큰소리로 외쳤다. 정숙의 발바닥에는 언제부터인지 티눈까지 깊게 박혀 있어서 걸을 때에 절뚝거리는 모습이었다. 정숙이 가는 데로 덕순 역시 바짝 따라 붙고 있었다.

– 황금벌, 황금해, 황금산의 새 력사를 펼쳐 나갑시다!

덕순을 의식하며 정숙은 더욱 목소리를 곧추세우고 있었다. 정숙의 목소리가 빳빳하게 어둔 하늘을 찌를 때 덕순은 공연히 입술을 실쭉거렸다.

– 견인불발의 의지로 떨쳐 나갑시다, 인민의 심장에 혁신의 불을 달굽시다!

정숙은 두 개의 구호를 부러 몰아서 빈틈없이 기업소의 동료들의 의식에 불을 지피고 있었다. 이렇게 몇 식경이나 흘렀는지 노을빛으로 물들어 있던 서녘 하늘에서 내려오는 어둠이 정숙의 주위에 포진하는 듯이 깔려 있었다. 덕순은 그림자처럼 정숙의 뒤에 붙어서 쯧, 쯧 혀를 차며 정숙을 따르고 있었다. 정숙은 종일 절뚝거리며 뛰어다닌 탓에 이제 더는 소리칠 여력도 없었고 뱃가죽이 등에 붙을 정도로 허기가 져서 어깨마저 축 처져 있었다.

흔들리는 버스를 타고 집 앞 정류소에서 같이 내려서 걸어가다 골목 네거리에서 헤어지려 할 때 덕순이가 정숙의 등 뒤에서 혼잣말처럼 시부렁거렸다.

– 정숙 동무, 남쪽 군인 가족들이 공화국에서 더 힘들어질 거라는데~

– 덕순 동무, 기딴 소리 집어치우라. 참이 할아버지 땅속에 묻힌 거 언제 적 일이니~

정숙은 가던 길을 멈춰 돌아서며 덕순을 향해 벌차게쾌활하고 세차게 말했다. 정숙은 봄이 할아버지도 떠나 마당에 나ㄱ네남편와 이어진 남쪽의 친척으로 인하여 문제될 것이 전혀 없다고 생각했다.

－ 천 년이 흘러도 핏줄이란 게 어데 땅속에 묻히는 거 봤대나? 봄인 그렇다치구 참인 그저 제 핏줄 이어줘야 하지 않니~

－ 아니 덕순 동무 보자니 못할 소리가 없다~ 한 번 더 기딴 소리 지껄였다간 그 입술 떠깡이(덮개) 줴매(매)버리갔시오~

정숙은 덕순을 향해 버럭 화를 냈다.

－ 에그나, 고저 존심(자존심) 하난 하늘 찌른다니~머리오리(머리카락) 하나 건들면 목뗄미(멱살) 덜컥 잡히갔구나야~

정숙은 덕순의 고아대는(떠드는) 소리에 더는 말자루를 빼틀지(빼앗지) 않고 돌아서서 묵묵히 걸었다. 덕순이 터벅터벅 몇 발자국 따라와서 정숙의 귓전에 또다시 애숙허듯한(애타듯한) 소리를 흘리고 있었다.

－ 정숙 동무 고저 팔자 한번 바꿔대면 참이 내일날(미래두) 활짝 열릴 테고 오장육기에 열대메기가 다 뭐이니? 고층살림집(아파트)에 그하냥 강심살이(고생살이) 한 거 갈아엎고 높으신 사모님 소리도 들을 테고 그저~

덕순의 조잘거리는 말을 어깨너머로 흘리면서 정숙은 흔들리지 않으려고 애를 썼다. 덕순이 무엇 때문에 자신에게 접근했는지 이제 정숙은 확실히 알 것 같았다. 태산이가 덕순을 자동차에 태워 평양 병원에 데려가서 치료를 받도록 했던 깃도, 조기백의 황량한 무덤에 대리서 묘비를 세워준 것도 모두 까닭이 있었음을 깨달았다.

정숙은 가던 걸음을 우뚝 멈추고 어둠 속에서 덕순을 묵묵히 노려보았다. 덕순이 코빵(무안)을 맞은 탓에 더는 정숙을 따라오지 못했다. 덕순이 잠에서 갓 깨어난 도깨비 같은 모습으로 어슴푸레 멀어지는 모습을 보고서야 정숙은 집을 향해 골목길을 절뚝절뚝 걸었다. 이날 따라 명호 동무 역시 집에 돌아오지 않고 있었다. 정숙은 건성건성 늦은 저녁을 지어 먹고 퇴마루에 앉아 봄이 더러 연필 한 자루를 가져오게 하였다.

― 어머니, 연필은 어데 쓰시려 그럽니까?

― 발바닥에 티눈이 고저 어찌나 깊게 박혔는지~

티눈이 박힌 발바닥이 땅에 닿을 때 통증이 심했다.

― 티눈이 박혔는데 어째 연필을~

― 공화국 인민들한테 약이 고저 어데 있니? 옛날 네 외할머니 보니깐 두루 티눈에는 이 연필심이 직효더구나~

― 외할머니 보고 싶다. 어머닌 안 보고 싶습니까?

애들은 말만 들었지 외가 식구들을 한 번도 보지 못했다.

― 헷뜬_{잠꼬대} 소리 말라. 난데없이 어찌 외할머니 보고 싶다는 얘길 꺼낸다니~

정숙은 공연히 봄이한테 소리를 질렀다. 한새기_{한동안} 모른 척 잊고 살려 해도 문득 문득 떠오르는 것이 친정집 식구들이었다. 수용소에 갇혔다는 말만 들었지 어디에 있는지 살아는 있는지조차 정숙은 알지 못했다. 생각을 하면 왈칵왈칵 울음덩어리가 목을 메이도록 했지만 용케도 버텨온 세월이었다. 정숙은 부러 가슴 밑바닥에 자리 잡고 있는 가족에 대한 그리움의 똬리를 꾹, 꾹 눌러 내렸다.

연필심을 곱게 깎아내어 쓰리고 따가운 발바닥 티눈의 집에 들이부었다. 흑연에는 치명적인 독이 있다고 했다. 티눈 역시 죄 없는 공화국 인민들의 발바닥에 똬리를 틀고 자꾸 뿌리를 내리려고 했다. 한번 자리 잡은 티눈은 피를 빨아먹고 밑으로 깊게 뿌리를 내리면서 발바닥 전체를 점령하려 애를 썼다. 하지만 제아무리 질긴 디눈이라도 흑연의 몸을 깎이는 투혼에 맞닥뜨리면 뿌리를 거두어야 했다. 독은 강한 독을 만나야 비로소 풀린다고 했던가. 생활과 경험에서 티눈의 천적이 흑연 가루임을 아는 공화국 인민들은 생명을 위협하는 어떤 독성을 만나더라도 헤쳐나갈 방법을 찾아 나가고 있었다.

정숙은 허리가 뭉텅 잘려나가는 듯한 고통 때문에 잠을 이루지 못하고 있었다. 봄이 아버지 또한 자정이 되어서야 집에 들어왔다. 정숙은 종일 고아대던외치던 목소리마저 땀에 절은 듯이 자꾸 속으로만 가라앉고 있었지만 애써 한 마디를 꺼냈다.

— 봄이 아버지, 꼭두새벽에 나가지 않았소? 신변에 무슨 일이라도~

— 일전에 말했던 춘희라는 제자 일루~

명호는 제자의 일로 가사家事에 등한시한 게 마음이 걸렸다.

— 에그, 남조선에 탈북한 가족의 딸애라 하지 않았소? 그렇잖아도 반쪽 딱지 붙은 양반이 어찌 위험한 일에 관여한단 말이에요?

정숙은 덕순에게 들은 말도 있고 해서 나그네남편의 일에 편역을 들어 줄 입장이 전혀 되지 못했다. 정숙의 꼬집는 듯한 말에 봄이 아버지 역시 딱히 변명할 구실을 찾지 못해 묵묵부답이었다.

— 살밭은가까운 사이도 아닐 테고 결쩌면 친척를 돕는 일도 아닐 텐데 우정일부러 진창에 빠지지 말자구요. 듣자니 명호 동무 같은 남쪽 군인 가족들이 공화국에서 앞으로 더 힘들어질 거라는 소리가 있어요~

군인 가족이란 말에는 봄이 아버지 역시 가만히 입을 닫아둘 수는 없었을 것이었다. 정숙은 봄이 아버지의 말을 잠자코 기다렸다.

— 그래? 정숙 동무 누구한테 기딴 소리 들었나? 즈즐거릴빈정거릴 데래 없으면 고저 군인 가족이래지~저리아예 귀 닫고 살아야지 두루~

— 아니 아녜요, 외화벌이 나간 인민들이 뭉텅뭉텅 남조선으로 도망을 쳤다는 소문이 공화국에 짜하게 퍼지지 않았소? 그 화살이 누구한

테 꽂히겠는가 말이오. 그저 가꾸루_{거꾸로} 하는 소리 아니란 말입니다.

정숙의 목소리에는 확신이 묻어 있으면서도 은근히 불안함이 얹혀 있었다.

— 알았으니 염려 마오. 보자, 정숙 동무 고 발바닥 티눈이 좀 어떻나? 연필심 좀 깎아 발랐대나?

— 봄이 연필 고저 곱게 갈아 발랐시오. 에그 빼주_{술래} 드셨구만요. 빼주라면 시치미 떼듯 기겁을 하던 사람이~

정숙 동무가 코를 큼큼거렸다.

— 정숙 동무 마음 리해 하오. 내래 이래저래 심사 복잡해서 한잔 걸쳤는데~오늘따라 정숙 동무 고저 리설주보다 예뻐 보인다야~

— 아이 에구나~ 클날 소리를~

정숙은 봄이 아버지한테서 훅 퍼져오는 술 냄새가 싫지 않았다. 선전원 일에 빠져 가정을 보살피지 못한 시간들이 정숙은 아낙네_{아내}로서 미안할 따름이었다. 술의 힘을 빌려 은근하게 덤벼오는 수컷의 냄새에 정숙은 련애_{연애} 하던 시절의 야릇함에 빠져들었다. 부부의 시간을 이렇게 가져보는 일이 가당키나 했던가. 정숙은 자신의 부끄러운 곳을 자극하는 나그네_{남편}의 손길을 밀어낼 듯 밀어낼 듯하면서도 어느 순간 나그네의 뜨거운 품 안으로 파고들고 있었다. 귀하디귀하다는 백두산 들쭉주를 마신 듯이 어질어질하던 몸이 비로소 나그네_{남편}와 한 몸이 되어 있었다. 야심한 밤의 지친 영혼을 달래는 모처럼 만에 가져보는 나그네와의 은밀한 시간이었다. 두 사람의 불거름_{단전}은 밤새 밀고 당기는 열기로 식을 줄을 몰랐다.

2

정숙이 보기에 덕순은 분명히 많이 달라 보였다. 평양 큰 병원에서 치료를 받고 돌아온 이후 몸의 병이 완전히 치유되었는지는 모르겠지만 확연히 건강해 보였고 무엇보다 방안퉁수처럼 자리보전 하고 누워 있던 시절과는 달리 활달하게 움직이고 있었다. 기업소에서도 다른 동무들과 달리 활달해 보였고 늘 그늘져 있었던 표정도 언제 그랬느냐는 듯이 밝아 보였다. 요즈음에는 공화국의 보통 녀성들이 평소의 입성을 뛰어넘어 김정은의 아낙네인 리설주의 입성을 흉내 내고 있었다. 과감하게 민소매나시를 걸치는가 하면 무릎 위로 위태롭게 올라오는 몽당치마미니스커트까지 입고 다녔다. 공화국 녀성들이 리설주의 입성을 부러워해서 더러 몰래 입기는 해도 기업소에 다니는 녀성 동무가 노골적으로 벌건 대낮에 은근한 부위를 드러내고 다닌다는 것은 대단한 용기가 필요했던 것이다. 대체 덕순의 저런 용기는 어디에서 갑자기 솟아나온 것이지~ 정숙은 까닭모를 호기심에 이어 공연히 같은 녀성으로서 시새움까지 나는 것이었다.

낮전오전에 기업소 선전부에서 정숙은 선전원 동무들과 함께 지도원의 시책을 하달받았다. 선전부의 권위가 조직부에 밀려 추락한 저간의 문제를 현장의 선전원들이 일치단결하여 이번 기회에 자기 구역에서 최상의 결실을 거두어 회복하자는 것이었다. 이런 지도원의 지침을 들을 때도 정숙은 눈에 거슬렸던 덕순의 모습이 자꾸 어른거렸다.

어제날과거에는 공화국의 사내들이 김정일 스타일을 따라했다. 그래서 그때에는 공화국 녀성들 사이에서 D라인의 사내가 인기가 좋았다.

김정일처럼 배가 불룩 튀어나온 사내는 부의 상징이었다. 먹을 것 없는 공화국에서 부를 상징하는 배가 볼록 튀어나온 사내야말로 관심받는 신랑감이었다. D라인의 사내가 김정일 처럼 파마를 하고 색안경을 끼고 베이지색 점퍼를 걸치면 공화국 녀성들은 지나가다 다시 쳐다볼 정도였다.

요즘에는 좋은 천을 직접 구입해서 맞춤옷을 해서 입는 인민들이 있다는데 맞춤옷이 오히려 저렴하다는 것이었다. 공화국 장마당에 가면 고양이 뿔도 구할 수 있을 만큼 없는 것이 없다고 했다. 공화국 녀성들은 단속이 심할 때에는 청바지를 입지 못한다. 공화국에는 죽을 먹어도 옷은 잘 입어야 한다는 말도 있지만 젊은 녀성들은 남쪽 인민들처럼 청바지를 입고 싶어서 치마 속에 청바지를 입는 경우도 있었다. 일을 할 때도 청바지가 편해서 몰래 가방에 넣어 와서 일터에서 갈아입는 경우도 있었다. 공화국에서 청바지를 입지 못하게 하는 것은 비록 활동하기 편한 입성일지라도 미국사람들이 입는 옷이기 때문이었다. 또한 인디언 등 미국 땅의 원주민들을 학살한 침략자들이 입었던 옷이 청바지였기 때문이기도 했다.

인민들의 입성을 단속하는 규찰대가 보이면 청바지를 치마 속으로 말아 올리는 진풍경도 벌어졌다. 예전에는 규찰대에 걸리면 청바지나 나팔바지, 미니스커트 등을 가위로 찢어버렸다. 그리고 재수가 없으면 교화소감옥에 보내지는 경우도 있었다. 이런 공화국 인민들의 행태들은 사실 남쪽의 황색바람에서 비롯되었다.

하지만 이런 황색바람의 시작은 미국이었다. 미국은 지난 80년대 정책적으로 중국에 황색 미디어물을 대량으로 퍼뜨렸다. 이는 미국의 철두철미한 계획에 의한 것이었다. 중국 인민들을 새로운 세계로 유도한 미국의 문화 침투 작전은 계획했던 대로 중국에서 북한 공화국으로 넘어오게 되었다. 공화국 인민들은 중국을 통해 대량으로 유입된 CD 등의 황색 미디어물을 접하고 처음에는 이게 뭐지, 하는 분위기였지만 그 속에 담긴 내용물을 접하면서 마침내 황색바람이 일기 시작한 것이다. 남쪽이 자유롭고 세계에서도 상당히 잘 사는 나라로 꼽힌다는 것을 그렇게 해서 알게 되었던 것이다. 남쪽의 부와 자유에 대해 모르는 공화국 인민들은 이제 없을 것이다.

그럼에도 남쪽을 마음속으로 동경할지언정 탈북하지 못하는 것은 분명한 몇 가지 이유가 있었다. 첫째, 공화국 인민들은 애당초 자유라는 것이 무엇인지 몰랐다. 태어나는 순간부터 철저한 통제하에 자유를 억압당했기 때문에 자유라든가 자본주의사회의 물질문명에 대한 맛을 애초에 몰랐다는 것이다. 둘째, 설령 알았다 쳐도 공화국의 살벌한 감시와 처벌이 두려워 엄두를 내지 못하는 것이다. 국경을 넘으려다 붙들려 정치범으로 몰리면 정치범수용소에 끌려가서 살아서는 결코 세상 밖으로 나오지를 못했다. 또한 경제범으로 몰려 교화소(教導所)에 가게 되면 혹독한 처벌이 기다리고 있었다. 공화국 인민들은 애초 국경 바깥세상에 대한 동경심마저 완전히 차단당한 상태인 것이다. 셋째, 자신이 태어나고 자란 고향을 버리기가 쉽지 않다는 점이다. 부모 형제와 조상 대대로 살고 있는 고향을 떠난다는 것이 결코 공화국 인민들에게 쉬운 일이 아닌 것이다.

정숙은 덕순이 기업소에서 작업 중에 바깥 출타가 잦다는 것을 동무들을 통해 알게 되었다. 하루는 우연히 덕순의 뒤를 쫓을 기회를 잡았다. 기업소에서 상당히 떨어진 네거리에서 인민들을 선동하고 있는데 화려한 입성을 하고 색안경까지 쓴 덕순 동무가 지나가는 것을 보았던 것이다. 은밀히 뒤를 추적하게 되었는데 예전엔 보이지 않던 손전화기까지 지니고 있었다. 정숙이 보기에 덕순의 신변에 변화가 있는 게 분명했다. 상상 못 할 입성을 하고 작업 중에 나와 거리를 활보하며 손전화기를 휴대하고 있음이었다.

덕순은 시내의 제법 이름난 음식점으로 들어가고 있었다. 대체 누구를 만나려는 것인가 혹시 태산이를 만나려는 것은 아닌가 하는 생각에 이르자 정숙의 목덜미가 서늘해지는 것이었다. 설마하니 덕순이가 태산이와 이상한 관계를 맺고 있기라도 하나, 이런 생각에 이르자 정숙은 절로 고개를 흔들었다. 세상이 아무리 어지럽다 해도 덕순이가 그런 짓을~생각하면서도 더는 음식점 안으로 따라 들어갈 수는 없었다.

신의주시에서도 제법 알려진 음식점에서 대체 누구를 만날까? 이런 고급음식점에는 골방도 있다고 했다. 남녀가 은밀히 만나거나 은밀히 무슨 거래를 하거나 정무원들에게 은밀히 꾹돈뇌물을 먹일 때에 이런 골방에서 만난다는 얘기를 들었다. 정숙은 몸을 낮게 웅크린 상태로 한참동안 음식점 입구를 살펴보았으나 우려하던 태산의 모습은 보지 못했다. 설마 미리 음식점 안에 들어가서 기다리고 있는 것은 아닐까 공연히 별의별 생각이 다 떠오르기 시작했다.

정숙은 어떻든지 자신과는 상관없는 일일 것이라고 부러 생각하며 냉정하게 돌아섰다. 덕순이 동무가 설령 태산이 동무와 무슨 일이 있어도 별수 없는 일이라고 생각했다. 사별한 덕순이 동무와 이혼한 태산이 동무 사이에 무슨 일이 있다고 한들 대체 뭐가 문제란 말인가. 정숙은 전에 없이 예민해진 자신을 부정하면서 선전원들이 목이 터져라 고아대고 있는 기업소 인근의 네거리로 돌아오고 말았다.

관절대관절 공화국에서 덕순 동무의 전혀 예상치 못한 돌출 행동에는 무슨 배경이 있을까. 신의주시의 직포공장이라면 지방산업 내의 협동 농장도 아니고 1급부터 5급 사이의 기업소도 아니고 김책 연합 기업소에 버금가는 특급 기업소가 아닌가 말이다. 이런 특급 기업소에서 작업 중에 저런 입성을 하고 어찌 일터를 빠져나갈 수가 있다는 말인가? 도대체 덕순의 행태에 대해 리해할 수가 없는 입장이었다.

그런 까닭인지 종일 선전원 노릇을 하면서도 생각은 엉뚱한 데가 있었다. 그래서 잠깐 짬을 내어 기업소에 들러서 덕순의 행방에 대해 수소문해 보았다. 덕순이 일하는 부서의 작업반장의 말을 듣고 정숙은 놀라지 않을 수가 없었다. 덕순이 상부의 지시를 받아 외출을 했다는 것이었다. 상부의 지시라니~ 기업소에서 일하는 녀성 동무에게 상부의 지시가 가당키나 하단 말인가? 혹시 그 상부라는 데가 보위부가 아니냐고 물었을 때 작업반장 역시 모르는 일이며 기업소 내의 지휘체계 명령을 받았다고 애매한 대답을 들었을 뿐이다.

정숙은 화려한 입성을 한 덕순의 모습이 눈에서 지워지지 않았다. 선전원으로서 기업소 동료들을 향해 목청을 돋우는 일도 지나는 인민들에 열화와 같은 충성심을 일떠세우는 일도 공원이든 식당이든 그저 인민들이 모여 있는 데서 인민의 심장에 혁신의 불을 달궈대는 일도 그날은 건성건성이었다. 결국 선전원 동무로부터 코빵맞는무안하다 일까지 당하고 말았다. 그날은 이상하게 허리까지 끊어질 듯이 통증이 왔다. 간밤에 오랜만에 나그네남편의 품에 안겨보는 일도 공화국에서 아낙네들에게 결코 반갑지 않은 것이다. 당장에는 오장육부가 녹아내릴 듯이 몸이 은근짜해도 다음날 일터에서 혹독한 노동을 견디기 어렵기 때문이다. 공화국 녀성들의 일이란 결코 녹녹치 않기 때문이다.

늦은 귀가를 하여 뚝딱뚝딱 저녁을 먹고 정숙은 덕순의 집으로 향했다. 동실 네 집 앞 공터에서 동실과 참이 노닥거리는 소리가 들렸다. 정숙은 어둠 속에서 헛기침을 하여 자신의 등장을 애들에게 알렸다. 다가가 가까이에서 보니 봄이 역시 함께 있었다. 아이들이 여기에 있으니 집에 들어올 때의 기분이 그토록 썰렁했단 말인가? 명호 동무 역시 귀가하지 않은 상태이다 보니 퇴마루에 걸터앉은 시어머니 모습 역시 쓸쓸해 보이지 않던가. 대문을 나설 때도 어디에 가느냐는 시어머니의 물음에 공연히 심술이 돋아서 대답조차 하지 않았다. 문득 괜한 심술을 부렸나 하는 후회가 일었다.

– 동실아, 어머니 들어 오셨나?

– 아직 안 오셨습니다.

동실을 보면 자꾸 불길한 생각이 어룽거렸다.

– 어, 그래. 네들 춤이나 한번 춰봐라.

공연히 객쩍어 정숙은 이렇게 말했다. 실은 정숙이 남쪽 춤사위를 결코 좋아하지 않았다. 황색바람이란 것이 공연히 공화국 인민들 허파에 바람질이나 하고 자칫 잘못했다가는 황색바람에 발목까지 걸려 넘어지지 않던가 말이다.

– 어머니, 우리 춤추는 거 싫어하지 않습니까?

– 오늘따라 너들 춤추는 걸 한번 보고 싶어서 그런다~

– 오라반들, 한번 춰대 봐라. 동실 오라반, 자꾸 넘어지지 말구 문 워크 한번 잘 춰봐라.

봄의 말이 채 끝나기도 전에 음악 소리가 흘러나왔다. 공화국 인민들이 은밀히 듣고 있다는 마이클 잭슨의 노래, 이 노래에 맞춰 참이와 동실이가 자주 춰댄다는 문 워크라는 춤사위가 어둠 속에 흐릿해 보였지만 절도 있는 모습처럼 보였다. 그럼에도 정숙의 뇌리에는 이런 춤

따위가 전혀 자리 잡을 여백이 없었다. 덕순의 귀가가 늦어지는 것이 정숙의 신경을 예민하게 만들었던 것이다.

음악이 끝나고 애들의 춤사위도 끝났다. 애들의 헐떡거리는 소리는 젊음의 표시였다. 이토록 팔딱거리는 물고기처럼 뛰놀기 좋아하는 애들에게 물려줄 공화국의 세상이란 대체 어떤 것이란 말인가. 목구멍이 찢어져라고 외쳐본들 공화국이 뭐가 달라질 것인가. 정숙의 뇌리에 펼쳐지는 공화국의 모습은 딱 지금의 어둠 같은 것이었다. 불투명한 앞길, 그런 불명확한 시대에 저토록 열정을 갖는 아이들을 보니 공연히 정숙의 어깨가 무거워졌다. 하루종일 허공에 대고 외쳐대는 몸짓이 마치 허제비_{허수아비}만 같아 정숙은 공연히 어둠 속에서 홀로 쓸쓸한 기분이었다.

잠시 후 아이들의 춤사위가 아직 한창일 때 정숙의 얼굴을 비추는 한줄기 빛살에 놀란 것은 정숙보다 춤을 추는 아이들이었던 모양이다. 춤사위가 재깍 멈춰졌고 자동차의 불빛 무리가 어둠 속에서 불시에 시야를 파고들었다. 자동차에서 내리는 어둠 속의 녀성이 덕순 동무라는 것을 알았을 때 정숙은 돌연 춤사위를 멈춘 아이들보다 더욱 놀라고 있었다. 어울리잖게 어둔 밤에도 여전히 색안경을 끼고 우아한 걸음의 자태라도 흉내 내려는 듯이 사뿐히 조수석에서 내리는 덕순 동무의 모습에 정숙은 저도 모르게 외마디를 흘렸다.

– 아이 에구나~

– 봄이 오마니, 여기 있었습니까?

덕순의 말투도 이상하게 세련된 느낌이 들었다. 자동차 운전석에서 건장한 사내가 문을 열고 걸어 나왔다. 정숙이 덕순을 향해 코빵_{무안}을 주었다.

– 덕순 동무, 컴컴한 밤인데 색안경은~

– 에그 정신머리, 호호호호~

정숙의 말에 덕순은 무안한 기색도 없이 천연덕스럽게 웃어젖혔다. 운전석에서 내린 사내는 누구란 말인가. 어둠 속에서 자세히 볼 수는 없었지만 공화국에서 자동차를 이렇게 몰고 다니는 사내라면 상당한 힘이 있는 사람 임에 틀림없었다.

– 사모님, 그럼 안녕히 들어가십시오.

– 네, 선생님! 오늘 고생하셨습니다.

– 아니 머 사모님 덕택에 우리 신간이나 좀 편해 보면 좋겠소.

사내가 허리를 깊숙이 숙여 덕순에게 절을 했다. 정숙은 사내의 말에 더욱 놀랄 뿐이었다. 덕순에게 사모님이라는 호칭을 붙이면서 이렇게 정중히 절을 올릴 사람은 누구란 말인가. 더욱이 덕순이 덕택에 자기네들 신간이 편해 보자는 말은 대체 무슨 의미란 말인가. 정숙의 머릿속이 어지럽게 빙빙 돌고 있었다. 정숙의 머릿속이 빙글 도는 것처럼 사내는 운전석에 앉더니 좁은 공터에서 차를 빙글 어지럽게 돌렸다. 창 유리를 내리고 어둠 속에 목례를 하고 나서 천천히 비좁은 골목을 미끄러져 나아갔다.

정숙은 덕순을 따라 집으로 들어갔다. 하루 내내 의문을 불러일으켰던 덕순의 행동은 직접 덕순을 만나는 순간 궁거움이 더욱 배가 되었다. 덕순은 희미한 불알백열전등아래에서 화려한 입성을 하나씩 풀어헤치고 진단장진한 화장을 한 겹씩 벗겨내기 시작했다. 공화국의 대낮을 마른번개처럼 놀라게 하고 짙은 하늘색 안경으로 눌러 덮은 도도한 덕순의 태도는 이 순간 불알 밑에서 정체하며 오직 정신의 알맹이를 도둑맞은 사람처럼 무덤덤히 자신을 해체하고 있었다. 덕순의 이러는 태도에 정숙은 놀라다 못해 당황하여 무슨 말부터 꺼내야 할지 몰라 망설이고 있었다.

　한 치 앞도 내다볼 수 없는 공화국 인민들의 살이 앞에 정숙은 숙연히 물러나 잠자코 기다릴 뿐이었다. 관절대관절 덕순 동무의 가슴에 감추고 있는 비밀이란 무엇일까. 사람이 죽으려면 먼저 행동거지부터 변한다더니 대체 덕순에게 무슨 일이 일어나려고 이러는 것인가. 정숙은 저도 모르게 별의별 생각들이 가지를 치기 시작했다. 그런데 이윽고 덕순의 입에서 튀어나온 한 마디는 종일토록 궁거움에 전전긍긍했던 정숙의 가슴에 쏟아지는 슬픔 덩어리 자체였다.

　― 흐응, 제깟 놈들 허재비허수아비 노릇이란 거 내래 모를 줄 아나보지?

　― 덕순 동무 그게 무슨 소리이니?

　덕순이 조금 전의 화려한 모습에서 완전히 해체된 자신의 모습을 작은 거울로 비춰보며 뜻밖의 말을 하는 순간 정숙은 덩달아 놀란 모습을 하며 묻지 않을 수가 없었다. 아마 정숙보다 자신의 모습을 보고 놀란 사람은 덕순이 자신이었을 것이다. 화려한 입성이 해체되고 화장기가 닦여진 덕순의 얼굴은 누렇게 변색되어 있었고, 몸뚱이는 전체적으로 부어 있는 모습이었다. 흐릿한 불알백열전등 밑으로 바라다보이는 덕순의 모습은 추레했다. 정숙은 순간 덕순의 몸이 완전히 나은 몸이 아니라 여전히 몸에 병을 지니고 있는 몸이라는 것을 깨닫게 되었다.

　― 봄이 오마니, 이거 보시라요. 이 몸뚱이가 어찌 온전한 몸이에요?

　― 아니 고저 복대를 어찌 이래 단단히 동여매었나~

　덕순은 아랫배를 복대로 단단히 동여매고 있었다. 덕순이 단단히 여민 복대의 호크를 열자 마치 고무풍선처럼 덕순의 뱃살이 불어났다.

불어난 뱃살의 둘레를 따라 종잡을 수 없는 공화국 허풍에 매달려 간 진 생명을 움켜쥐려는 덕순의 절박함이 매달려 있는 듯했다.

– 덕순이 바보 아니오. 고저 동실이 군대 들어갈 때까지 버텨볼 생각이에요. 아무리 약을 먹어대도 아랫배에 차오르는 물이래 다스리지 못한단 말이에요. 동실 아버지하구 증세 같다는 거 덕순이 모르지 않는단 말이오.

– 에그나, 덕순 동무 이딴 몸으로 관절 어데 두루 다녀온 게니? 상부의 지실 받고 나갔다는 거 참말이에요? 미제 기생나부랭이 몰골을 하고 말이지~

덕순에 대한 공연한 오해와 녀자로서의 충동적 질투와 시기에 가슴 속에 핏대를 세웠던 자신에 대해 정숙은 열스러움_{부끄럼}을 느끼고 있었다. 대체 덕순을 이토록 조종하는 힘은 무엇이란 말인가? 허재비 노릇이란 것을 스스로 깨닫고 있는 듯한 덕순에게 대체 무슨 일들이 벌어지고 있는 것인지~

– 이 꼴을 하구 정숙 동무에게 숨길 게 뭐 있겠소. 동실 아버지 살아 있다면 내래 이렇게 억울하지 않겠어요.

– 아니 덕순 동무, 이게 무슨 소리야요? 죽은 기백이 동무 고저 입초리에두 올리지 말란땐 두루 언제고~

정숙은 갑자기 덕순 동무가 한량없이 가엾어 보이는 것이었다.

– 흐응 깟거 한번 죽지 사람이 두 번 죽겠어요? 정숙 동무, 고저 요 덕순이래 한바탕 죽탕을 쳐달라요.

– 아니 뭐예요? 함부로 터진 입이라고 어찌 묵은장 쓰듯 헤픈 말을 하나? 덕순 동무 무슨 숨침질 한 것도 아니고~

덕순은 양쪽 귀에 덜렁거리던 치레거리_{귀걸이}를 **빼내어** 방의 윗목에

다 후다닥 던져버리고 길게 한숨을 내쉬었다. 정숙은 한뉘평생 살면서 녀자의 모습은 오직 단장과 겉치레에 따라 완전히 달라질 수 있음을 크게 깨달았던 것 같다. 마치 제국의 우아한 공주에서 순간 공화국의 초라한 아낙네로 추락하는 덕순의 모습을 보고 정숙의 뇌리에서는 만감이 교차했다. 정숙은 녀자의 모습으로 돌아가려고 언제 한번 마음 놓고 치레를 해보았던 적이 있었던가. 공연히 나그네남편한테 미안하다는 생각이 들었다. 공화국의 나그네들이라고 자기 아낙네아내가 예쁘게 단장한 모습을 싫어할 위인이 어디에 있겠는가?

─ 정숙 동무, 아니 봄이 어머니! 요 덕순이 용서하오.

─ 난데없이 용서라니 대체 무슨 말이야?

용서라는 말에 정숙은 허리를 곧추세웠다.

─ 실은 내래 보위부 끄나풀 노릇 좀 했는데~

─ 머야? 보위부 앞잡이 노릇을 했단 말이야?

보위부의 앞잡이란 말에 정숙은 깜짝 놀랐다. 전혀 예상치 못한 뜻밖의 말을 들었기 때문이다.

─ 흐응 그렇다니요. 이 꼬락서니를 하구 그저 보위부 시키는 대로 죽으라면 죽는 시늉도 마다하지 않았소.

덕순의 눈가에 촉촉이 눈물이 맺히는 것 같았다. 덕순의 목소리가 먼저 물기에 젖어 가라앉고 있었다.

─ 아니, 덕순 동무래 상부의 지실 받아 나갔다더니 기깟 보위부 앞잡일 했단 말이야? 시혹혹시 태산이 동무 짓이 아니에요 동실 어머니~

─ 맞소. 동실 아버지 묘비 세워주고 죽을 목숨 살려준다기에 내래 순간 눈이 멀었는데 평양 김만유 병원 가서 이년 병은 고쳐지는 병이 아니란 걸 알았어요. 고저 불룩한 복수 빼내고 영양주사 맞고 평양 시

내 나가서 몸보신도 하구 그저 호강도 했다만서두~

덕순은 말을 하다 거푸 깊은숨을 몰아쉬었다. 낮에 그토록 도도하고 우아해 보였던 덕순의 모습은 희미한 불알 아래서 누렇게 변색 된 얼굴과 거친 숨소리에 휩싸여 추레하기 그지없었다.

－ 덕순 동무 고저 기백이 동무하구 련애하던 시절처럼 강건한 몸을 되찾았다고 생각했는데 이제보니 순전 허재비 몸뚱이에 치장한 꼴이구나. 에그나 눈썹먹마스카라이 이래 녹아 흘러내린다이야~흥, 날더러 너구리 눈이라굽셔 할 적이 언제더나?

정숙은 손수건을 꺼내어 덕순의 흘러내린 눈썹먹을 서걱서걱 닦아댔다. 덕순은 손사래를 치더니 앉은 자리에서 곧장 자리에 누워버렸다.

－ 보라, 덕순 동무, 내일은 요 진료소에 가서 출렁한 복수부터 빼내자. 아니 오늘 낮전오전엔 그저 맵시깨나 있던 몸이 어찌 갑작스레 요렇게 요술을 부린다니 글쎄~

－ 간 굳음병이야 음식도 골라 먹고 달포에 열두 날은 쉬어도 낫지 않는 병이라는데 기름진 음식에 찻집에 평양 맥주까지 먹어댔으니 원 버틸 재간 있나~

덕순 동무가 푸념하듯 말했다.

－ 그나저나 덕순 동무 출세했네. 고급음식점도 가구 찻집도 가구~ 젊은 것들 련애하는 데가 찻집이라 하지 않더나~ 그래 남조선 커피 마셔 봤나? 어케 맛은 있더나?

－ 공화국인지 남조선인지 분간이 가질 않더라니 언~압록강 연안으로 두루 찻집이 생겼더구나. 고저 장사가 된다니깐 식료상점들도 찻집을 열었다는데 백두찻집, 류경찻집, 압록강 찻집 뭐 별의별 찻집이 다 있는데 창가에 두루 간부급들이며 돈주들 자식들이 앉아서 련애질들

하느라 넋들이 빠져있고~고저 남조선 커피 맛 한 번 보려다가 공화국 쌀독 깨지게 생겼더구만~ 그래도 어찌 인민들이 붐벼대는지~

낮바닥에 자본주의 사상을 잔뜩 끌어안은 채로 덕순이 말했다.

― 쯧쯧 덕순 동무 알았으니 고저 힘들면~ 흥, 덕순 동무 입담 열리니깐 두루 어제날과거 생각나누나. 그래 덕순 동무래 고급음식점하고 고급 찻집 들어가서 누굴 만났다는 거이야?

― 이게 누워 있음 힘들지 않아요~ 내래 정숙 동무 앞에서 이게 허연 뱃살 드러내고 있는 거 숭 보지 말라. 무슨 지역 관광총국 부총국장이래나 뭐래나 대머리가 훌떡 벗어졌더구만. 흐응 대머리들이 녀자 밝힌다는 거는 말로만 들었는데 에구 그 지역 부총국장이래나 뭐래나 사내 짓들 하느라 그러는가 두루 딱 붙어 앉아 가지고 허벅지를 은근히 만져대고~

정숙의 몸이 공연한 부끄러움에 부르르 떨렸다.

― 아이 망측하구나~

― 보위부 부과장이라나 뭐라나 배가 불룩 튀어나오고 김정일 원수하냥 걸쳐 입던 베이지색 점퍼 입고서 은근슬쩍 내래 젖가슴을 더듬어대고~

덕순의 눈가에 눈물이 맺혀 있었다.

― 아이 에구나~미제 남조선 것들이 말세질 하는 게 아니고 공화국 것들이 말세질 하는 거구나 그래~

정숙은 그저 남정네들의 짓거리에 놀라 호들갑스런 탄식을 흘렸을 뿐이다. 덕순의 말을 듣던 중에 보위부의 타락한 모습들이 태산의 은밀한 짓거리들에 겹쳐 저도 모르게 몸이 떨리는 것을 느끼고 있었다.

― 고저 태산이 동무래 무슨 꿍꿍인 줄은 모르지만 몇 시 몇 분에 어

데로 가라 해서 가보면 영락없이 이상하게 생겨 먹은 남정네들이란 게 있더누나. 신의주 압록강 관광원구 있잖우, 아니 거기 말고~압록강 메워서리 간척지 위에 만든 관광지 말이야. 거게를 갔는데 가니깐 두루 화교들이 나를 기다리고 있더라니까~ 검정 가방을 받아 오래기에 고저 검정 가방 받아 나오는데 머이라 묘향산 려행사 사장이래나 뭐래나 그저 내 손목을 덜컥 잡아가지고 찻집으로 끌어대는데 어찌나 놀래 자빠질 뻔 했는지 원~에그 어서 몽당치마 벗고 색안경 벗고 복대도 풀어 해쳐야하겠구나~

덕순의 몸은 정숙이 보기에도 몹시 힘들어 보였다. 진단장에서 탈바꿈한 덕순 동무의 모습을 보면서 공연히 서글펐다.

– 호호호, 고저 덕순 동무가 남정네들 눈 호강 잔뜩 시켰구나. 에그 덕순이 동무래 강건한 몸이 되면 공화국 남정네들 혼이 쑥덕쑥덕 빠지겠구나. 호호호~

– 호호호~살다 보니 봄이 어머니 하고 이래 웃는 게 언제 적 일이나 호호호~

– 호호호~호호호~

정숙과 덕순의 풀기 없는 웃음소리에 순간 걱정 하나 없는 아낙네들의 군담 터라도 되는 듯 긴장이 풀려져갔다. 하지만 이런 여유도 잠시에 지나지 않음이었다. 다시 덕순의 말투와 표정에는 여느 때와는 사뭇 다른 진지함과 팽팽함이 묻어 있었다.

– 보기요 정숙 동무, 국경 너머 외화벌이 나간 공화국 인민들 말이야. 뭉텅뭉텅 도강渡江을 하고 있다 들었는데 고저 일 년 내내 뼈 빠지게 벌어들인 달러를 통째로 공화국 놈들한테 수탈딩한 탓이라 하더누나~

－ 벌목공들이야 애당초 공화국 간부놈들한테 8할을 수탈당한다는 거야 모르는 인민들이 어데 있갔나. 요글막엔 두루 듣자니 건설 노동자들도 죄에 수탈을 당한다누나~

인민들의 노동에 대한 공화국의 수탈은 어제오늘의 일이 아니었다. 해외에 파견된 근로자는 공화국에 국가계획분이란 명목하에 배정된 달러를 바쳐야 한다. 외화벌이 나온 노동자는 국가계획분을 먼저 상납한 다음에 나머지를 가족들에게 보낼 수 있는 것이었다. 하지만 매해 공화국에 상납할 액수가 늘어나는 반면에 환율까지 추락해서 그런 악조건을 모두 외화벌이 노동자가 떠안아야 했다.

가령, 러시아에서 일하는 벌목공의 임금은 거의 고정되어 있다시피 한데 공화국에서 거둬들이는 수납액은 몇 년 새에 두 배나 인상되었다. 루블과 달러 사이의 예민한 환율 문제를 모두 노동자들이 떠안아야 해서 국제 원자재 가격이나 원유가격의 하락으로 인한 루블화 환율추락의 유탄을 공화국 근로자들이 고스란히 떠안게 되었다. 즉 루블화로 고정되어 있는 임금에 비해 두 배의 달러를 공화국에 상납해야 하는 것이다.

따라서 해외에 흩어져 있는 공화국 외화벌이 노동자들의 불만이 이만저만 아니었다. 특히 파견 니온 사업소의 간부들은 공화국 인민들의 권리를 옹호하기보다 러시아나 해당국 업자의 요구를 들어주는 통에 노동자들은 새벽까지 야간작업에 매달리는 실정이었다. 더욱 공화국 외화벌이 노동자들을 분통 터지게 만드는 것은 노동자들은 이렇게 열악한 여건에서 목숨을 내걸고 밤낮없이 기계처럼 일들을 하는데 공화국에서 파견 나온 사업소 책임자나 노동당 비서, 보위부 요원 등은 고급 승용차를 타고 다니면서 고급음식점을 드나들고 있다는 것이었다.

특히 이들이 묵는 집의 월세 등은 고스란히 노동자들의 몫이었기 때문에 공화국에서 파견 나온 이들 간부들은 완전히 공화국 노동자들의 피를 빨아먹는 흡혈귀밖에 되지 않음이었다.

― 공화국 살림살이도 빤할 테지~고저 시 보위부조차 자기네들 체면치레하느라 그러는 건지 이딴 녀잘 내세워 달럴 거둬들이고 있잖나. 장마당 돈주들, 세관 정무원 넘들, 중국 화교넘들 어 216 통장 사건 있잖우?

― 35호실 산하 123 연락소 미모쟁이 녀성 사건 말예요?

신의주 주민들치곤 이 사건을 모르는 사람은 없을 것이다.

― 맞소~당시 수용소 끌려간 세관 정무원 놈에 사촌이 글쎄 두루 장마당 돈주가 되어 있다 하잖소. 고저 보위부 놈들이 은근히 내를 집어넣어서 뒷구멍으로 달럴 받아내더란 말이야~

― 언 관절대관절 어케 많이 처먹었기에 세관 놈 사촌이 장마당 돈주가 되어 있단 말이니~

공화국에서 일어난 일이란 숫제 둔갑하는 도깨비보다 변덕이 심했다.

― 들자니 그 돈주 아들이 글쎄 동실이 고등중학 삼 학년이라나 뭐라나 한데 글쎄 고 피도 안 마른 종간나들이 학교에서 돈줄 그루빠라나 뭐라나 하는 거를 만들어서 덜컥 보위부에서 눈치 채구설라 옳거니 하구 즈 아버지 목구멍에 총굴 들이민 거예요. 달러 쏟아내야지 무슨 수루다 보위부 오라를 피해간단 말이에요.

정숙은 덕순의 말에 가슴이 덜컹했다. 봄이 아버지로부터 고등중학의 돈줄 그루빠에 대해 들었고 봄이에게 들은 적도 있었다. 봄이 역시 공부 잘 하는 선생의 딸애란 명목으로 그루빠에 가담했다는 얘기까지 들었던 터라 공연히 가슴 구석이 썰렁했던 것이다. 결국 이런 그루빠에 대해 보위부에서 이미 냄새를 맡고 있었다는 생각을 하니 뒷골이 서늘해졌다. 박태산이 마음만 먹으면 얼마든지 봄이 아버지를 수렁에 빠뜨릴 수도 있으리란 염려가 들었기 때문이다.

– 한데 덕순 동무, 하나 묻자. 아까 자동차 운전하던 사내 말에요. 덕순 동무더러 사모님, 하구 고저 허리 굽실하는 것은 그렇다 치고, 고 사모님 덕택에 우리 신간 좀 편해 보잔 얘긴 다 뭐이에요?

정숙의 물음에 덕순은 몸을 비틀어 겨우 상체를 일으켜 세웠다. 좁은 방의 어둠을 밝히려는 듯 천정에 매달린 불알백열등의 내장은 새빨간 모습으로 바짝 달궈져 있었다. 촉이 흔들릴 때마다 좁은 방의 빛줄기도 산발한 녀자의 머리처럼 흔들리는 느낌이었다.

– 호호호~동실 아버지 살아 있을 적에 듣도 보도 못한 사모님 소리 말이야. 고저 한낱 입에 발린 말공부공염불 아니고 뭐겠소. 호호호~공화국 경제가 요동을 치니깐 두루 보위부 놈들도 나 같은 녀자들 살살 볶아서 물밑 자금 만들어내려는 수작들이란 말이지요. 놈들 말로는 고저 이 덕순이가 미인계라나 뭐라나 호호호~

– 아이 에그나~망측하다~호호호~

덕순의 말에 정숙의 입에서 저도 모르게 실소가 터져나와버렸다. 공화국에 아무리 여자가 없더라도 덕순이 같온 녀자를 미인계라니~정숙은 생각할수록 웃음보가 터져서 한참 만에 웃음 주머니를 붙들었다. 정숙의 웃음소리가 오히려 망측하게 들렸던지 덕순이 망연히 배꼽을 잡고 킬킬대는 정숙을 바라보았다.

– 정숙 동무, 고저 이 덕순이가 생각해도 우습단 말이에요. 하지만 이게 다 박태산 동무 머리에서 나온 은밀한 고안考案이란 말입니다.

덕순의 이 한 마디에 정숙은 웃음 주머니를 다잡지 않으면 안 되었

다. 여하튼지 태산이란 존재에 대해서 뇌리에 상기할 때마다 정숙에게
는 고통이었다. 인생의 굽이굽이 잊고 싶고 지우고 싶은 기억의 흔적을
되짚는 일이란 정숙에게는 절도絶倒의 부스럼에 다름 아니었다.

　－ 태산이 동무의 고안이라니~아니 대체 태산이 동무 머릿속에 뭐가
들어 있단 말예요? 동무의 아낙네를 미인계루 마구대구 쓴단 말예요? 뭐 고저 장마 개구리 호박잎에 뛰어오르듯 한다더니 ~

　－ 정숙 동무, 아니 봄이 어머니, 이게 다 이녁 때문에 생긴 거우다.
태산이 동무래 어케 기백이 동무의 안까이아내의 속어를 남정네들 틈사
구니에 내보낼 요량 했겠시오. 이 덕순일 태산이 동무와 정숙 동무에
연결 끈이라고 생각한 거란 말이오.

　－ 아니 덕순 동무, 관절대관절 이 말이 무슨 말이라니? 덕순 동무래
누구하구 누구의 연결 끈이라굽셔?

　정숙의 눈이 순간적으로 흰자위에 점령당한 모습이었다. 검정 눈동
자가 어디로 밀려났는지 온데 간데 없고 덕순을 노려보는 백안시는 순
간적으로 분위기를 냉랭하게 만들었다. 정숙은 순간 태산이가 덕순을
통해서 자신에게 접근하려는 의도를 어렴풋이 짐작하기 시작했다. 앞
번에 마주했던 덕순 동무의 푸념 섞인 말은 또한 결코 푸념이 아니었
음을 깨달았다.

　태산은 계획적으로 덕순에게 접근하여 정숙에게 다가오고 있는지도
모른다고 정숙은 생각하고 있었다. 난데없이 공화국의 군대 얘기를 꺼
내면서 나그네남편를 잘 만나면 공화국 연지며 눈썹먹 따윈 쳐다보지
도 않는다는 말을 지껄이던 덕순의 모습을 떠올려 보았다. 이런 생각
에 빨려들자 재빨리 자리에서 일어서고 싶을 뿐이었다. 정숙이 자리에
서 일어서려는데 덕순이 다시 입을 열고 아주 진지한 목소리로 말했다.

－ 정숙 동무, 태산이 동무에 애타는 심정 헤아려 주오. 참이 한늬^평생 주구장창 펼쳐질 인생에 발목 잡지 마시오. 정숙 동무 덕택에 우리 동실이 팔자도 잠 고쳐 보자고요. 제발, 남조선 반쪽이 소리 듣지 말고 고무신 바꿔 신어봐요. 정숙 동무 덕에 이 덕순이도 한번 공화국 인민답게 살아 봅시다~

 정숙은 간절하게 치맛자락을 잡고 늘어지는 덕순을 뿌리치고 자리에서 일어섰다. 아무런 말도 덕순에게 쏟아붓지 못하고 방문을 열쳤다. 마당에는 깊은 어둠이 온통 들어앉아 있었다. 물이 차서 불룩한 배를 여미며 덕순이 퇴마루까지 걸어 나와 정숙의 등 뒤에 소리치고 있었다.

 － 정숙 동무, 내 말 명심하오. 봄이 아버지는 고저 반쪽짜리 인생이란 말이오. 여차직하문 처자식 버리고 공화국 떠날 수도 있단 말이오. 정숙 동무, 정신 차리오. 봄이 아버지가 어찌 국경 너머에서 북남 연락책을 만나대는지 모른단 말이오? 보위부가 마음만 먹으면 두루 봄이 아버지는 공화국에서 쫓겨날 팔자란 말이오~

 정숙은 덕순의 말에 내딛던 걸음을 멈추었다. 덕순이 동무가 어찌 이렇게 명호 동무의 일들을 자세히 알고 있다는 말인가? 보위부의 여하에 따라 봄이 아버지가 공화국에서 쫓겨날 수도 있다는 말에 정숙의 등허리에 시은땀이 돋았다. 덕순의 말이 뭐라 이어지고 있었지만 부러 귀에 새겨두고 싶지 않은 탓에 정숙은 넋이 나간 녀자처럼 경중경중 걷기 시작했다.

3

연락책을 만나기에는 절호의 기회가 아닐 수 없음을 느끼는 순간 명호의 가슴은 공연히 두근거리기까지 하였다. 제자 춘희가 무사하게 도강할 수 있도록 하늘이 돕는 것인지도 모른다는 생각이 들었다. 때는 공화국의 모든 인민들이 밖에서 왕래하지 않고 안방에서 텔레비전에 코를 빠뜨리고 있을 시간이었다.

- 봄이 아버지, 오늘도 어데 출타하십니까?

- 정숙 동무, 아니 글쎄 일이 에누리 없이 엮이누나~

명호는 제자 춘희의 일로 정숙 동무에게 떳떳하지 못했다.

- 오늘 저녁 중앙 떼레비에서 모란봉 악단 공연하는 거 알고 있소?

정숙이 서운한 말투로 물었다.

- 무렴아무렴 알고 있지~한데 류진아가 나온대나?

명호는 객쩍은 마음에 말머리를 다른 데로 돌렸다. 김정은의 지시로 창단된 모란봉 악단의 단원 중에 류진아는 특히 공훈 배우의 칭호를 받은 배우로 공화국 인민들 사이에 인기가 매우 높았다.

- 아니 머 류진아 뿐이겠소. 라유미도 나올 텐데~

정숙 동무의 빈정거리는 듯한 말투였다. 그럴 것이 라유미는 가장 최근에 공훈 배우 칭호를 받은 잘나가는 배우에 속했기 때문이다.

- 고저 현송월 단장이 파격적이지 않나~현송월이가 왕재산경음악단 시절 하 이름 날렸댔지 아마~

- 아니 고저 명호 동무 보니까 하냥 녀자 타령이누만요~

- 하하하~각박한 시국에 어찌 녀자타령 하갔나. 고저 정숙 동무 웃

자요 웃자요~하하하~

　명호의 억지로 꾸며대는 듯한 말에 정숙의 표정은 오히려 시무룩해졌다. 지난해에 모란봉 악단은 중국 베이징 공연에 나섰지만 난데없이 공연 직전에 철수했었다. 공연이 무산된 것을 두고 다양한 추측들이 난무했다. 악단 단원 두 명이 대열에서 이탈해 자취를 감췄다는 소문도 돌았고, 관람 대상자와 그 최고 책임자를 두고 중국과 공화국 당국 간의 의견이 달라 취소되었다는 소문도 돌았다.

　김정은은 2012년에 결성한 모란봉 악단 공연을 계기로 서먹해진 중국과의 관계를 개선해볼 생각이었지만 뜻대로 되지 못했다. 어떤 사람들은 아주 예민하게 받아들여 김정은의 '수소폭탄 보유' 발언으로 인해 중국 측이 상당한 우려를 표시한 때문에 김정은이 전격 공연을 취소했다고도 했다. 어떻든지 이례적으로 공화국 당국이 안방에서 모란봉 악단의 공연을 보도록 한 것은 공화국 인민들에게 잔치와도 같은 것이었다.

　명호 역시 모란봉 악단이 평양 만수대 예술극장에서 시범 공연을 하려고 인민들에게 처음 모습을 드러냈을 때에 뜻밖에 파격적인 눈요깃거리가 되었던 것을 기억하고 있었다. 특히 공화국 체제를 찬양하는 음악뿐만 아니라 당시 미제의 유명한 영화 〈록키〉의 주제곡을 연주하고 미제의 애니메이션 십입곡 등을 연주했던 순간을 잊을 수가 없었던 것이다. 오랜만에 최고의 악단을 안방에 등장시켜 공화국 인민들을 다독이려는 잔치에 참여할 수 없음은 유감이었지만 실은 명호에게는 절호의 기회였다. 따라서 제자 리춘희와 북남 연락책과의 만남을 모든 공화국 인민들이 중앙 떼레비에 코를 빠뜨리고 있을 절묘한 시간대에 갖게 되었던 것이다.

　― 봄이 아버지, 혹시 춘희라는 제자 일루 에누리 없다는 거 아네요?

– 글쎄 어찌하겠나? 등에 붉은 딱지를 달아버렸으니~

정숙의 폐부를 찌르듯이 날카로운 목소리가 명호의 가슴을 찔렀지만 딱히 변명할 입장이 되지 못했다.

– 명호 동무 서운하오. 봄이 외가 쪽 일은 본청만청 하더니~

– 정숙 동무 미안하오. 워낙에 고 춘희에 사정이 급하게 생겨 먹었대서~

정숙과 살을 맞대고 살면서 처음 듣는 친정 부모에 대한 하소였다. 공화국에서 반쪽 성분으로 정치범수용소의 일을 들여다보는 행동이란 위험하기 짝이 없음을 모르지 않았기에 명호는 마냥 정숙에게 고개를 숙일 따름이었다.

– 흥, 눈이 어둡다더니 다홍 고추만 척, 척 골라 따는 형국이오. 나는 집나들이친정나들이 한번 갈 수 없는 가련한 팔자 맞습니다.

– 봄이 어머니 오늘 어찌 이러니? 고저 기다리다 보면 좋은 날 있지 않겠소?

– 흐응 좋은 날이라니 원 어느 세월이랍쇼~

정숙의 원망 섞인 하소연이 명호의 귓전에 여전히 왕왕거리는 느낌이었다.

명호는 신의주시의 외곽에서 춘희와 북남 연락책을 만나 춘희의 탈북을 논의한 다음 손전화를 직접 하기 위해 국경 부근으로 빠져나왔다. 공화국 인민들은 모두 모란봉 악단 공연을 보느라 정신을 중앙 떼레비에 홀딱 빠뜨리고 있을 시간이었다. 일종의 브로커인 셈인 연락책은 국경 부근에서 활동을 하기 때문에 탈북에 관한 정보나 방법 등을 소상히 알고 있었다. 명호는 연락책의 자동차를 타고 국경을 향해 이동을 하면서 조선공화국도 돈이 지배하는 세상이란 사실을 다시금 깨닫게 되었다.

연락책은 춘희의 탈북을 조건으로 상당한 액수의 돈을 요구했다. 명호가 보기에 오랫동안 이런 일을 해오면서 연락책에게는 하나의 일상이나 다름없는 업무가 되었다는 느낌이었다. 연락책은 춘희의 여러 사정 따위는 아랑곳하지 않고 대뜸 정해진 돈을 요구했다. 연락책에게 춘희의 절박한 심정이나 가련한 상황 따위는 고려의 대상이 되지 못하는 듯했다.

명호의 생각에 연락책에게는 이런 모든 것들이 규격을 지닌 포장에 지나지 않음이었다. 절박한 심정이나 가련한 상황 따위가 하나의 규격이 되어 절도 있게 값이 매겨지고 그 값에 따라서 포장되고 있다는 생각이 들었다.

연락책의 일을 하는 사람이야 남쪽에도 있다고 하는데 문제는 북쪽에 있다는 것이었다. 북쪽에서 탈북자가 국경을 넘는 데는 많은 모험과 위험이 따른다고 했다. 그래서 북쪽의 상황이나 방식 등을 꿰고 있는 북쪽의 연락책의 역할이 무엇보다 중요한 것이었다. 우선 북쪽에서 국경을 넘는 일이 탈북의 우선순위라고 했다. 일단 국경을 넘어 중국 쪽에 닿으면 중국 쪽에서 대기하고 있던 연락책이 일사분란하게 움직여야 탈북이 가능하며 남쪽에서 탈북자를 돕기 위해 국경 지역에 나와 있는 사람을 만나야만이 탈북이 원활하게 진행될 수 있는 것이라고 했다.

북남 연락책을 따라 명호가 어제날과거에 남쪽의 형님과 손전화를 하던 지역으로 이동하기 시작했다. 연락책은 일종의 브로커인데 손전화기 두 대를 휴대하고 있었다. 하나는 공화국 손전화기이고 다른 하나는 중국의 손전화기라고 했다. 공화국 손전화기로 남조선과는 통화를 할 수가 없기 때문에 중국의 손전화기를 사용한다는 것이었다.

북남연락책이 주로 남쪽의 탈북자들과 손전화기로 통화를 한다는 지역에서 연락책은 춘희의 어머니에게 전화를 걸었다. 신의주시의 어둠과 멀리 중국 단동의 밝음은 공화국과 중국의 명암을 적나라하게 대비시켜주고 있었다. 국경에서 시도하는 남쪽과의 통화는 중국 단동이 지척에 있는 신의주시의 외곽에서 가능한 일이지만 남쪽으로 전화를 거는 일은 사실 매우 위험한 일이었다. 공화국의 기지국에서 국경의 통신 상황을 비밀리에 감시하고 있기 때문이었다.

그럼에도 연락책은 서슴없이 춘희의 어머니 손전화 번호를 꾹꾹 눌러댔다. 이날은 공화국 모든 인민들 다시 말해 보위부 반탐국 보위원들조차 모란봉 악단의 공연에 코들을 빠뜨리고 있을 것이며, 손전화기를 들고 이리저리 이동하며 통화를 시도하면 그나마 감시에서 벗어날 수 있음이었다. 이윽고 상대 쪽에서 전화를 받는 음성이 희미하게 들렸다. 연락책은 얼른 손전화기를 춘희에게 들이밀었다.

– 어머니, 춘희에요.

– 그래, 춘희야, 어머니 애기 잘 들으라.

이미 기별을 넣어 준비하고 있던 춘희 어머니의 목소리가 떨렸다.

– 어머니, 말씀하세요.

– 여기 남쪽은 공화국에 비하면 천국이야. 어떤 어미가 자식을 사지로 끌어들이겠니~ 글쎄 염려 놓구~

남쪽 어머니의 말에 춘희는 갑자기 흐느끼기 시작했다. 명호는 춘희에게 다가가서 어깨를 토닥토닥 다독여주었다. 손전화기 너머로 춘희 어머니의 목소리는 애틋하면서도 따스하고 강팍진 데가 있었다.

– 춘희 고저 울지 말라. 당최 맘 단단히 묶어야 살아온단 말이다. 우리 춘희 고저 군인도 했는데~

– 어머니의 딸애 춘희는 강하답니다. 어머니, 말씀하세요. 이제 울지 않습니다.

– 그래 춘희야, 들으라. 고저 어이딸이 쌍절구질 하듯 척 척 죽이 맞아야 우리들이 여기 살기 좋은 남쪽에서 만날 수가 있단 말이야~

– 알고 있습니다. 어머니. 숙희는 잘 지내지요? 오라빈 여적 연락두절이에요. 아버지두 이 춘희는 걱정이에요.

춘희의 머릿속에는 그저 가족에 대한 걱정뿐이었다.

– 에그나, 춘희야. 남쪽에서 어머니가 돈을 많이 벌게 되면 오라빈 고저 수소문해서 남쪽으로 데려올 수 있을 게야. 그리고 춘희래 어찌 아버질 염려하니? 고저 네 아버지는 젊은 아낙네아내한테 눈이 뒤집혀서 두 번 혼인한 게 아니니 응? 춘희 네가 남쪽으로 내려만 오면 아버지하구 인연도 끝나는 게 아니니? 맘 단단히 묵어야 한단 말이다~

– 알겠습니다. 어머니. 흐윽~

춘희의 말투에 결기가 있었지만 여전히 흐느끼고 있었다. 갑자기 연락책이 춘희의 손에 들린 손전화기를 빼앗듯 낚아채더니 다급하게 말을 했다.

– 춘희 어머니, 보안상 고저 지역 이동을 해야 하니까 째만 기달리시라요.

– 아, 알겠습니다.

명호 등을 태운 자동차는 다시 다른 방향으로 달리기 시작했다. 연락책은 지금 보위부 요원들마저 중앙 뗴레비에 코를 빠뜨리고 있다는 사실을 알면서도 빈틈을 보이지 않으려고 했다. 지난날에 명호에게 그랬던 것처럼 한 지역에서 손전화를 오래 붙들고 있지 않았다. 기지국에 노출되지 않기 위한 특단의 수단이었다.

명호는 자동차에 몸을 맡기면서 마치 자신이 엄청난 모험을 단행하고 있다는 생각이 들었다. 이런 자신의 행위가 공화국에 엄연한 반동 행위임을 모르지 않았지만 어쩔 도리가 없었다. 그럼에도 자동차로 이동하며 명호는 문득 남쪽의 형님에게 이런 기회에 손전화를 한번 하고 싶은 마음이 굴뚝같았다. 남쪽 형님의 목소리마저 기억 속에 가물가물한 느낌이었다. 십 여분 정도 자동차를 몰아 나가더니 중국 단동이 아까보다 지척에 놓여 있는 데서 북남 연락책은 숨을 몰아쉬며 꾹, 꾹 손전화의 버튼을 눌렀다.

제20장 권력의 힘, 달러의 맛

1

─ 어머니, 이게 가당키나 합니까?

동실의 얼굴은 아침부터 퉁, 퉁 부어 있었다. 보위부 박태산의 의도를 동실이 모르는 바가 아니기 때문에 여간 마뜩찮았다.

─ 동실아, 어머니하구 공화국에서 린민인민답게 한번 살자면 어쩔 수 없는 일 아니나? 고저 상철이 아버지 시키는 대로 하라~

─ 공화국에서 어찌 이런 일이 일어나느냐는 말입니다. 관절대관절~

동실은 애시당초 보위부의 끄나풀이 된다는 것이 비위에 거슬렸다.

─ 이런 돼지바우우둔한 사람 같은~아니 공화국이니깐 두루 이런 일이 일어난 게 아니니~

덕순의 입술이 실룩거렸다. 덕순은 보위부의 은밀한 지시를 수행하고 있는 아들의 투덜거림이 역시 못마땅했다.

─ 어머니 위해서 평양 병원에 데리고 가고 아버지 묘비 세워준 거는 좋지만서두~

─ 좋은 게 좋은 거 아니나~고저 상철 아버지 붙들어야 우덜이 떠더 국수제비이라도 먹고 사는 거 아니니~

덕순은 태산이 동무를 붙들어야 공화국에서 먹고 살 수 있을 것이라 생각했다.

─ 아무리 그렇더라도 참이 동무 생각하면 영 맘이 놓이지 않는단 말입니다.

─ 아니 참이 생각하문 동실이 너어 이거 잘하는 짓이에요. 생각해 보라, 참이 동무 아버지가 누구이니?

덕순은 아들애 동실을 어떻게 하든지 리해시키려고 애썼다.

– 력사 생코지 누구긴 누구입니까?

동실의 머릿속에도 참의 아버지가 상철의 아버지라는 것이 각인되어 있었다. 하지만 박태산의 지시를 수행하면서 납작납작넙죽 손을 내밀어 받아먹는 짓거리가 동실은 꿈밖에뜻밖에 싫었기 때문에 우정부러 퉁한 소리를 했다.

– 공화국에선 두루 핏줄이란 거를 어찌 무시할 수 있단 말이니? 그러니깐 참이 아버지는 상철 아버지가 맞단 말이야~

– 어찌 되었든지 나는 휴식날공휴일에도 게바라다니는나돌아다니는 보위부 끄나풀은 싫단 말이오.

동실은 겉으로 내색을 하지 않았지만 참이 동무의 앞에서 감히 얼굴을 쳐들 수가 없었다. 동무의 아버지, 아니 설령 동무의 아버지가 아니라 해도 역사 선생이며, 동실의 크고 작은 일을 자신의 일처럼 도와주는 사람이 바로 리명호 선생이 아니던가. 그런 스승의 발목을 걸어 넘어뜨리려는 상철 아버지의 짓거리는 아무리 생각해도 정당한 방법이 되지 못했다.

– 동실아, 네가 세상물계세상형편를 몰라서 그러는 게야. 어머니가 진속에 죽을 목숨 누가 살려 냈더냐~ 우리가 나쁜 게 아니고 이거 함께살이공생 하는 거 아니니?

동실은 어떻든지 아들을 리해이해시키려는 어머니의 말에 한 번 슬며시 지르노려보았다. 공연히 이런 상황에 얽힌 자신이 매우 싫었기 때문이다.

– 이렇게 지르보지 말라야. 어머니가 상철이 아버지 덕분에 더넘이덤루 사는 게야. 네 아버지 돌아가시고 고저 장차 동거살이셋방살이 신

세로다 나가떨어지지 않으려면 두루 상철 아버지 바짓가랑이라도 잡아야 옳단 말이다 이거지~

덕순은 아직 아들이 정말 세상물계를 모른다고 생각했다. 상철 아버지 덕분에 그나마 때식끼니 걱정도 없고 내일날미래에 대해 희망이라도 가져볼 수 있다고 생각하고 있었다. 그까짓 사람을 죽이는 일만 아니라면 무엇이든지 눈 한번 딱 감으면 그만일 것이었다.

덕순은 지갑에서 달러를 몇 장 꺼내 동실에게 건네주었다. 태산이 동무가 비록 자기를 이용해 먹어도 마지막 양심까지 버리지는 않았던지 한뉘평생 구경 못 한 달러까지 찔러주었다. 그래 정숙 동무 앞에서 투덜거리며 빈정대던 공화국과 박태산에 관한 비아냥거림을 생각하면 은근히 얼굴이 붉어지는 것이었다.

― 아니 어머니, 이게 미국 아버지들 달러란 말 입니까?

― 글쎄 글쎄 그렇단 말이야~ 미국 놈들 미국 놈들 해도 고저 달러가 최고란 말이야~ 이렇게 상철 아버지 뒤꽁무니 따라다니니깐 두루마룩국물이라도 떨어지지 않느냐 말이야.

동실은 어머니로부터 받은 달러를 받아들고 이리 뒤적 저리 뒤적 신기하게 살펴대기 시작했다. 학교 돈줄 자식들이 달러를 가져와서 동무들 앞에서 폼을 잡고 목에 힘을 주는 것을 생각하니 어머니로부터 받은 달러라는 것이 정말 신기한 요술 방망이처럼 여겨지고 있었다.

― 것 봐, 울 아들애도 벨 수 없지~ 고저 공화국 인민들 어느 놈이 미국 달러 싫어하는 놈 있다면 저게 역전 극장 앞으로 나와 보라우~

덕순의 목소리에 이윽고 힘이 실려 있었다. 아들 역시 달러 앞에서 맥을 못 추는 것을 보면서 덕순은 너볏이 고개를 끄덕였다.

― 어머니두 참~ 어찌 하필 린민들더러 역전 극장 앞으로 나와라 합

니까? 고저 백사다리 앞으로 나오라고 하면 누가 나오겠어요?

─ 호호호~

동실의 입에서도 어머니처럼 웃음이 삐져나왔다. 살다가 보니 이렇게 달러를 만져 보는 날도 있다는 생각에 동실은 공연히 어깨에 힘이 느껴졌다. 그렇다면 한번 대차게 보위부의 끄나풀이 되는 것도 싫지 않을 듯했다. 순간 자신 앞에 새로운 세상이 펼쳐지는 느낌에 동실은 본래 벌렁대는 코가 더욱더 벌렁벌렁 열렸다.

─ 동실아, 어머니하고 너하고 살아가려면 우리 정신 바짝 차려야 한단 말이야~ 고저 린민반장 집집이 알곡 거두러 다니는 거는 보았지?

─ 리웃집 강 씨 아주머니하고 드잡일 하고 싸웠다지 않습니까? 애옥살이 살림에 거둬 가려면 쓰레기통을 가져가라고 고저 인민반장 면상에 들이쳤다는데~

동실은 먹을거리마저 부족한 주민들에게서 알곡을 강제로 거둬들이는 짓이 날강도 짓이라는 생각이 들었다.

─ 것 보란 말이지~ 윗대가리들이 시키니깐 그러겠지만 고저 보라지. 량곡 거둬간다 악다구니 쓰고 결딴내들면 누구 손해이니 말이야. 이렇게 달러라도 지니고 있음 기깟 으름장을 내지를 일도 없고~

동실은 이머니의 설득에 자신이 순간 느슨하게 풀어놓은 생각의 고삐를 바짝 조이기 시작했다. 아버지가 계시지 않은 이상 동실은 자신이 세대주가장라고 생각했다. 세대주로서 어머니를 지키기 위해서는 무슨 일도 마다하지 않아야 하리라는 각오를 다지고 있었다. 더군다나 어머니의 말처럼 동실이 보위부의 앞잡이가 되어서 하는 일이 력사 선생에게는 도리가 아닐지 몰라도 참이 동무를 위하는 일이 된다는 사실에 절로 위로를 하고 있었다.

동실은 마음속으로 결의를 다진 다음 손전화기를 다시 한번 살펴보았다. 참이 동무의 간절한 요구에도 동실은 흔들리지 않고 찍은 사진을 손전화기에 저장해 두었다. 어머니로부터 달러를 받게 되니 이런 자신의 선택이 결코 후회가 되지 않을 듯했다. 동실은 휴식날 느긋하게 마리오 게임을 하려던 마음을 당장에 바꿔 몸을 일으켜 세웠다. 까닭 모를 불안감뿐만 아니라 설렘마저 한데 어우러져 동실은 방안에서 어찌할 바를 모르다가 곧장 손전화기를 들고 마당으로 나왔다.

– 동실아, 고저 상철 아버지가 시키는 대로 하라.

– 알겠습니다. 어머니. 휴식날인데 어데 나가십니까?

빨간 들가방손가방을 옆구리에 끼고 평소답지 않게 색안경을 두르고 나서는 어머니를 향해 동실이 물었다. 동실 역시 어머니가 누구의 지시를 받고 이런 입성을 하며 종일 기업소와 타지로 나다닌다는 것을 내심 짐작하고 있었다.

– 휴식날이라구 집안에서 밥도적밥벌레이 될 수야 없잖니~고저 이참에는 이 어머니 궁냥궁리을 내서 과업을 완수해야 락제국미역국을 먹지 않겠냔 말이야~ 동실아, 어머니 모양이 괜찮네? 호호호~

– 하하하~ 어머니 모냥이야 그저 보기 좋습니다요. 색안경을 걸치니깐 영락없는 오란때옛날 배우 같단 말입니다.

어머니를 위해 겉으로는 일부러 웃고 있지만 동실의 마음은 우울했다.

– 호호호~ 울 아들애가 녀자 볼 줄 아누만요. 암, 녀자 볼 줄도 알고 때 따라 이악할 줄도 알아야 한다 말이지~

동실은 어머니의 환한 웃음을 보게 되니 기분이 매우 좋아졌다. 아버지가 돌아가신 이후 이렇게 밝은 기분을 느낀 경험이 없었던 것 같았다. 그런데도 동실의 마음 한구석에는 안타까운 마음이 도사리고 있었다. 지금 당장 모양은 저렇게 보여도 어머니의 지금 모습은 그저 허제비허수아비에 지나지 않음을 알기 때문이었다. 아랫배를 질끈 동여매었던 복대가 동실의 뇌리에 여전히 암암하게 남아 있었다. 그럼에도 호탕하게 기운을 내어 웃는 어머니의 모습을 보니 동실의 기분 역시 환하게 밝아지는 것이었다. 동실은 어머니의 말씀에 대답 대신 고개를 끄덕이는 것으로 응대하고 있었다.

– 동실아, 동무들 불러 저게 장마당에 가서 인조고기밥도 사 먹고 고저 두부밥도 사 먹고 하려무나~

– 네 어머니. 동실이 걱정 말고 다녀오세요. 아주 어머니는 영락없는 오란때옛날 배우 맞습니다. 하하하~

동실은 건들건들 멀어지는 어머니의 뒷모습을 물끄러미 바라보았다. 어머니의 자취가 골목에서 사라질 때까지 바라보다가 방으로 들어와 손전화기를 꺼내들었다. 손전화기를 꺼내 폴더를 열 때 눈에 들어오는 평양이란 마크가 까닭 없이 좋았다. 세상의 바닥에 숨어 지내다가 세상의 수면으로 박차고 올라오는 희열 같은 것을 느끼었을 것이다.

동실은 손전화기의 차림표메뉴를 열어 눈 앞에 펼쳐지는 찬란한 차림들을 살펴보았다. 차림표 가운데 사진기를 지그시 눌러 보았다. 참이 동무의 바람벽에 은밀히 숨은 학갑벽장을 찍은 사진들이 숨을 죽인 채로 손전화기 속의 차림판에 대기하고 있었다. 뇌리에서는 유희게임에 대한 강렬한 떨림이 일어나면서 하마터면 마리오에 손가락이 빨려들 것만 같았다. 마리오2 역시 마리오1의 밑에서 동실의 손길을 유혹하고 있었는데 이상하게도 마리오에 한 번 빠지니 헤어날 수가 없었기에 다시는 유희게임에 눈길조차 주지 않을 생각이었다. 그런데도 공중전이며 괴물 잡기, 말하는 고양이와 같은 혼자서도 하루를 코 빠지게 즐길 수 있는 요술 방망이 같은 것들이 손전화기 속에서 여전히 동실을 유혹하고 있었다.

　동실은 또렷하지 않지만 학갑_{벽장} 속의 내용물이 책과 보자기에 싸인 항아리 종류라는 것을 사진을 통해 충분히 알아차릴 수 있음을 확인하는 순간 거의 설레는 가슴으로 통보문_{문자} 차림판을 눌러버렸다. 상철 동무의 아버지, 즉 보위부의 지시를 은밀히 수행한 데 대한 뿌듯함도 느껴지는 순간이었다. 동실은 천천히 학습 받은 대로 하달받은 주소록을 호출했다. 그리고 또박또박 통보문_{문자}을 입력하기 시작했다.

　'임무 하나 완료, 뒤거두매_{마무리} 바람. 력사 생코 방의 바람벽에 은밀한 학갑_{벽장} 발견, 학갑 속의 사진 박기 완료, 사진을 바로 보냅니다. 소조원 조동실'

　이렇게 써서 통보문을 보낸 다음 바로 차림판에서 사진기를 눌러 보위부 박태산이 지시한 번호로 전송 완료했다. 마치 동실은 자신이 은밀한 보위부의 요원이라도 된 듯한 착각에 빠져들었다. 역사 생코한테는 미안한 마음이 없는 것도 아니지만 한편으로 진정한 참이 동무의 앞날을 위해 참의 아버지를 돕는다는 생각을 하니 후회 같은 마음 역시 명치끝에 오르지도 못하고 그만 주질러 앉고 말았다. 대방_{상대방}으로부터 답신이 바로 당도했다. 상철 아버지의 답신인지는 모르지만 동실의 통보문에 대한 누군가의 응답은 분명했다.

　'동지의 과업완수를 환영한다. 계속 과업을 수행하도록 하라'

2

박태산을 태운 자동차는 평양 시가지 보통강 구역을 달리고 있었다. 태산의 표정은 잔뜩 긴장되어 보였지만 특유의 활달한 성격답게 평양 시가지의 여기저기를 산만하게 살펴보고 있었다. 건물 사이를 자세히 살펴보려고 고개를 기린의 목처럼 길게 뻗어 올려보기도 하고 자라목처럼 주름이 잡히도록 움츠리기도 하였다. 그럼에도 함부로 입을 열어 시털부털 말을 못하니 죽을 맛이었다. 부하들과 동행하는 길이라면 수없이 부하들에게 지껄여댔을 터이지만 지금 상황은 부하들이 아니라 시 보위부 부부장을 대동하고 있기 때문이었다.

– 박 과장 동지, 무슨 생각을 골똘히 하고 있소?

하고 침묵을 먼저 깨뜨린 사람은 부부장이었다.

– 고저, 평양이 많이 발전했다 생각 중입니다.

이때, 마침 네거리에서 자동차가 신호에 멈춰 섰다.

– 그치, 저거 보라, 박 동지.

부부장이 창유리를 내리며 직접 손가락을 멀리 가리켰다. 박태산이 부부장의 손가락 끝을 따라 시선을 멀리 던지고 있었다.

– 네거리 정지선에 멈춰 있는 택시 한번 세어보라.

– 예 부부장 동지~

하고 태산이 재게 손을 놀려 보통강 구역 네거리에 신호 대기 중인 택시의 머릿수를 헤아리기 시작했다.

– 무려 다섯 대나 서 있습니다, 부부장 동지.

– 하하하, 고저 장관이구나야. 아아 평양이 이렇게 발전해 댈 줄 누

가 알았겠니~

부부장이 마치 어제날_{과거}의 한 때를 회상하듯 지그시 눈을 감을 때 자동차가 출발했다. 자동차는 계속해서 평양의 보통강 구역을 달리고 있었다.

– 고저 수년 전만 하더래도 로므니아_{루마니아} 다찌아가 고작 아니었는가 말이야. 하, 이렇게 정말 많이 변했구나~

– 장성택 위원장 업적 아니겠소? 장성택 위원장이 고저 택시 사업을 시작하면서 이렇게 번성하기 시작하지 않았습니까?

태산이 보위부에서 입수한 정보들을 떠올리며 말했다.

– 말인즉슨 맞지만, 고 박 동지 함부로 그딴 말 지껄이지 말라. 이거는 말인즉 우리 보위부에서 앞다퉈 수입한 결과란 말이지~

– 아 참 맞습니다. 내래 생각이 짧았습니다.

태산은 순간 경거망동한 자신의 행동을 후회했다.

– 저거 보라. 풀 메뚜기 색깔, 저건 빨강색, 저건 저 노란색 하 종류도 많구나. 저게 아마 택시 회사 색깔들이지 박 동지~

– 맞습니다. 장성택 위원장이 인민 보안부에 택시회살 두루 만들어서 중국에서 자동찰 수입해 들여왔더래는데~

아는 게 병이라고 금방 후회한 행동에도 불구하고 태산의 입이 거침없이 열렸다.

– 거 자꾸 장성택 장성택, 혼백 티끌도 없이 날아간 망자에 이름 머가 좋아 자꾸 올려대니~ 김정은 비서가 이권을 말이야 총정치국하고 정찰총국에 넘겼지 않았니~ 고 수익금 일부를 떼어 총정치국하고 정찰총국이 서로 나눠 먹고 고 나머지는 39호실로 그저 상납을 한다나 뭐라나~

– 부부장 동지, 내래 알고 있습니다. 고저 평양역 앞에 가면 하냥 택시가 승객을 태우려고 대기하고 있다는 거예요~

태산은 이제 조심스럽게 입을 열었다.

– 언 어데 평양 역전뿐이겠니~ 만수대 동상 앞 아백_{아동백화점}에서 두루 대기를 하고 있다누만, 하하하~ 박 동지, 시간이 어떻게 되었나?

– 고저 한 시간은 족히 여유 있습니다.

태산의 마음이 문득 경쾌한 느낌이었다.

– 보라, 보통강 구역이나 한번 돌자, 하하 저거 저 저 고층 살림집_{아파트}에 저거 105층 류경호텔 아니니~

박태산 일행을 태운 자동차는 여전히 보통강 구역에서 유람 중이었다. 봉화 거리를 중심으로 국제통신국 등의 산업시설은 물론 금성 청년 출판사 등 출판사 건물들과 낙원 영화관, 조선중앙통신사, 청년 전위 신문사 등이 위치하고 있었다. 평양 교원대학은 물론 평양 컴퓨터 기술 대학이 있고 보통강 유원지에도 많은 인민들이 나들이를 나온 모습이 보였다. 건국역, 황금벌역 등을 잇는 지하철과 낙랑 서평양 역간 무궤도전차, 시내의 주요 지역 등을 연결하는 버스 등이 연결되어 있었다.

태산의 일행을 태운 자동차는 이제 보통강 구역의 보통교 직전에서 멈춰 섰다. 인민대학 넘어가는 방향으로 4, 5층 건물들이 너댓 개가 보였고 특히 빨간 숫자 5가 길거리 옆에 특이하게 박혀 있었다. 공화국 인민들은 웬만해서는 빨간 숫자 5가 무엇을 의미하는 지 이 지역에서 무슨 일을 하는지 알기 어려웠다. 은밀한 작업이 일어나는 공간이기 때문이었다. 박태산 등을 태운 자동차는 숫자 5가 지칭하는 공간을 향해 미끄러져 들어갔다. 숫자 5가 박혀 있는 건물은 공화국의 은밀한 공간으로 해외 정보의 수집과 분석이 신속히 진행되고 있는 곳이었다.

바로 이 지역에서는 세계의 움직임을 한눈에 파악할 수가 있었다. 세계의 긴박한 정세를 분석해서 당의 지도부에 일보를 하는 역할을 하고 있었다. 일반적인 통보가 어느 정도의 시간을 요하는 통합적 소식통이라면 일보는 즉시 직보直報로 보고되는 소식통이었다. 말하자면 공화국 지도부의 소통라인이었다. 아시아, 유럽, 아프리카 등 각각의 구역별로 업무가 분담되어 있었고 남쪽의 KBS, MBC, SBS 등은 물론 조선일보, 중앙일보, 동아일보 등의 주요 일간지 등도 분석의 대상이 되고 있었다.

박태산 일행은 직원의 안내를 받아 움직이고 있었다. 외부에 드러나지 않은 붉은 숫자 5의 구역에서 일하는 직원들의 표정은 심각할 정도로 굳어 있었다. 그럴 것이 7차 노동당 당 대회를 앞두고 축포를 쏘아올려 김정은 국방위원장의 잔칫상을 차리려던 미사일 계획이 수포로 돌아가고 말았기 때문이었다. 남조선은 물론 미제와 일제까지 살을 떨며 예민하게 반응을 보이고 있다는 사거리 3000 내지 4000 킬로미터의 무수단 미사일의 발사를 통한 잔칫상이 쭉, 쭉 차려지기도 전에 공중에서 폭발해버린 때문이었다.

최근 들어 세 차례의 연이은 발사실험이 모두 수포로 돌아갔다. 김정은 위원장이 현장에서 지휘를 했기 때문에 그 충격은 더욱 컸던 것이다. 무수단 기지 세 곳 모두 초상집 분위기임을 박태산 등은 은밀한 소식통에 의해 알고 있었다. 평남 양덕의 사령부 한 곳과 함남 신흥, 허천 등 여단 두 곳의 무수단 기지에서는 잡음이 퍼지지 않도록 각별히 주의를 하고 있음에도 공화국에서 권력의 이쪽 편에 있는 집단들 사이에서는 실패라는 정보를 이미 듣고 있었다.

급기야 중앙당 정치 보위부에서도 공화국 전역 정치 보위부 특단의 대책회의를 직접 이곳 숫자 5이하 중앙당 5국의 공간에서 개최하고 있음이었다. 특히 중앙당 5국은 설령 공화국이 발포의 연이은 실패를 아무리 감추려 해도 미국 등이 상황의 전말을 귀신같이 알고 있음을 모르지 않기에 이미 세 차례 실패에 대한 공화국 밖의 반응을 주시하고 공화국 인민들에게 퍼지지 않도록 세차게 고삐를 당기고 있는 것이었다.

중앙당 5국의 총괄 책임자가 공화국 전역 보위부 간부들을 앞혀놓고 공화국 밖의 상황을 발표하고 있었다.

– 지금 남조선에선 이미 공화국에서 일어난 몇 차례의 미사일 발사에 대해 면밀히 분석을 하여 국민들에게 전파까지 내보낸 상황입니다. 미제 괴뢰들이 하늘에서 손바닥 들여다보듯 성능 좋은 위성으로 들여다보고 있어서 남조선은 거저 앉아서 우리들의 미사일 발포상황에 대해 보기 좋게 헛물만 켜대고 있다고 날조를 하고 있단 말입니다.

– 우리 공화국 군부를 질타하면서 실패에 따른 처벌을 고저 피해가기 위해 몸부림을 치고 있다는 보도를 내놓고 있습니다. 고저 공화국 내부에서조차 발사 여부를 놓곤 갑론을박을 했다는 등 해 저문 시간이라서 두루 미사일 궤적을 파악하기 어려웠다는 등 지랄들을 하고 있다는데 그저 우리의 주력 무기가 수소폭탄이라면 남쪽 놈들의 주력 무긴 대북 확성기밖에 되지 않은 놈들이 마구대구 입들을 놀리고 있단 말입니다.

– 지금 남조선은 물론 미제, 일제, 저 중국 놈들까지 우리에 미사일 발사 실패를 비웃고 있단 말입니다. 핵무기 투발 수단인 무수단 미사일 발사실패 때문에 공화국에 고민이 커졌다는 등 핵탄두 폭발시험에 성공하더라도 미제를 겨냥할 수 없는 절름발이 무기에 불과하다는 등 아주 고저 어찌 주둥이들을 사납게 나부대고 있는지~

자리에 참석하고 있는 공화국 전역 보위부 간부들은 책임자의 발표를 묵묵히 지켜보면서 마음속으로 장차 어떤 제스처를 취해야 할지 염려하고 있었다. 이런 생각에는 박태산 일행도 당연히 마찬가지 입장이었다. 이번 미사일 발사실패에 따른 세계의 동향 파악이란 주제를 놓고 5국 측의 다양한 발표가 있었다.

여기저기에서 보위부의 영역을 벗어난 부분까지 열을 올리면서 얘기와 성토에 여념이 없었다. 공화국 군부의 책임소재를 따지기 전에 당장일파만파 공화국에 은밀히 퍼질지도 모를 작금의 상황에 대해 어떻게 대처를 해야 하는지에 초점이 맞춰지고 있었다. 탄도미사일을 총괄하는 전략군사령관 김낙겸의 거취까지 입에 담으며 어떻게 하면 구석에 몰린 상황을 타개하고 이번 미사일 발사의 실패를 은닉하며 북남 긴장을 최고도로 끌어올릴 수 있는지에 대해서도 다양한 론의 등을 했다.

- 중국이 추가적 핵실험에 길길이 날뛰어대며 반대를 하는 상황에서 어찌 당 대회 전에 쏘아 올릴 수가 있겠습니까. 설령 미사일 발사가 성공리에 끝난다 해도 이는 반쪽짜리 과업에 불과하단 말이에요. 만약 또 실패하는 날엔 고저 세계만방에 알려질 공화국의 낭패는 물론 김정은 위원장의 체면이 머가 되겠느냐 이런 말이오.

- 남조선 괴뢰도당, 박근혜 패당들을 겨냥해서 은밀히 국지 도발을 하대거나 사이버 테러 등을 실행하면 두루 괜찮지 않겠습니까?

남조선 박근혜 패당을 향한 국지 도발 얘기에 여기저기에서 웅성거리는 소리가 들렸다.

- 그기 어찌해서 우리의 소관이오? 고저 우리의 소관을 넘는 말은 자제하시오. 설령 기만 대남식 국지 도발을 하구 마구대구 사이버 테러를 감행한다손 뭐를 어찌하겠단 말이겠소? 이딴 잔챙이 치적으로 김

정은 위원장의 치적을 선전하긴 영판 군색하단 말씀이에요. 아니 그러하오?

오직 김정은 위원장의 치적을 선전하는 일이 논의의 제일 목적인 것 같았다.

─ 고 동지의 견해에 찬동하오. 공화국 방어를 위해서 핵탄두들을 실천배치해서 자뿌룩하면 발사할 수 있도록 상시적으로 준비 해얀다고 고저 김정은 위원장님이 말씀하셨지요. 그카구 핵무기에 소형화, 정밀화 등을 운운하시면서 운반수단에 대한 생산증대 주문을 각별히 했지 않았습니까? 평북 철산군 동창리 발사장에 두루 연일 어려운 걸음을 하신 위원장님이 신형 대륙간 탄도 로켓 대출력 발동기 분출 시험까지 참관했답니다.

─ 이런 상황에서 공화국 인민들의 사기가 하늘을 찌를 듯이 고저 충천해 있다는데 이거 말문들이 뚫리면 두루 공화국은 물론 위원장님의 체면이 어찌 아니 손상되겠느냐 말이오. 인민 생활 향상을 고저 주체 105년2016년 최고의 국시로 천명해놓고 연이은 미사일 발사실패 사실을 인민들이 알게 된다면 인민들의 위원장님에 대한 원성이 하늘을 찌를 거란 말이오. 그러니 이제 본론적으로 우리 보위부가 어찌 이번 미사일 발사실패에 따른 공화국 린민인민들의 사기를 진작시킬 수 있는지 견해들을 개진해달란 말입니다.

책임자의 말이 끝나자 여기저기서 웅성웅성 잡음들이 일어나고 있었다. 공화국의 현재 상황으로 보자면 정말 일촉즉발의 위험한 순간이 아닐 수가 없었다. 가장 문제가 되는 것은 미사일 발사의 실패 소식이 공화국 인민들에게 일파만파 퍼지는 것이 문제였다. 당장 가장 시급한 것이 소문의 통로를 철저히 차단하는 일이었다.

－ 함남 도 보위부 부부장이요. 가장 요시찰 인물들은 바로 탈북자 가족들입니다. 남쪽의 은밀한 소식통이란 고저 국경에서 여태 뚫린 손전화 통화질이란 거를 알지요? 말은 보태고 떡은 뗀다는 말마따나 말이 마구 말을 만들어내고 말이 마구대구 퍼져 씨가 된다는 말처럼 김정은 위원장님 체면에 된장 칠하게 생겼단 말입니다.

함경남도 보위부 부부장이란 자의 말이 끝나기도 전에 뭔가 불만을 성토하는 듯한 말들이 웅성웅성 피어올랐다. 아무래도 된장 어쩌고 하는 말을 듣고 토들을 달고 있는 모양이었다.

－ 고 이바구를 하려면 가려서 하시오. 어찌 김정은 위원장님 지존 앞에 된장을 칠한다는 말을~ 문제는 고저 북중 국경 지역을 어찌 봉쇄하느냐에 달렸소. 고 린민들 왕래하는 거야 눈 번히 뜨고 있으니깐 두루 통제하겠지만 고 중국 놈들 이동통신 말이오. 그 손전화는 유심칩만 고저 바꿔 끼워대면 북중은 물론이구 북남 간 통화질도 어렵잖다 말입니다. 그저 그 국경에서 손전화 통화질을 막아대는 게 급선무라 생각하오.

－ 신의주 시보위부 부부장이오. 고저 신의주에서 의주 가는 길목 말이오. 거 나래비 늘어선 차단소검문소를 엄중 차단하구 이중 삼중 검열 절차를 거쳐서 인민들을 통과시켜야 되고 손전화 통화질 문젠 두루 보위부 요원들은 물론 보안부나 사령부나 가릴 것 없이 품을 들여서 막아야 되고 적발을 해대야 하겠다 말입니다~

－ 중앙당 보위부 부부장올시다. 고 보위부 반탐과 24국 요원들 여기 왔겠지요? 고 기지국 감찰 상황이 어떠한지 한번 아뢰어 보시오. 가만 보니깐 엊그제 중앙 떼레비에서 모란봉 악단이 공연하던 날 어찌 반탐국 요원들 감시체제가 소홀했는지 말해 보시오. 쯧, 쯧~ 국경 언

저리에서 고저 중국 기지국 통화량이 어찌 예삿날 보다 두 배나 늘어 났는지 분석해 보란 말이오!

— 통화량이 늘어난 거야 이거 어찌 그리되었는지 분석할 수야 없지 않겠습니까? 뭐 공화국 밖에서 중앙 떼레비 모란봉 악단 공연방송 일 정을 두루 알아댈 수도 없을 것이오. 요^{중요}한 즉슨 북중 간 기지국 협 정이 더욱 강화되어야 한다는 말이오. 기지국 관계 수두 늘려야 되고 위험 단어 자동 추출 프로그램 또한 강화시켜야 한단 말이오. 고저 국 경 간 발신자 전체를 도청할 수는 없는 노릇 아닙니까? 그렇다고 하냥 늘어가는 통화량을 넋 놓고 구경만 하면 공화국 체면이 뭐가 되겠습니 까?

조선인민공화국에서 가장 심각한 문제가 바로 늘어나는 손전화 통 화량이며, 이러한 현상은 결국 주민들이 남조선 자본주의 사상과 문화 를 접촉하게 되는 결과로 이어지는 것을 보위부는 가장 염려하고 있는 것이었다.

— 북중 국경 지역 감시체곌 10 내지 50 킬로로다 대폭 확대하구 고 저 탈출이니 서울이니 탈북이니 하는 위험 단어 검색 프로그램을 대폭 늘려서 어느 순간에 명백한 단서가 잡히면 두루 재깍 기지국에 의뢰해 가지고 통화내⁸을 녹음하면서 속히 대처를 해야겠단 말입니다.

이날, 중앙당 5국의 강당에는 공화국 이래로 가장 치열하게 보위부 요원들의 의견 개진이 있었다. 나름대로 기지에 넘치며 의욕적인 대책 들이 쏟아지기도 했지만 당장 공화국 밖의 시야를 가리는 데는 실패한 마당에 누구라도 헤헤거릴 입장이 되지 못했다. 다만 태산은 부하로부 터 하나의 통보문^{문자}을 전달받고 허북^배에 바람 들어간 사람마냥 기 분이 부풀어 신의주시로 돌아오는 내내 홀락거리는^{까부는} 듯한 웃음을 실실 흘리고 있었다. 부하의 통보문은 바로 조동실이란 소조원이 송부했다는 리명호 동무의 은밀한 학갑벽장에 관한 내용이었기 때문이다. 태산에게 있어서 명호 동무를 잡는 일이야말로 보위부 초년시절 큰 물고기를 낚아대던 일에 버금가는 초망마수결이 과도 같은 것이었다.

3

덕순은 그저 자기 궁냥궁리을 내어 시도해 보았던 나름의 과업이 어느 정도 성과를 내고 있다는 생각에 가슴이 한껏 부풀어 있었다. 덕순은 위에서 시키는 어떠한 과업도 공화국의 명령이라 단정 짓고 흔쾌히 과업의 완수에 여념이 없었다. 지난번에 시내의 화려한 '민족식당'에서 사람을 만나 솔선하여 과업을 지도하고 성과를 냈던 일이 믿어지지 않았다. 덕순의 이러한 피타듯이애타듯이 과업에 매달리는 까닭은 공화국을 위해서도 김정은 위원장을 위해서도 아니었다. 그녀의 머릿속에는 오직 아들 동실의 내일날미래에 대한 염려 때문이었다.

그래도 이런 일을 하게 되었던 것이 모두 죽은 동실의 아버지 덕분이라 생각하고 있었다. 기백이 동무가 죽어서도 잊지 않고 자기의 가족을 보살펴 주고 있다는 믿음을 그녀는 가지고 있었다. 덕순은 눈을 지그시 감고 지난 시절 동실 아버지와의 즐거웠던 때를 회상해 보았다. 무던히 잠자리를 밝히던 기백이 동무가 사무치게 그리웠다.

나그네남편 살아있을 때 어찌 오붓하게 한 번도 민족식당 같은 데를 가서 단고기도 먹고 수산물도 먹지 못했을까? 생각하니 울컥 목이 메어왔다. 민족식당이라는 곳은 신의주각 못지않게 규모가 널찍하고 큰 데다 상차림 역시 없는 것이 없을 정도로 엄청난 식당이었다. 그래도 죽어 혼백이나마 이렇게 가정을 보살피는 동실 아버지가 존경할만한 세대주_{가장}이었음을 떠올렸다.

비록 잠자리에서 덕순의 몸뚱이를 이리저리 엎어 치고 뒤집어 치며 괴롭혀서 종내에는 덕순이가 잠자리를 거절하는 사단이 났지만 생각해 보니 사내구실을 톡톡히 하느라 그랬다는 생각에 피식, 웃음이 터져 나왔다. 그래도 교원으로 일하면서 가족에게 밥을 굶기지 않으려고 성치 않은 몸으로 이리저리 날뛰던 일들을 생각하면 짠한 생각도 들었다.

나그네_{남편} 없는 설움을 처지가 다른 공화국 녀성들 가운데 누가 쉬이 알랴. 나그네 죽고 없는 여성이 되어봐야 나그네 소중한지를 안다는 말을 이제 실감하고 있었다. 언제던가, 그 옛날 고난의 행군 시절에는 밥벌이 시원찮은 나그네더러 '집 지키는 멍멍이'라고 비아냥댔었다.

배부른 아낙네_{아내}들의 군소리지 하며 흥하고 덕순의 입에서 콧소리가 흘러나왔다. 요글막에는 뭐라나, 일을 못하고 집에서 빈둥대는 남정네들보고 '가을파리'라고 한 대나 어쩐대나, 흐응, 아무리 일이 없다고 가을날에 바깥이 추워 방안에만 붙어 지내는 파리에 빗대어 부르는 짓거리는 공화국 녀성들의 교만이라는 생각이 들었다. 홍, 되바라진 어펀네이들 보리지. 어데 세대주 귀한 줄을 나그네_{남편}가 죽어 봐야들 알려나 하며 속으로 이악한 공화국 녀성들을 비웃고 있었다.

하지만 아무리 투정을 해대는 공화국 여성들이라 해도 자신들의 자식에 대한 정성은 그저 누구라도 하늘을 찔렀다. 덕순이 인민학교나 고등중학 다닐 때에 친하게 지냈던 녀성 동무들을 만났을 때 하나같이 아들이나 딸애의 진로 문제에 대해 부탁을 하지 않은 동무는 없을 정도였다. 장마당에서 돈줄깨나 잡았다는 동무들도 자식에게 쏟아붓는 정성은 하늘 높은 줄을 모를 정도였다. 그저 어찌하면 외화벌이 회사에 들어갈 수 있는 줄이 없겠냐는 둥, 딸애의 몸매가 제법 매끈한데 어떻게 비행기 승무원으로 나가는 방법이 없겠냐는 둥, 돈은 벌었으나 자식의 건강이 조금 나쁜 부모는 지어는 심지어는 김일성 화나 김정일 화를 관리하는 일을 하도록 줄을 대달라고 바짓가랑이를 잡고 부탁을 했다. 그리고 성미 급한 어떤 동무는 자기 시아버지가 키가 제법 크니까 도심 가로등 관리원을 하도록 힘을 써달라는 청탁까지 넣어댔던 것이다.

박태산이 처음 덕순에게 상황을 설명하고 임무를 부여하면서 목적은 정숙 동무의 마음을 태산 자신에게 돌려달라는 데 있음을 덕순이 모르지 않았지만 일을 함에 있어서 그저 덕순의 번뜩이는 생각을 빌리지 않을 수가 없었다. 그도 그럴 것이 권력은 태산에게 있지만 권력을 이용하는 수단은 덕순 동무의 잔머리에 있었기 때문이다.

덕순은 태산의 일을 도우면서 인민들이 손에 쥐어주는 달러를 통해 권력의 맛을 새삼 느끼고 있었다. 처음에는 태산이 동무가 시키는 대로 일을 하고 태산의 기분에 따라 태산이 동무로부터 달러를 받기도 했지만 궁리를 하다 보니 사방 천지에 먹을거리가 넘쳐 있었다. 권력이란 것이 먹을거리를 넘쳐나게 하고 있었다. 태산은 처음 자신이 시키는 일만 하면 된다고 못을 박았다. 태산은 마치 김정은을 흉내 내며 오직 다른 데다 시선 빼앗기지 말고 자신이 시키는 일만 하라고 당부했다.

– 보오, 덕순 동무. 우리의 지존께서 년 초에 뭐라 하였는지 아오?

– 그걸 내 어찌 기억하오?

덕순이 퉁명스럽게 대답했다.

– 이런 이런 맹꽁이 보오~ 그런 사상에 알맹이 가지고 어찌 공화국

보위부 일꾼과거의 소조원 노릇을 하겠는가. 고저 기백이 동무는 수학 교원이라서 어찌나 머리 회전이 빨빨댔던지~

— 어서 말을 해 보오. 내 지금 당장 새기면 되는 거 아닙니까?

덕순이 천연덕스럽게 태산이 동무를 향해 농을 쳤다.

— 내래 벽을 문이라 하면 고저 무조건 열고 들어가라.

— 언 어찌 벽을 열고 들어간다는 거예요? 동이 닿는 말을 해야지 글쎄~

덕순은 태산이 동무 앞에서 전혀 긴장하지 않았다.

— 허헛 거 덕순 동무래 말이 많구만이요. 내래 하나를 하라고 하면 열을 하구 싶어도 무조건 하나만 하라, 고 새겨들으란 말이오!

— 옳코니~ 고저 무조건 알겠습니다, 하란 말 아니오?

— 맞습죠, 맞아요. 이럴 땐 덕순 동무가 우리 정숙 동무 머릴 뛰어 넘는다. 하하하~

덕순은 입술을 실긋 말아 올렸었다. 태산의 입에서 말끝마다 우리 정숙이 하는 말이 덕순의 귀에 거슬렸기 때문이다.

그러나 무엇보다 당장 덕순은 태산이 동무가 지존과도 같은 존재라는 것이 느껴지고 있었다. 덕순의 궁리를 통해 제법 돈줄깨나 있다는 동무들을 만나 하나씩 일을 물어다 줬을 때 그 일들을 처리하는 박태산의 힘은 막강했다. 덕순은 기백이 동무가 죽어 가면서 당부하던 말을 열 번도 넘게 떠올렸다. 동실이와 같이 공화국에서 살아남으려면 어찌하든 보위부의 태산이 동무 꽁무니를 잡으라고 했다. 당시에는 무슨 나그네가 아낙네 앞에서 눈을 감으면서 자기 동무의 꽁무니를 잡으라고 하나 해서 가을 뻐꾸기 우는 소리 하지 말고 편히 눈 감고 가오, 했던 기억이 엊그제 같았던 일이다.

그런데 기백이 동무가 죽어서도 돕고 있다는 생각이 들었던 것은 덕순의 궁리를 통해 만든 일이 술술 풀리고 제법 돈까지 만들어주었기 때문이었다. 물론 여기에는 철저히 태산의 권력이 작용하고 있었지만 그래도 이따마당이따금 기백이 동무가 꿈속에 나타나서 대찬 방사를 치르는 날에는 이튿날 일이 순조롭게 열리는 것이었다.

　기백이 동무는 꿈속에 나타나서조차 덕순을 엎어 치며 방사를 치렀다. 덕순의 몸은 이럴 때마다 녹초가 되어 당장 숨이 넘어갈 것만 같았지만 이상하게 몸속의 찌꺼기들이 밖으로 달아나는 느낌도 들었다. 그나마 나그네남편 죽고 사내를 멀리한 세월이 오래지만 이렇게나마 찾아주는 기백이 동무가 덕순은 새삼 고마웠다. 동실 아버지가 죽어서도 사내 노릇 하고 세대주 노릇 하느라고 꿈속에 찾아와서 외로운 영혼까지 달래준다고 생각했다. 그런 날은 정말 일이 꿈밖에뜻밖에 잘 풀렸다.

　─ 덕순 동무, 일전에 말한 김정일 화꽃 관리원 말이오.

　덕순은 은근히 거드름까지 피우고 싶은 심정이었다.

　─ 어케 되었나요? 고저 들어갈 자리가 있답니까?

　─ 있긴 한데 제때 딱, 딱 생활비 나오는 자리라서 말이야 꾹돈뇌물이 이거 좀 많이 필요하건만~

　체면에 대놓고 뇌물을 달라는 말을 우회적으로 표현하고 있었다.

　─ 글쎄 자리 있다면 거지반 되는 거네요. 한데 꾹돈이 얼마나~

　─ 김정일 화 온실 관리원이야 고저 당에서 따박따박 지원받는 자리 아닌가 말이오. 하구 고저 김정일 화가 뭐이니? 불멸의 꽃 아니나? 베고니아 뿌리 그저 제때제때 물을 뿌려 온도 일정하게 유지하면 되는 일 아니오?

　하나만 보면 세상에서 가장 쉬운 일이 온실 꽃 관리원처럼 보일 것이다. 하지만 조선공화국에서 온실 관리원은 목숨을 담보하는 직업이었다.

― 하지만 불멸의 꽃이라도 죽으면 처벌을 받는 데가 아닙니까? 사정 좀 봐주오, 그저~

― 이건 전격적으로 당과 인맥이 있어야 꿰찰 수가 있는 자린데~ 뭐 그저 만 원 정도는 받아내야 위에 두루 인사치렐 할 거 아니겠소?

덕순이 일을 물어와 태산에게 의뢰를 하면 열에 아홉은 해결되었다. 태산이 지나치게 무리한 요구를 해도 덕순이나 일을 의뢰하는 쪽에서는 마다할 리가 없는 것이었다. 공화국에서 김일성 화, 김정일 화 온실 관리원 역시 일은 단순해도 당의 인맥이 철저히 필요했다. 공화국 전역에 '덴파레'라는 서양란인 김일성 화 온실뿐만 아니라 김정일 화 온실 역시 40여 군데가 넘었다. 평양에서는 매년 김정일의 생일을 전후해서 김정일 화 전시회도 열렸다. 하루종일 화초가 있는 온실에서 힘들이지 않고 일하는 것은 공화국 인민의 직업치곤 축복받은 거나 다름이 아니었다.

덕순이 마음먹고 돌아다녀 보니 별의별 청탁들이 많았다. 외화벌이 회사에 나갈 수 있도록 힘 좀 넣어달라는 청탁에서 외국인 이발사로 일을 할 수 있도록 힘을 넣어달라는 청탁, 광명성절 요리대회에 나가는데 지정요리인 돼지갈비찜, 매기탕, 부추볶음 등 세 종류와 고기 요리와 생선 요리 중 하나를 선택하는 선택요리까지 제시하면서 심사원이 누구인지 알아봐달라는 청탁까지 다양했다. 특히 최근에 공화국에서는 집에서 밥을 먹는 문화보다 밖에서 사서 먹는 문화가 흥하다 보니 식당업에 진출하려는 청년들이 부지기수로 늘어났다. 굶어 죽진 않을 직업이면서 잘만 하면 돈도 벌 수 있는 직업이 된다고 공화국 인민들은 믿고 있었다. 그럴 것이 평양 옥류관 앞에는 옥류관 음식을 한 번 먹어보는 것이 소원이라며 지방에서 올라온 인민들이 순번 표까지 받아 줄을 서는 형국이다 보니 더욱 이런 요리 경연대회에 치열하게 모이는 것이었다.

박태산이 덕순에게 은밀히 건넨 것은 녀성 화장품이었다.

– 덕순 동무, 이거 정숙 동무한테 꼭 전달해 주시오.

– 아니 이거 화장품 아니에요?

하면서 덕순은 상품의 뒤꽁무니를 찬찬히 들여다보았다.

– 아이 에그나, 880 아랫동네 화장품~

– 이건 덕순 동무 받아요. 하이 하이팅이오.

아랫동네 화장품이란 말만 들어도 조선공화국 녀성들은 가슴이 설렜다.

– 고저 고맙습니다. 하이 하이팅도 없어서 바르지 못하는데~

공화국 녀성들 최고의 소원이 바로 남쪽 화장품을 사용하는 것이었다. 한국산880은 이미 미제나 일제490보다 훨씬 기능면에서 뛰어났다. 화장을 많이 해 보지 못한 공화국 녀성들에게 남쪽의 화장품은 한 번만 사용해도 표시가 났다. 신의주 국경을 통해 들어오는 화장품은 가짜가 많아서 섬세한 녀성들은 반드시 제조표시를 꼼꼼히 살폈다.

– 한낱 고생만 하지 말고 치레 좀 하란다고 정숙 동무에게 꼭 전해 주오.

– 알았습니다. 에그 고저 정숙이 동무 팔자 늘어지는구나 그래~

덕순의 입술 끝이 활짝 올라갔다.

– 고 덕순 동문 어찌 팔자 고칠 생각 하지 않소?

– 에그 상철 아버지, 어찌 기백이 동무의 아낙네더러 그런 말을~

기백이 동무의 벗이란 사람 입에서 튀어나온 말이 덕순의 귀에 크게 거슬렸다.

– 아니 머 인생이란 게 한번 아니에요? 기백이 동무 고저 저승에서 재혼을 해도 몇 번을 했을 거야. 그래도 사내라는 그늘란 게~

– 거 택 없는 소리 마시오. 기백이 동무 밤마다 찾아와서 이 덕순이를 흠씬 죽여주고 간단 말이오.

덕순은 괘씸한 나머지 유감없이 막말을 발휘했다.

– 아니 뭐이요? 하하하~ 보니 덕순 동무가 몽정을 하는구나 그래. 하하하~

– 아이구나 망측스러워라. 내 몸뚱이래 이게 어찌 녀자 구실 하겠습니까? 이 간 굳음증만 낫게 되면 혹은 모르는 일이지요. 호호호~

덕순은 태산을 만나는 이런 순간들이 매우 서글펐다. 말끝마다 팔자를 고쳐보라는 얘기를 늘어놓았지만 귀에 들어올 리가 없었다. 무엇보다 덕순은 자신의 몸의 상태를 누구보다 잘 알기 때문이었다. 이제 며칠 있으면 다시 진료소에 가서 아랫배에 출렁이는 물을 빼내야 할 거라는 생각을 하면서 곧장 정숙의 집을 향했다. 정숙은 마침 70일 전투를 마친 터라 집에서 쉬고 있었다. 어찌나 열성적으로 선전원 일을 했던지 드디어 공로 메달을 받았다는 것이다.

– 정숙 동무 그저 축하하오.

– 에그 덕순 동무 그저 몸이 왜 이리 부었나? 귀가 했음 쉬지 않고 나들이 차림으로 어찌~

덕순은 가방에서 화장품을 꺼내 정숙 앞에 들이밀었다. 정숙이 화장품을 보더니 대번에 활짝 낯이 밝아지며 뒤꽁무니부터 살피고 있었다.

– 덕순 동무 이거 남조선 화장품 아니야? 이걸 어찌 내게~

– 보위부 태산이 동지래 우정 정숙 동무 가져다주라고~ 한낱 고생

만 하지 말고 치레 좀 하란다고 전해달라면서~

덕순이 조심스레 정숙 동무의 표정을 살피며 말했다.

- 아니 뭐야? 일 없수다~ 우리 인민이 우리 것을 써야 두루 애국이
잖나~

정숙은 이렇게 말을 하면서도 뚫어지게 남조선 화장품을 쳐다보았다.

- 에그 정숙 동무 보오~ 고저 우리 것을 쓰자도 있어야 쓰지 않겠
어? 우리 걸 사랑을 하재도 뭐가 있어야 두루~

- 흥, 어처구니 허군~

정숙이 말은 이렇게 하면서도 여전히 화장품을 살짝살짝 살펴보고
있었다. 공화국 여성치고 남쪽 화장품을 싫어하는 여성 없다는 말이
공연한 말이 아니었다.

- 정숙 동무, 태산이 동지 성의 봐서 받아두어~ 한데 봄이 아버지는
아직 귀가하지 않았나? 애들은 어데 나가고~

- 동실이하고 장마당 나간대나 보우. 아니 어찌 동실이 기세가 별안
간 당당해졌지요? 아주 그냥 어른 행세를 하더라니까, 동무가 달러 박
아준 거예요?

정숙은 별안간 당당해진 동실의 태도가 못마땅했다.

- 몇 장 찔러 줬지요. 고저 공화국에선 권력이란 끈이 있어야 두루
린민답게 살아갈 수 있단 말이에요. 정숙 동무 내가 어찌 이런 얘기 하
는지는 알지?

- 느닷없이 쳐들어와서 하는 말이라곤~ 이거 가지고 어서 덕순네 집
에 가오. 명호 동무가 이딴 거를 보면 이 정숙이 체면이 뭐가 되겠나?

덕순이 가져온 화장품을 정숙이 대꾼한 눈을 하며 밀어 내버렸다.
덕순은 순간 빨리 머리를 굴렸다. 아들과 살아남기 위해서 이제 어떤

체면도 덕순은 감당할 자신이 있었다. 공화국에서 돈을 벌어 살 수 있다는 것이 덕순에게 유일한 희망이었다. 이렇게 돈을 벌어 저축을 하면 어떤 것도 두렵지 않을 것이며, 이것이 뒷날에 아들애를 위해 크게 쓰임이 될 거라고 생각했다.

― 정숙 동무 정히 받기 싫다면 날 주오. 고저 태산이 동무 성의로 봐서 보거든 잘 받았다고만 해주오. 호호호~

덕순은 정숙이 밀어낸 화장품을 장마당에 내다 팔면 상당한 수입이 될 거라는 것을 알고 있었다.

― 흥, 이제보니 덕순 동무 그저 동실이 하고 살겠다고 눈이 뒤집혔소. 그리는 못 하오. 한국 화장품이 어데 누구 이름이에요?

하면서 다시 화장품을 집어 들어 환한 얼굴을 하고 이리저리 살펴보고 있었다. 덕순은 비록 화장품을 장마당에 팔 수 있는 절호의 기회는 놓쳤지만 이렇게 하여 태산이가 건넨 화장품을 정숙 동무에게 전달하는 데는 성공했다. 정숙의 담백한 성격을 아는 덕순으로서는 매우 만족한 순간이었다. 태산에게 이런 소식을 전하면 아주 기뻐할 것임을 덕순은 잘 알고 있었기 때문이다.

덕순은 몸은 천근만근 무거워도 마치 경쾌한 리듬을 튕겨내듯 기쁜 마음으로 정숙익 집에서 돌아왔다. 거추장스런 치레거리를 떼어내고 복대를 걷어내고 차가운 방바닥에 등을 눕히는데 불현듯 또 동실 아버지가 그립다는 생각이 들었다. 크게 호강 한번 하지 못하고 세상을 떠난 나그네남편가 그렇게 안타까울 수가 없었다. 진즉에 이렇게 돈을 만지는 길을 찾았더라면 기백이 동무의 건강도 챙겨 주었을 것이다. 덕순은 피곤함에 스르르 눈이 감기는데 동실 아버지에 대한 그리움이 가슴을 헤집어 들어오고 있었다.

4

동실은 세상이 달라져 보였다. 처음 어머니로부터 달러를 받고서는 그저 먼 나라 속의 환상처럼 여겨졌다. 하지만 달러의 힘은 동실에게 실제로 엄청난 변화를 가져다주었다. 배를 불릴 수도 있고 동무들의 관심을 이끌 수도 있었다. 지어는(심지어는) 연분하던(사랑하던) 봄이의 눈길을 더욱 사로잡을 수가 있었다. 공화국이란 곳도 이렇듯이 달러를 지닌 자들에겐 바람 빠진 풍선처럼 허무한 나라가 결코 아니었다. 또한 보위부의 그늘이 동실에게 드리워지는 한은 마음 놓고 춤이라는 것도 출 수가 있을 것이다. 동실도 공화국에서 노력 여하에 따라 쟁취할 수 있는 것들이 있고, 자유라는 것을 어느 정도 누릴 수도 있겠다는 생각이 들었다.

난생처음 동무들에게 둘러싸여 마치 세상의 주인공이 되어버린 듯 동무들 속에서 동실은 우쭐한 기분 속에 젖어 있었다. 태어나서 처음 동무들과 목욕탕이란 곳에 들어가서 따뜻한 물에 몸을 담가보았다. 동실에게 따뜻함이란 짜릿함과 같은 것이었다. 따뜻한 물이 주는 편안함과 간지러운 듯한 촉감은 이내 짜릿함이 되어 피부를 들썽거리게 했다. 온탕과 냉탕을 번갈아 드나들며 마치 자신이 살아온 세상의 안과 밖을 절묘하게 펼쳐놓은 듯한 착각이 들었다. 수증기가 뿌옇게 올라오는 온탕에서 동실은 커다란 감회에 젖어들었다. 더욱이나 자신의 실오라기 하나 걸치지 않은 모습처럼 벽 너머 녀자 탕에서 봄이 역시 이런 모습일 거라고 생각을 하는 순간 동실은 거의 숨이 멎을 뻔했다. 자신도 모르게 가슴이 두근거리며 온탕에 쑤욱 머리를 쑤셔 넣었다 쳐드는 순간 그만 위를 향해 늘상 열려 있는 듯한 그의 들창코에 뜨거운 물이 들어가 버렸다. 콜록, 콜록 하자 참이와 만룡이 동무가 깜짝 놀라 동실을 빤히 바라보았다. 달러의 힘은 동실의 동무 참이와 만룡이 그리고 봄이까지 이곳 목욕탕으로 이끌 수가 있음이었다.

묵은 때를 시원하게 벗겨 낸 다음 동실은 동무들을 데리고 장마당에 들렀다. 학교 동무네 어머니가 하는 국수집에 들러 속을 시원하게 하는 국물이 일미一味인 농마국수를 함께 사 먹었다. 배를 늑신 불린 다음 장마당의 이곳저곳을 둘러보았다. 동실은 무엇보다 봄이가 장마당의 풍경들을 보며 좋아하는 모습에 가슴이 뿌듯해졌다. 손에 달러를 쥐고 있을 때는 장마당에 놓인 상품들이 허투루 보이지 않았다. 쌀과 보리를 파는 가게, 고추와 담배를 파는 가게, 그릇을 파는 가게, 중고 옷을 파는 가게, 뭐든 제자리에서 인민의 손을 기다리고 있는 듯했다. 못과 온갖 공구가 올망졸망 진열된 노전路廛을 거쳐 돼지고기 곳간을 지나 생선들이 늘비한 어전에서 풍기는 비릿내를 맡으며 장마당을 한 바퀴 돌아보고 있었다. 이렇게 풍족한 마음으로 장마당을 구경한 적이 동실의 기억에는 없는 것 같았다.

- 저기 조미료 파는 가게 옆에 마늘, 양파 파는 가게 들러 보자.

- 봄아, 뭐 마늘을 사려나 양파를 사려나?

하고 동실이 매우 자신감 넘치는 목소리로 물었다. 봄이가 원한다면 동실은 아직도 봄이의 소원을 들어줄 만한 달러를 지니고 있었다. 그래서 더욱 어깨가 으쓱할 정도로 당당하게 장마당의 구불구불한 난전을 자신 있게 누비고 다녔다.

- 우리 반 동무 어머니가 하는 가게인데~

봄이가 앞장을 서서 마늘과 양파 등을 올레줄레 매달아 놓고 파는 가게에 들렀다. 드팀전옷가게과는 멀리 떨어져 있었다. 마늘이나 양파 냄새가 옷에 밸 수도 있음을 배려한 자연스런 장마당 배치라는 생각이 들었다. 봄이를 따라 동실 등은 수동적으로 움직였다. 이런 모양새는 사실 동실의 배려이고 동실의 은밀한 의도였다. 동실이 노골적으로 봄이를 앞세워 장마당의 여기저기를 들르도록 했고 봄이 역시 이런 동실에 부합하듯 처음 나들이 나온 아동처럼 감탄을 자아내며 입을 다물지 못했다. 봄이가 마늘 양파 가게의 주인아주머니한테 인사를 하고 멈춘 곳은 바로 옆의 사탕과 과자를 파는 곳이었다.

— 봄이, 아주 사탕이 먹고 싶었나?

— 이거 하나 묵자.

봄이가 알맹이가 둥그렇고 단단해 보이는 눈깔사탕을 하나 집어 들었다. 동실이 망설일 필요 없이 고개를 끄덕이자 참이와 만룡이 역시 눈깔사탕을 하나씩 집어 들었다. 사탕 파는 가게 옆에는 책이 진열되어 있었다. 그리고 바로 그 옆으로 비누를 파는 곳이 향긋한 냄새를 피워 올리며 손님을 유혹하고 있었다.

— 봄이야 그저 책을 하나 사줄까?

하고 동실이 너볏한 말투로 물었다. 하지만 봄이의 대답 보다 먼저 만룡이가 끼어들었다.

— 동실 동무, 내래 읽고 싶은 책이 하나 있다.

— 뭐이니?

하고 동실이 말하자 만룡이가 안으로 들어가서 가만히 주인장의 귀에 대고 속삭이듯 말하는 것이었다.

— '명령27호' 만화 있습니까?

— 뭐이야? 고저 키대래 땅바닥에 끌고 다니는 아 새끼가 어찌 불량

만화를 입에 올린단 말이니~ 머이 '명령 27호'라 했니 지금?

주인장의 화난 목소리에 참이 일행이 일제히 놀랐다.

－ 아이구, 만룡이 동무는 '명령 27호'가 어떤 내용인지 몰라서 그러니? 이거는 그저 보안부 요원이 알게 되면 무사치 못한 게야~

동실이가 펄쩍 뛰었다.

－ 아니 CD알판으로 보겠다는 게 아닌데 어찌 무사치 못하다는 거니? 내래 격술 요원들이 한다는 격술 한번 흉내 내고 싶어 보려는 거 아니니?

만룡은 정말 격술 요원들의 격술을 한번 보고 싶었다.

－ 네들 당장 여기서 나가라. 립장^{입장} 난처하게 하지 말란 말이다. 어서 나가라. 피도 안 마른 학생 놈들이~

만룡의 대꾸에 주인은 강경하게 밖으로 내몰았다. 공화국에서 책을 읽는 것을 장려하는 것은 당연한 일이었다. 책이야말로 인민들에게 지식의 창고와도 같은 것이다. 김정은은 최근에 독서야말로 상상력을 확장시키고 순간 맞닥뜨리는 어떤 상황에서도 창조의 원동력이 된다고 강조하고 있었다. 특히 책을 많이 읽는 학생들은 말이 단정하고 조리 있으며 판단력도 뛰어나다고 강조했다.

그러나 문제는 공화국에서 책을 읽는 데도 자유로운 읽기가 아니라 읽어야 할 책을 지정한다는 점이었다. 깨어 있는 순간에는 어디서든 책을 읽어라. 길에서 걸을 때도 책을 손에서 떼지 말라. 쓸데없는 잡담을 멀리하고 집중적으로 책을 읽어라. 그래야만 정치며 경제, 문화, 역사 등 모든 영역에서 두각을 나타내며 공화국의 발전에 크게 이바지하게 되며 큰 일꾼이 된다. 또한 책을 읽되 그냥 무심하게 읽지 말고 책의 제목과 내용, 느낀 소감 등을 꼼꼼히 적는 전략적인 독서를 장려했다.

－ 관절대관절 주인 아재비 어째서 날더러 핏대를 세우는 게니?

－ 만룡이 동무 보라. 듣자니 '명령 27호' 알판 속에 김정일 비서 모독 영상을 끼워 넣었다지 않니? 아주 오래된 일이라더라~

만룡이가 그적에서야 주인장의 태도를 리해했다는 듯이 고개를 끄덕거렸다. 꽃제비 아이들이 김정일 비서 모독 영상이 삽입되어 있는 알판을 습득해서 돌려보다 발견하게 되었다는 소문이 있었다. 이런 알판의 중간에 공화국의 모순과 세습의 악습을 비난하는 내용이 삽입되어 있었다. 이후에도 '곰 세 마리' 등에서 공화국의 이런 작태를 비난하는 동영상이 삽입되곤 했다. 이와같이 미 제국주의를 비난하는 작품이나 중국 시장을 겨냥하여 제작된 작품 등에 공화국의 실태를 비난하는 내용의 동영상이 편집되어 중국에 수출되었다가 다시 공화국으로 반입되는 등의 문제들이 발생한 것이다.

－ 알판이 아닌 만화를 보겠다는데 주인장이 그저 저래 소금쟁이 날뛰듯 하니?

참이가 투덜거리듯 말했다.

－ 참이 오라반 말이 맞다~

－ 에이 공화국 보위부 말이야, 그림자까지 감시하는 마당 아니니? 우리가 보면 안 되는 게야, 좌우지간~

동실의 말이었다. 그 알판에는 인민들을 자극하는 문구가 새겨져 있었다고 했다. 이른바, '조선평양'이라는 문구인데 이것은 제작의 주체를 은밀히 암시하고 있었으며 '목란비디오'라는 문구가 어딘지 모르게 인민의 눈을 솔깃하게 유혹하고 있었던 것이다.

동실 등은 장마당 책 가게 주인장한테 야단을 맞고 풀이 살짝 죽은 표정들이었다. 특히 만룡의 기세는 뜻밖에 크게 꺾여 보였다. 동실이가 이런 분위기를 알아채고 특별한 제안을 했다.

－ 동무들, 극장에 가서 영화나 볼까?

－ 듣자니 영화는 상영하지 않고 그저 연극을 한다는데~

참이가 어디서 들었는지 최근의 극장 상황에 대해 말했다.

－ 연극을 한다고? 하~ 봄이 그저 연극은 좋아 하니?

－ 이 만룡이는 연극 좋아하지~ 혹여 칼싸움 하는 영웅 등장하는 연극 있더나?

만룡은 여전히 영웅 타령이었다. 그는 집에서 칠성검을 머리맡에 두는 것을 유난히 좋아하고 있었다.

－ 하하하, 이 키대 쪼그만 오라반 고저 영웅 타령이야. 참이 오라반, 우리 역 앞으로 연극 보러 가자~

동실 일행은 무궤도전차를 타고 극장으로 향했다. 넓은 극장 마당에는 인민들이 들끓고 있었다. 그 극장에서는 영화도 연극도 아닌 군중집회를 하고 있었다. 그래서 앞마당에 인민들이 들끓었던 모양이다. 봄이가 벽에 빨갛게 적혀 있는 선전물을 외워대며 말했다.

－ 70일 전투 자랑찬 성과 달성, 울 어머니가 메달 여기서 받았나 보아~

참이 어머니가 메달을 받았니?

만룡이가 작은 키대에서 자라목처럼 쑤욱 고개를 꺼내며 물었다.

－ 선전원 공로 메달 받았대서, 근데 만룡이 동무는 어찌 그런 표정으로 물어대나?

－ 메달을 받으면 머 하나 말이야, 도로 아미타불이란 말이지~

만룡이 가슴에 스치는 기운을 더듬으며 의미심장한 말을 했다.

－ 키 쬐그만 오라반이 어찌 이상한 소리를 하지? 울 어머니가 피 터

지게 얻어낸 메달이란 말이야~

　－ 봄이야, 그만하라. 동실 동무, 어서 여기서 나가자. 우리 집결소에 가서 춤판이나 한판 벌이자~

　참이가 봄이와 만룡의 입씨름에 끼어들었다.

　－ 그렇게 하자.

　동실의 표정이 다시 밝아졌다. 참이 만룡을 향해 말했다.

　－ 만룡이 동무야, 우리랑 집결소에 같이 가자우. 동무래 몸에 불이 나면 칼춤을 춘다고 하지 않았니?

　－ 호호호~ 칼춤이란 것도 있나? 오라반들 오늘 우스갯소리 아주 연자방아 돌 듯 돌려대고 있네.

　－ 봄아, 연자방아 타령 하지 말아라. 오늘 이 동실 오라반이 고저 땅 바닥에 머리박고 연자방아 돌려줄 거니까~

　동실 일행은 다시 고등중학 근처의 집결소를 향해 무궤도전차를 탔다. 저녁 어스름이 시작되는 시간, 동실은 이제 남쪽 아이들의 춤사위를 맘껏 춰대도 두렵지 않으리라 생각했다. 동실 등이 남쪽의 춤사위에 몰입하여 있다 하더라도 보위부의 그늘아래에 있는 한 두렵지 않았다. 동실은 갑자기 세상을 살아가는 일에 난데없는 자신감이 붙었다. 달러 맛을 보고 달러를 쓰면서 공화국에서 이렇게 동무들과 재미나게 돌아다닐 수도 있는 자신의 처지를 생각함에 새롭게 다가올 내일날이 잔뜩 기대가 되고 있었다.

　시내가 다른 때와 달리 온통 축제의 분위기 같았다. 갑자기 공화국의 하늘 위로 활기찬 소리들이 흘러 다니는 느낌이었다. 70일 전투 기간 중에 철야 진군을 하여 공화국 전역 1600여 개의 사업장에서 성공적인 성과를 올렸다고 중앙 텔레비전에서 연일 알리고 있었다. 만리마

속도전에 힘을 입어 눈부시게 장성성장하는 성과의 결실들이 공화국의 하늘 위에 열매가 되어 주렁주렁 매달려 있는 듯한 착각이 일었다.

밖으로 나오니 그야말로 축제의 분위기에 사방이 휩싸여 있는 느낌이었다. 또한 제7차 노동당 대회라는 경사를 앞두고 공화국 전역에서 인민들의 함성이 높아지고 있었다. 동실은 춤을 추러 집결소로 향하면서 공연히 가슴이 부풀어 오를 대로 부풀어 오르는 느낌을 받았다. 자신감이 붙자 봄이의 얼굴이 또한 다른 날보다 몇 배는 예뻐 보였다.

동실은 불현듯 자신도 공화국에서 메달을 받을 수도 있다는 자신감에 사로잡혔다. 또한 어머니의 말처럼 동실은 장차 군에 입대하여 차차 자신의 미래를 다져나갈 수가 있으리라 철석같이 믿고 있었다. 보위부의 그늘에 있는 한 모든 일이 순조롭게 자신 앞에 펼쳐질 것이리라. 동실은 연방 터질 것 같은 가슴을 지그시 눌러댔다. 난데없이 이렇게 변해버린 자신을 생각함에 동실은 스스로도 의아하다는 생각이 들었다. 자신에게 변한 것은 무엇인가? 머리 위에 펼쳐진 보위부의 그늘과 동무들을 움직일 수 있는 달러의 힘, 이런 생각들을 하며 동실은 달리는 무궤도전차 창밖으로 손을 뻗어 벅찬 기분을 드러냈다.

제21장 여자라는 존재

조선민주주의인민공화국은 지난 1980년 노동당 대회 이후 36년 만에 제7차 노동당 대회를 개최했다. 공화국 최대의 정치 행사였다. 제6차 노동당 대회가 김정일 총비서의 권력 승계를 공식화했던 행사였다면 주체 105년 5월 제7차 노동당 대회는 김정은 위원장의 시대를 선포하는 행사였다. 공화국 전역에서 3000여 명의 당원들이 참석하였는데 100여 개가 넘는 외신들이 참석하여 공화국에서 만들어 놓은 틀대로 보도에 열을 올리고 있었다.

공화국 전역은 축제의 분위기를 연출하고 있었지만 공화국 인민들은 매우 긴장된 표정들이었다. 공화국은 당 대회를 이미 지정된 장소에서 중앙 텔레비전을 통해서 방청하라는 지시를 전역에 하달한 상태였다. 김정은 시대를 개막하는 공화국은 인민들 따위는 안중에도 없어 보였다. 생업에 지장이 있는 인민들에서부터 장마당의 장사꾼들까지 노골적인 표현은 하지 않아도 은근히 불만들을 토로하고 있었다.

공화국의 모든 당원은 자신이 일하는 기업소나 기관 등의 회의실에서 대기하고 집안일을 하는 아낙네들조차 지역 인민반의 사무소나 공공장소에서 대기를 명령받았다. 공화국에는 비상 연락망을 작동하여 경비령까지 하달하고 있었다. 마음속에 경건한 마음을 품을 뿐만 아니라 난잡한 옷차림을 금하게 했다. 녀성의 경우 바지를 입지 말 것이며 모든 공화국 인민은 김일성이나 김정일 초상이 새겨진 휘장을 달지 않으면 당장 사상투쟁을 당해야 했다.

단속된 주민은 철저히 적바림 하고 신분을 확인한 다음 경중에 따라 처벌을 했다. 훈방을 받은 사람이나 처벌을 받은 사람 모두 사상의 해이에 의한 상호비판의 대열에 서지 않으면 안 되었다. 노동당 대회는 개막과 동시에 지난 노동당의 역사를 칭송하고 전 당원과 공화국 인민들에 공표하는 이런 행사는 며칠 동안 계속되었다. 제6차와 제7차 노동당 대회가 열린 평양 4.25 문화회관은 연일 고패치는 함성과 박수갈채 소리가 끊이지 않았다. 평양 거리 곳곳에 조선 노동당기가 걸리고 조선 노동당 구호가 적힌 현수막 등이 걸려 있었다.

공화국의 노동당 대회에서 최대의 주제는 김정은에 대한 호칭이었다. 김일성 시대에는 김일성에게 수령이나 원수의 호칭을 부여했다. 김정일 시대에는 김정일에게 총비서라는 호칭을 부여했다. 제7차 노동당 대회에서 김정은 시대를 열면서 김정은에게 부여한 호칭은 '노동당 위원장'이었다. 그러나 벌써부터 위대한 영도자 등의 호칭을 사용해 왔기 때문에 크게 놀랄 일은 아니었다. 중요한 것은 김정은의 우상화가 시작되었다는 점이다. 이미 공화국은 '김정은의 조선'이란 말로 우상화되고 있었다.

노동당 대회의 첫날은 김정은의 총화 보고가 핵심을 이루었다. 지금까지 노동당의 자취를 되돌아보고 집행부의 선거가 치러졌다. 이튿날에는 중앙위원회에 대한 사업총화가 있었으며 중앙검사위원회의 사업총화에 대한 보고와 토론이 이어졌다. 이런 영상은 녹화되어 최대의 선전과 홍보 효과를 얻기 위해 밤 10시에 편집되어 방송되었다. 김일성, 김정일주의를 바탕으로 김정은 체제의 강화를 다짐하는 노동당 집행부의 모습을 보여주었다.

김정은은 처음부터 할아버지 김일성을 흉내 내는 모양새였다. 김일성을 닮은 모습을 보여줌으로써 나이 어린 이미지를 덮고 안정된 통치

자의 이미지를 인민들에게 심어주기 위해 철저히 준비된 것이었다. 검정색 양복과 넥타이를 매고 뿔테 안경까지 착용했다. 공화국 내의 기자들은 이런 김정은의 모습을 행사장에서 잡아내기 위해 경쟁들을 하고 있었지만 정작 선전과 홍보를 위해 공화국에 초대된 100여 명이 넘는 외신기자들은 행사장에서 따돌림을 받고 말았다. 외신기자들은 평양 4.25 문화회관을 멀리서 바라보며 허무한 한숨을 자아낼 뿐이었다.

김정은에게 제7차 노동당 대회에서 부여한 호칭은 '노동당 위원장'으로 1949년 김일성이 북한 노동당 중앙위원회 위원장직을 맡은 것과 흡사했다. 김정은의 경우 그 명칭을 노동당 위원장으로 명시함으로써 김일성처럼 당을 최우선으로 하는 선당先黨정치를 펼치겠다는 의미가 담겨 있었다. 영원한 원수요 수령인 김일성 통치 방식을 모방하여 권력의 분산을 막고 구심력을 단단히 하겠다는 의지의 표현이었다.

대회 마지막 날에는 김영남 최고 인민회 상임위원장이 김정은의 노동당 위원장 취임 사실을 발표했으며, 김정은이 김일성, 김정일 초상화가 걸린 아래 좌석에 앉음으로써 김일성 전 주석을 계승하는 이미지를 연출했던 것이다. 공화국에서는 뭐니 해도 당이 중요하며 누구도 당과 일치단결하는 모습을 보여주어야 한다는 것을 전 인민에게 보여주었다.

그러나 무엇보다 제7차 노동당 대회의 핵심은 김정은이 공화국을 '핵보유국'으로 공표했다는 점이었다. 한국, 미국, 일본, 중국은 북한의 핵보유국 공표에 대해 인정하지 않으려고 했다. 유엔 안보리에서도 북한 공화국의 핵을 공식적으로 인정하지 않았으며 우려의 목소리를 높이며 대북 제재의 고삐를 바짝 조였다. 김정은은 뿔테를 어루만지며 이렇게 단호히 언급했다.

- 공화국은 책임 있는 핵보유국으로서 적대 세력이 핵으로 우리 자

주권을 침해하지 않는 한 먼저 핵무기를 사용하지 않을 것이며 세계의 비핵화를 실현하기 위해 노력할 것입니다.

이런 김정은의 자신감 넘치는 태도는 외세에 확실한 압박으로 작용했다. 핵 보유를 아무리 주변국이나 유엔 안보리에서 인정하지 않는다고 하더라도 북한 공화국이 핵을 실제로 가지고 있으면 핵보유국인 셈이다.

김정은 위원장과 더불어 노동당 정치국 상무위원들의 명단도 발표되었다. 김영남 상임위원장, 황병서 조선인민군 총정치국장, 박봉주 총리, 최룡해 노동당 비서 등 김정은 위원장을 비롯해 총 다섯 명이 상무위원에 선정되었다. 김정은 위원장은 노동당 제7차 대회 폐막사를 이렇게 장식하고 있었다.

— 노동당의 위원장이라는 중임을 맡겨준 대표자 동지들과 전체 당원들 인민군 장병들과 인민들의 최대의 신임과 기대를 심장으로 받아안고 언제 어디서나 변함없이 우리 인민을 높이 받들어 혁명 앞에 충실할 것을 맹약합니다.

김정은은 계속 말을 이었다.

— 주체혁명의 위업을 수행하고 력사적 사명과 책임을 다하여 당원 동지들의 높은 신임과 기대에 반드시 보답하겠습니다. 우리는 우리의 전진을 가로막으려는 제국주의자들과 적대세력들의 책동에 당당히 맞서 반드시 최후 승리를 쟁취할 것입니다.

김정은의 연설이 이어지는 과정에 숨을 돌리기 위한 간격이 생길 때는 어김없이 열화와 같은 박수와 함성이 터져 나왔다. 그리고 김정은의 연설이 끝났을 때 식장에 참여한 모든 사람들이 일제히 기립하여 갈채와 함께 '만세'를 연호했다.

공화국 인민들은 김정은 시대의 개막행사와 더불어 밤잠을 설치고 폐막행사와 더불어서 또한 밤잠을 설쳐야 했다. 그럴 것이 중앙 텔레비전을 통해 아침 일찍 개막식을 방영하거나 밤 11시가 지나서 녹화방송이 방영되었기 때문이다. 이래저래 잠을 설친 인민들의 불만은 고도에 달했지만 감시체제 속에서 이런 속내를 노골적으로 드러내기란 쉽지 않았다. 평양 시내에 사는 인민들은 물론 공화국 주민 누구나 자유롭지 못했다. 한쪽을 향해 나아가는 사상의 대열에서 이탈하는 자신을 바라볼 인민은 어디에도 없었다.

대회가 끝나자 대대적인 주민 통제 작업이 진행되었다. 노동당 제7차 대회기간 동안 적발된 사람이 수를 헤아릴 수 없을 정도였다. 머리카락의 길이를 재고 수염의 단정 상태까지 통제의 대상이었다. 머리의 모양새도 마음대로 하지 못했고, 단속된 주민들에겐 혹독한 처벌이 가해졌다.

여행금지령에 걸린 사람들, 밤 10시 이후의 야간 통행금지에 걸린 사람들, 취중에 실수로 공화국을 비난하다 적발된 사람들은 강제노동은 물론 평양시민의 경우 지방으로 추방까지 했을 정도였다. 경미한 잘못을 범한 인민들의 경우 훈방을 받고 경고를 받았다. 이런 행사를 치르는 동안 마음속에 한 가닥 공화국의 이런 작태에 대한 불안심을 가지지 않을 인민이란 흔치 않았다. 평양 시내에선 장례를 치르다 말고 나그네남편의 시신을 눕혀놓고 대회에 참여해야 하는 아낙네아내가 있을 정도로 가슴 아픈 일이 벌어졌기 때문이다.

아침부터 콧노래를 흥얼거리는 정숙 동무를 리명호는 멍하니 바라보았다. 70일 전투가 끝나면서 선전원 직분을 잘 완수하여 받은 공로메달의 힘이란 것을 명호는 모르지 않았지만 이날은 분명 다른 때보다 훨씬 들떠 보였다.

－ 정숙 동무 고저 공로 메달 받아내더니 그 하냥 좋은가 보오.

－ 메달 고저 아무나 받나?

정숙의 표정 역시 표가 나게 밝아진 느낌이 들었다. 얼굴이 화사하게 핏기가 도는 것이 명호가 상시 보던 모습이 아니었다.

－ 자뿌룩하면자칫하면 200일 전투 덤벼드는 거 아니야?

－ 당장 시작한대도 겁날 거 없지요~

정숙의 사상은 철벽처럼 무장이 되어 있었다.

－ 아니 목에 피가 넘어오도록 고생을 한다면서 쯧, 쯧~

－ 목에 피가 아니라 심장이 터져 피가 솟구친들 뭐가 문제겠어요?

－ 아니 머이야? 정숙 동무 고저~

명호는 정숙의 이런 결기에 매우 당황하고 있었다. 선전원으로 직분을 완수하고 좋은 평가를 받아 공로 메달까지 받아낸 것이야 당연히 환영할 일이었다. 허나 정숙의 몸은 자면서 헛소리를 해댈 정도로 피로가 누적되어 있었다. 입술이 쩍, 쩍 갈라져 날마다 명태 껍질이 입술에 붙어 있을 정도였고 한쪽 발바닥에 박힌 티눈이 낫기 전에 다른 쪽 발바닥에 또 생겨 봄이의 연필 한 자루가 뭉텅 잘려나갔을 정도였다.

공화국에서는 70일 선두를 마무리 짓고 조선 노동당 제7차 대회를 마친 즉시 200일 전투에 돌입하려는 태세였다. 시기적으로 200일 전투 마무리 시점이 공화국 사회주의 헌법절이었다. 천리마의 10배 속도를 요구하는 만리마 운동의 전개를 다짐하면서 공화국 인민들을 향해 호소하고 있었다.

지난 70일 전투기간 동안 제시된 과업을 성실히 완수했다며 선전하면서 무역짐배화물선를 만들고 버스나 변압기도 만들어 힘차게 진군했다고 목소리를 높였다. 이런 열기를 몰아서 인민들의 경제살이를 이어가기 위해 대대적인 200일 전투를 벌이려는 모양이었다. 공화국 인민들의 불만은 둘째치더라도 명호는 당장 정숙의 건강이 염려되었던 것이다.

― 흐응, 무슨 번갯불에 콩 볶아대는 형국이란 말이지~ 백두산 영웅청년 1, 2호 발전소 고저 붕괴될 조짐이라는데~

― 아니, 봄이 아버지, 어데서 그딴 소리 들었답니까?

공화국을 푸념하는 명호 동무의 태도가 정숙은 못마땅했다.

― 장마당에만 나가면 이딴 소리 귀가 따갑게 듣는데 고저, 백두산 3호 발전소도 붕괴되는 게 시간문제라누나. 채찍으로 다그치는 이딴 공사질이 어찌 감히 온전할 수가 있겠는가 말이야.

명호는 조선공화국의 하는 짓이 항상 못마땅한 사람이었다.

― 에그나, 봄이 아버지, 거 목소리 좀 낮추시라요. 이웃 주민들이 듣겠소.

― 내가 뭐 틀린 얘길 했나? 깟 거 들으라면 들으라지~

명호는 공연히 화가 치밀어 오는 것을 느꼈다. 무슨 까닭에선지 공화국 당국을 생각하면 자꾸 속에서 화부터 치밀었다. 공화국의 노예가 되어 채찍이 두려워서 감정을 숨겨야 하는 인민들의 마음이 곧 자신의 마음과 같음을 명호는 모르지 않았기 때문이다. 그런데 공연히 정숙 동무 앞에서 화를 내고 있는 까닭은 무어란 말인가? 대체 무엇 때문에 정숙의 앞에서 이토록 꿈밖의 뜻밖의 화를 내고 있는 것인가?

― 봄이 아버지, 내 먼저 나가오.

― 아니 70일 전투 끝났는데도 또 동 트기도 전에 나간단 말이야?

하며 명호도 정숙을 따라나섰다. 이제보니 정숙의 얼굴이 붉은 진단장으로 빛이 났다. 정숙의 몸에서 생전 느끼지 못했던 화장품 냄새가 났다. 명호는 그적에서야 꿈을 깨듯 깨달았다. 정숙이 다른 날과 달리 거울 앞에서 진단장을 하고 여기저기 몸태를 비추어 보는 모습에 공연히 저도 모르게 투정을 부렸던 것이다. 속내를 찬찬이 들여다보아도 분명 이런 리유 때문에 정숙 앞에서 공화국 당국을 비꼬았던 모양이다.

– 200일 전투 사추리라도 꿰차려면 남보다 열 배는 부지런해야 한단 말입니다.

– 흐엇 뭐 정숙 동무야말로 천리말 뛰어넘어 만리마에 본보기로구나. 누굴 위해서~

정숙 동무에 대한 명호의 태도는 여전히 삐딱했다.

– 아니 기딴 소리가 어째서 튀어나온답니까? 누긴 누구예요, 고저 울애들 위해서이지~

– 정숙 동무, 애들 위한다는 거야 고마운 일이지만, 보우, 울 아버지가 얼마나 열성분자였댔는지, 공로 메달에 훈장에 하지만 이 아들애의 꼴이 뭐 달라지냔 말이야. 반쪽 핏줄이란 한낱 메달이구 훈장이구 들이댄들 족쇄밖에 되지 않느냐 말이지~

명호의 대찬 기세에 정숙은 떼던 걸음을 우뚝 멈추었다. 멀리서 먼동이 터오는 듯이 뿌연 인기기 미풍에 밀려오고 있었다. 정숙은 뭐라 말을 하려다 말고 다시 걸음을 떼기 시작했다. 골목을 빠져나갈 때까지 명호는 뒤에서 정숙을 따라 걸었다. 새벽 미명 속에 아낙네가 일터로 혼자 걸어 나가는 모습이 애잔했기 때문이었다.

– 봄이 아버지가 이제 보니 삐딱한 사상 품고 있는 거 아네요?

– 아니 뭐? 삐딱한 사상이라니~

명호는 정숙의 말에 꼭뒤를 한번 얻어맞은 기분이었다. 아무렴 아낙네 입에서 나그네남편 더러 삐딱한 사상 운운하는 것이 가당찮음이었다.

- 아무리 반쪽이라도 깟 거 색깔 두루 바꾸면 되잖겠어요? 봄이 아버진 울 애들 위해서 그저 뭐를 했습니까? 그저 노동당 당증 매달라고 어디 한번 피터지게 용을 써본 적이 있습니까?

- 아니 뭐야? 남쪽 핏줄이래 관절대관절 무슨 수루 당증을 목에 매다니? 내게 당증이란 말이야 하늘에 박힌 별을 따내는 일이란 말이지, 사다리 수 천 수 만개를 이어댄들 당증이 그저 손짓만 하구 도망치는 도깨비 그림자 같은 거란 말이야~

명호의 목소리가 갑자기 각을 세우기 시작했다. 명호는 이러지 말아야 한다는 것을 알면서도 공연히 속에서 무언가 끓어오르는 것을 느꼈다.

- 흐응, 평양 주체사상탑 앞에서 열대메기 약속하지 않았소?

- 아니, 소시절 고리짝 얘길 두루 잊어버리지도 않구서~

명호는 정숙의 정곡을 찌르는 말에 서서히 말꼬리를 내렸다. 생각해 보면 정숙 동무에게 말로써 기만을 했던 증좌가 바로 평양 주체사상탑 아래서의 약속이었다. 당시만 하더라도 명호의 끓는 가슴에 이루지 못할 것이 무엇이 있겠는가 하며 자신감이 넘쳤었다. 하지만 공화국에서 가정을 일구고 세대주로서 살아보니 청년 시절에 깨닫지 못한 일들이 넘쳤던 것이다. 공화국에선 그저 젊다는 것으로도, 피가 끓는다는 것으로도, 오직 공화국을 바라보는 열정만으로도, 꿈을 꾸어서는 안 될 것들이 있음을 당시에는 예상조차 하지 못했었다.

- 사내가 략속을 하면 모를 박고꾸준히 완수를 해야 알찬 사내에요. 봄이 아버진 저게 저 쭉, 쭉 하늘을 찌르고 올라가는 고층살림집아파트 들이 보이지 않습니까?

명호는 정숙의 말에 제풀에 기가 죽었다. 그러잖아도 하루가 다르게 하늘을 찌를 듯이 뻗어 올라가는 고층살림집아파트의 기세에 볼 적마다 속이 편치 않았다. 부러 의식하지 않은 듯이 지나쳐도 명호의 마음속엔 진작부터 아낙네아내에 대한 미안함이 가득 찼음이었다.

— 저 게 글쎄 23층을 올라간답니다. 어데 그뿐인 줄 압니까?

정숙이 땅바닥에 심술을 부리듯이 쿵, 쿵 소리를 내며 걷기 시작했다. 명호는 공연히 기가 죽어 걸음을 제대로 떼지 못했다.

— 그만 하지 정숙 동무. 어찌 오나칙오늘 아침에 뭘 잘 못 먹었대나~

— 저 아래 채하동엔 말이에요. 글쎄 15층이나 되는 고층살림집이 수십 수 백 채가 올라 가구 있다하더란 말이오.

명호는 이제 아무 대꾸를 하지 못했다. 압록강을 중심으로 100 제곱 미터가 넘는 고층살림집들이 하나씩 자리를 잡기 시작했다. 국가 기업소에서 건설 허가를 받으면 돈주들이 덤벼 돈을 댄다고 했다. 장마당 경제가 탄력을 받으면서 상당한 돈주들이 등장하게 되었는데 이들이 대거 부동산으로 투자를 하고 있었던 것이다.

김정은 위원장의 태도 또한 이런 분위기를 이끄는데 한몫 거들었다. 돈의 출처를 따지지 말고 아파트 건설에 마음 편히 투자할 수 있도록 환경을 조성해 주었다. 아파트에 투자한 장마당 돈주들로 하여금 이윤도 최대한 보상받을 수 있도록 김정은이 지시를 했다고 들었다. 김정은은 비록 불법이 작용한다더라도 오직 민생개선을 최고의 목표로 삼고 있었나. 여기에다 인민위원회는 인민들이 주택을 사고파는 것을 눈감아 주면서 공공연하게 부동산 투기 바람을 부추기고 있었다.

버스 정류소에서 무궤도전차를 기다렸다. 건물은 쭉, 쭉 올라가는 모양이지만 전기 사정은 여전히 열악한 모양이었다. 전기를 이용해서 왕래하는 무궤도전차의 횟수가 줄어들었던지 상당한 시간을 기다렸음에도 무궤도전차는 닿지 않고 있었다. 명호는 공연히 정숙에게 미안한 마음에 달래볼 요령으로 넌지시 말했다.

— 정숙 동무, 그저 내달엔 저기 남상동 민족식당 가서 염소불고기나 먹자우. 어머니 기력도 약해지신 모양인데~

— 염소 불고기 노랠 불러대던 게 언제 적 일이에요. 봄이 할머닌 두루 그렇다 치고 애들이 비계덩이 못 먹어서 둥, 둥 별이 떠다닌다고 하더란 말입니다.

명호는 묵묵히 고개를 끄덕일 뿐이었다. 무궤도전차는 한참이 지난 뒤에 닿아 정숙을 태우고 미끄러져 갔다. 명호는 뿌연 안개 속에 미끄러지는 무궤도전차 꽁무니를 한없이 바라보았다. 이날 따라 아내를 바라보는 명호의 마음은 이상하게 불안했다. 공화국에서 살면서 아내에게 호강은커녕 고생만 시키고 있음에 낯이 서지 않음이었다.

나이 드신 어머니를 마주할 적에도 명호는 늘 마음이 맺혔다. 어머니의 얼굴에는 무슨 근심 어린 표정은 물론이고 항상 마른버짐이 피어 있는 듯했다. 마른버짐이야 제대로 먹지 못해 피어나는 현상이 아닌가 하고 생각할 적마다 명호를 괴롭히는 생각이 따로 있었다. 남쪽의 형님에게 도움을 청하고 싶은 마음이 간절했기 때문이다. 아내의 투정을 대하다 보니 더욱 남쪽 형님의 목소리가 그리울 따름이었다.

은근히 명호의 처지를 아는 동무들은 남쪽에 핏줄을 두어 그저 호떡을 잡았다는 말을 입에 올렸다. 남쪽의 도움으로 생계를 유지하고 보란 듯이 살아가는 공화국 주민들도 많이 있다는 말을 새삼스레 늘어 놓은 동무들도 있었다. 공화국이 민생을 해결하지 못한 바에 남쪽의 핏줄로부터 조력을 받는 것을 공연히 저지할 입장은 아니라고 말을 해도 명호의 경우 사상의 문제와 직결된 것이기에 근신하지 않으면 안

되는 것이었다.

사이좋은 동무들이지만 언제든지 명호에겐 흉기가 될 수도 있음이었다. 부모와 자식 간의 말도 가려서 하는 판국에 아무리 사이좋은 동무라 하더라도 안심할 일은 아니었다. 남쪽의 국군 가족으로 반쪽 핏줄이란 멍에를 짊어지고 살아온 명호에게 동무들의 이런 말도 경우에 따라 사상의 심장을 찔러대는 뾰족한 칼이 될 수 있는 것이다. 명호는 아직 완전히 열리지 않은 새벽 여명 속에 터벅터벅 집을 향해 걸음을 옮기고 있었다. 아내의 출퇴근을 위해 언제부턴가 밧데리 충전 자전거를 마음에 두었지만 조선인민공화국에서 그만한 자전거를 마련하기란 결코 쉬운 일이 아니었다. 철이 없는 봄이 역시 학교 동무처럼 자전거를 타고 싶다고 하지만 아내를 위한 자전거도 구입하지 못한 마당에 언감생심에 지나지 않는 것이다.

대문을 열고 들어서는데 어머니가 장독대 너머 담벼락에서 먼산바라기를 하고 있었다. 어머니의 몸은 예전보다 몸피가 많이 홀쭉해져 보였다. 생각해 보니 단고기를 대접한다고 약속한 일이 언제 적 일이던가 말이다.

- 어머니, 어찌 새벽이슬을 맞고 있답니까? 뭐 그저 저게 마전동 뒷산 보고 있었습니까?

- 아니야~ 어째 꿈자리가 뒤숭숭해서~

기력이 딸려 보이는 어머니를 생각하면 명호는 아들애로서 항상 마음이 불편했다.

- 밤잠 설쳐대면 고저 꿈자리 뒤숭숭 하다마요. 맘 편히 잡수시라요. 아버지 보고 싶음 고저 이번 일료일에 마전동 뒷산 한번 올라갑시다.

- 아범이 짬이 나갔어? 자꾸 네 아버지두 보이구~ 아범아, 혹여 남

쪽 형님네 연락 취해 보았대나?

어머니가 목소리를 갑자기 낮추며 속삭이듯 말했다. 명호 역시 숨을 죽여 어머니 물음에 대답했다.

- 아니야요, 어머니. 공화국 보위부 놈들이 시퍼렇게 눈 뜨고 있는데 주의해야지요.

- 태산이 그 동무래 뒷벌 봐주면 좋으련만~

어머니는 표정 하나 구기지 않고 태연히 그런 말을 뱉었다. 명호는 이런 어머니의 태도 역시 못마땅했다.

- 어머니, 기딴 동무 애길 꺼내려면 당장 들어가오. 내래 번번이 발목 잡는 동무래 누구인지 아십니까?

- 언 어찌 죄 없는 어미더러 부아를 내는~ 쯧, 쯧, 그래도 참이 거둬준 은공을 태산이가 잊으면 안 되는 거 아이니?

명호는 어머니의 말에 속에서 올라오는 화를 가까스로 다스리며 출근 준비를 하고 나섰다. 이미 아침 밥맛은 달아난 지 오래였다. 명호는 자전거를 끌면서 대문을 나섰다. 다른 날 같으면 골목을 나서자마자 페달을 밟아대며 달렸을 것임에도 자전거의 안장에조차 앉기가 싫었던 것이다. 뇌리에 복잡하게 얽힌 생각의 거미줄에 둘러싸여 명호는 그저 어지러움을 느끼고 있었다.

뜻밖에 골목 사거리에서 덕순이 동무를 만났다. 명호가 보기에 덕순의 신변에 뭔가 변화의 조짐이 있어 보였다. 어울리지 않은 입성과 치레거리를 하고, 해도 뜨지 않은 시각에 색안경을 끼고 나선 덕순의 모습에 놀라 하품이 절로 나올 지경이었다. 바로 가까이서 마주하니 덕순 동무의 몸에서 진한 화장품 냄새가 코를 찔렀다.

- 덕순 동무, 어찌 이케 일찍 출근을 합니까?

– 호호, 누구시니까? 오호, 리명호 선생님이시구나. 정숙 동문 일어 났습니까?

명호는 눈을 화등잔만 하게 뜨고서 덕순 동무를 바라보았다.

– 아니 동틀 시간 다 되었는데 여적 자겠소? 봄이 어머니 진작 무궤 도전차 타구 기업소에 갔다오.

– 호호, 아주 그냥 훈장을 받아내더니 공화국에 충성질이 마냥 하늘 을 찌르누만요.

덕순 동무의 말에는 은근히 비아냥이 묻어 있었다.

– 어이쿠, 덕순 동무한테 어찌 이런 진단장 냄새가 진동한답니까? 아니 뭐 덕순 동무 맘속에 새겨둔 남정네 있나 두루?

– 에그나~ 고저 박태산 동지가 하이 하이팅을 선물했단 말이에요. 그게 좋아 나우_{많이} 발랐더니 그만~ 호호호~

– 태산이 동무가 덕순 동무한테 하이 하이팅을 선물했단 말에요? 아니 듣자니 지금 박태산 동지라 해댔어요? 아니 태산이 동무가 동지 라고요?

– 태산이 동지가 내를 고저 공화국 일꾼_{소조원}으로 선정했다 말이지 요. 이 차림이 죄 공화국 임무 완성을 위해 입는 것이라굽서. 하하하 태산이 동지 고저 어씨나 영익하고 돈구멍에 재바르던지 아니 정숙 동 무한테도 아랫동네 화장품도 선물했다니깐 두루~ 리 선생님 못 보셨 습니까?

덕순 동무의 말에 명호의 등줄기가 서늘해졌다.

– 뭐에요? 아니 태산이 동무가 봄이 어머니한테 한국 화장품을 선 물했다 이런 말이에요? 지금?

– 글쎄, 그렇다니요. 고저 공화국에서도 사내 노릇 하자면 돈줄을

제대로 잡아야 한다굽셔. 에그, 저기 택시 온다. 내래 먼저 갑니다, 봄이 아버지~

명호는 덕순의 말에 둔기로 머리를 얻어맞은 듯이 놀랐다. 아니, 대체 무슨 말인가. 정숙이 동무가 태산이 동무한테 아랫동네 화장품을 선물 받았다니 원! 명호는 대번에 자전거를 돌려 집을 향해 페달을 밟았다. 대문을 열고 들어가 자전거를 마당에 밀쳐 던져버리고 방으로 뛰어 들어갔다. 정숙의 화장대 앞에 놓인 몇 개 되지 않은 화장품들을 살폈다. 어머니가 다짜고짜 따라와 자전거를 밀쳐버리고 방으로 들어간 아들을 염려하여 방문을 열고 살펴보고 있었다. 명호는 정숙의 화장품 가운데 맨 뒤쪽에 놓여진 880이 새겨진 한국산을 찾아냈다.

- 이런 우다질 것들~

- 아범아 관절 무슨 영문이니 그래~

명호는 치솟아 오른 화를 잠재울 수가 없었다.

- 흐어, 뭐 우리 것을 두루 사용해서 국산품을 애용하자고 외대면서 훈장까지 받아낸 여편네가 이런 가당찮은 아랫동네 화장품을~ 이거 당장 사상검증을 해봐야 하겠구만 두루~

- 아니, 지금 아범 뭐라 했나? 뭐 사상검증이 어쩌고 어쩐다고?

영문을 모르는 어머니마저 명호는 야속하게 여겨졌다.

- 일 없시오. 이놈에 새키 고저 저 죽고 나 죽겠누나~

명호는 정숙의 화장품을 품에 안고 나와 마당에 힘껏 던져버렸다. 화장품 용기들이 마당에 떨어지며 펑, 펑 소리를 내며 깨지고 있었다. 품에 안은 880 화장품 용기를 모두 바닥에 내팽개치는 것도 모자라 남아있던 나머지 화장품 용기들을 꺼내 다시 내팽개쳤다. 어찌나 세게 집어 던졌던지 큰 소리를 내며 용기가 박살이 났다. 이어서 아무 말도 하지 않고 마당에 아무렇게 고꾸라져 있는 자전거를 일으켜 타고 골목길을 내달리고 있었다.

2

태산은 어느 때보다 자신의 일이 순조롭게 풀리는 느낌이었다. 공화국 사정이야 어려운 것은 당연하지만 자신이 추진하고 있는 일들은 마음먹은 대로 척, 척 진행이 되고 있었다. 그가 새롭게 품어 안은 일꾼소조원들이 제법 성과를 올려 수단방법 가리지 말고 돈을 마련할 자구책을 마련하라는 당의 과업을 완수하는 데도 무리가 없었다. 노동당 7차 대회 역시 무리없이 치렀고 무엇보다 명호 동무를 엮을 수 있는 실마리를 잡았다는 데 흥분까지 하고 있었다. 학갑벽장 속에 은밀히 보관하고 있는 불온서적 등은 명호의 목을 단칼에 따버릴 수 있는 완벽한 증좌였던 셈이다.

태산을 더욱 들뜨게 만든 것은 노동당 7차 대회를 통해 최룡해가 명실공히 김정은에 이어 2인자의 자리에 등극했다는 점이었다. 태산의 현재 자리를 만들어준 사람이 다름 아닌 최룡해였기 때문이다. 최룡해는 이번 7차 대회에서 정치국 상무위원에 다시 진입했다. 상무위원장인 김영남의 연치가 90을 바라보는 고령인 점을 감안하면 최룡해가 그 자리를 대신할 가능성이 매우 높다는 것을 보여주는 배치였다. 이거야말로 국가수반의 자리를 꿰찬 거나 다름없는 사건이었다.

태산은 이런 공화국 노동당의 흐름을 빠르게 읽는 두뇌를 가지고 있었다. 보위부에 발을 들이밀면서 공화국의 시시각각 돌아가는 상황에 나름대로 촉각을 곤두세우며 대처하고 있었다. 비록 시 보위부에 있지만 태산은 나름대로 원대한 꿈을 마음속에 품고 있는 사람이었다. 동료들이 비록 먹고살기 위해 발버둥 칠 때 태산은 먹는 문제만을 생각하지는 않았다. 공화국에서 출세하며 사는 길이란 역시 기회를 잡는 것에 있다고 생각하고 있었다. 어떤 위기의 순간에도 기회란 누구에게나 주어질 수 있다는 믿음을 태산은 가지고 있음이었다. 태산이 돈에 목을 매는 것은 돈이 목표가 아니라 돈을 통하여 기회를 잡고자 함이었다. 상부에 돈을 상납하는 것도 태산에겐 일종의 기회를 잡기 위한 수단에 다름 아니었다.

– 부과장 동지 보라. 최룡해 위원이 어찌 상무위원에 다시 복귀 했겠는가~ 이거는 고저 최 위원을 통해서 북중관계 개선을 모색해보겠단 심산이란 말이야. 고저 중국과 관계가 뜨뜻미지근하면 어찌 우리가 장차 5차 6차 핵실험을 감행하겠느냐 말이야~

– 중국, 러시아 두루 방문한 사람이 누구이니? 고저 최룡해 위원이 아니니~ 이번 상무위원 복권 두루 중국을 공략하기 위한 격을 맞추는 일이란 말이야. 거 중국 공산당 두루 고급 간부들이 죄 상무위원 직책 가지고 있다지 않니~ 장성택 없는 공화국에서 고 중국에 어깨 펴고 당당히 맞설 인물이 누가 있겠느냐 말이야.

태산의 말을 들은 동료들은 그의 분석력에 놀라고 있었다. 박태산의 정보력이나 분석력 등은 상당 부분 타의 추종을 불허했다. 이런 장점에다 물불을 가리지 않는 추진력은 무슨 분야이든 갈 길이 바쁜 공화국으로선 당연히 요구되는 것이었다. 태산은 세상이 자기의 편에서 흘러가고 있다는 믿음 앞에 자신감마저 넘쳐났다. 그러나 이런 태산에게도 염려되는 것은 아들의 문제였다. 이혼을 하여 모자间간에 떨어져

살도록 했던 일은 그렇다 치더라도 아들 상철의 문제는 항상 태산의 가슴에 얹힌 무거운 돌이었다.

－ 아버지는 어찌 내 어머니가 싫었는지 모르겠습니다. 하지만 다른 아낙네가 우리 집안에 들어오는 꼬락서니 못 본단 말이오. 아버지가 어째 우리 학교를 빙, 빙 맴도는 줄 내래 알고 있다 말이지요.

태산은 아들의 말이 날선 칼날이 되어 가슴팍에 박혔다. 아들의 말이 무엇을 의미하는지도 모르지 않았다. 상철은 이미 참의 존재를 알고 있는 것이었다. 참의 존재가 자신에게 무엇을 의미하는지도 알고 있었다. 아버지의 핏줄을 이어받은 아들의 존재를 느끼고 확인하기 위해 학교 주위를 어슬렁거린다는 것, 더욱이 그 핏줄이 자신의 것과 온전히 하나 되도록 동화시키기 위해 진작부터 품을 들이고 있다는 것, 아버지의 심중에 박힌 장차 일어날 일들에 대해서도 상철이 이미 꿰뚫어 보고 있다는 것을 태산은 모르지 않음이었다.

－ 남쪽 반동 자식 우리 집안에 들어오는 거 반동 새치_{사냥꾼} 보다 싫습니다. 내래 참이 동무가 집안에 들어오면 고저 칵 땅에 처박아 죽일 겁니다. 어째서 참이 동무가 내하고 피를 나눈 형제가 됐는지 난 도통 모르겠소. 아버지가 력사 생코_{선생하구} 어떻게 척이 졌는지 묻겠시오. 대체 남쪽 _{국군} 분자 자식하구 어찌하여 척이 지구 그 사상조차 불량한 생코 자식이 어떻게 아버지의 핏줄이 됐는가 말이오.

아들의 저항이 예전과 다르다는 것을 태산은 직감했다. 공화국에서 아들의 관심을 사기위해 아버지로서 태산은 최선을 다했다고 생각했다. 학교에 들러 힘도 실어주고 무엇보다 아들의 주머니 깊숙이 넉넉한 용돈을 찔러주었다.

－ 아버지를 리해하라. 고저 혈기 충만하던 시절 이 아버지가 저지른

실수 아니겠니. 고저 리해 하라.

– 혈기 충만이 아니라 혈기 방만이지요. 내래 지금 가장 심들게 하는 사람이 아버지란 말입니다.

공화국에서 태산은 아들을 키우고 자식을 가르치며 가정을 이끌어 가는 세대주가장로서 한 점 부족함이 없었다고 생각했다. 하지만 아들의 하소에 감히 어떻게 변명을 해야 할지 조차 몰랐다.

– 상철아, 이 아버지를 리해하라. 너도 장가들어 살다 보면 아버지 맘 알게 될 날이 있을 거다. 상철아, 네 오마니하고 이혼한 거 이거 묻지 말라. 부부관계란 말이지, 남이 가슴팍을 열 번을 헤집고 들어와도 모르는 일이란 말이다. 아버지는 뭐라 해도 고저 사내 아니나? 사내가 뭐이니? 핏줄이란 거~ 자기 핏줄이란 거 이거 지켜내는 게 고저 사내란 말이지~

이렇게 상철에게 어설픈 변명조의 말을 늘어놓았지만 떳떳한 기운이라곤 없었던 것이다. 이런 마당에 참의 존재에 대해 상철에게 이해의 폭을 넓혀달라는 말은 엄두도 나지 않았다. 태산은 이런 문제야 차츰 해결해 나가면 되리라고 생각했다. 태산의 가슴을 더욱 저미게 만드는 것은 참의 태도였다. 핏줄이란 것이 무엇인지 자꾸 참의 모습이 눈에 밟혔다. 학교 근처에 몰래 숨어 참의 주위에서 빙, 빙 맴을 돌고 있었다. 상학시간에 은근히 학교 근처에서 엿보다가 부교장 선생한테 들킨 적도 있었다.

태산에게 가장 시급한 일은 참의 관심을 사로잡는 일이었다. 공화국에서 핏줄이란 의미를 이해하고 자신을 아버지로 받아들이도록 하는 것이 가장 급선무라고 생각했다. 참이가 자신을 아버지로 받아들이기만 하면 정숙의 마음을 사로잡는 것은 시간문제일 것이었다. 덕순을 통하여 은근히 보낸 한국 화장품을 받아주었다는 사실만으로도 태산은 정숙과의 관계를 절반은 이루었다는 생각이 들었다. 특히 이제 명호의 운명은 자신의 손에 달려 있는 거나 다름없음이었다. 태산은 당장에라도 명호를 잡아들일 수 있으며 명호의 공화국에서의 삶을 저당잡았다고 생각했다. 반쪽 핏줄의 태생적 운명에다 남조선 불온서적의 소지, 은닉은 명호의 한뉘평생에 쐐기를 박는 차꼬가 되어버릴 것이다.

태산은 잠시 고개를 의자 등받이 뒤로 크게 젖혀 생각에 잠겨 보았다. 리명호 동무를 잡아들이거나 혹은 남쪽으로 보내버리고 정숙 동무와 다시 부부가 되고 참이와도 부자지정을 회복하여 오붓한 시간을 누리며 살아가는 활짝 열린 공화국의 날들을 마음속에 그려보고 있었다.

그때, 태산의 사무실에 갑자기 들이닥친 사람이 있었다. 명호가 이마에 뻘, 뻘 땀을 흘리며 자전거 페달을 밟아 시 보위부에 당도하여 헐레벌떡 어둑한 복도를 꺾어 돌아 재깍 태산의 책상머리까지 들이닥쳤던 것이다.

– 이런 못된 승냥이 같은 새끼 보라~

– 아, 아니 명, 명호 동무가 이 거 난데없이~

명호의 주먹이 당장 태산의 머리 쪽에서 원을 그렸다. 태산은 재게 피하면서 일어나 보위부에서 단련된 실력으로 단박에 명호를 제압했다.

– 아니 글쎄 정낮한낮도 되기 전에 이 무슨 즛다리니꼬락서니야~

– 오늘 너 죽고 나 죽고 하는 날이지~

명호는 태산의 강력한 힘에 의해 순식간에 팔이 뒤로 결박 지어지자 상체를 버둥거려 보았지만 빠져나올 수가 없었다.

– 아니 명호 동무, 시 외곽에 학생들 데리고 모내기 전투에 열을 올려야 할 시간에 이거 무슨 패악질이니?

공화국은 모내기철을 맞아 모내기 전투라는 이름으로 학교나 장마 당까지 통제하고 있었다. 명호는 사실 학생들을 데리고 시 외곽에서 모내기를 하다 화를 참지 못해 자전거 페달을 밟아 달려왔던 것이었다.

– 뭐 패악질? 이런 우다질 놈, 호시탐탐 남에 아낙네아내 노리는 짓이 패악질이지 어찌 내게 패악질이라니? 감히 정숙 동무한테 한국 화장품을 찔러 박아대구 고저 남에 아낙네 한테 들이대는 고 저의는 무어이니?

– 아니, 명호 동무 보라. 내래 핏줄이 당기는 거 이거 무슨 죄이니? 내 아들 참이가 이거 누구 핏줄이냔 말이야. 고저 남의 자식 가지고 재빨간세빨간 반동 짓거리하던 자이가 누구이냐 말이야~

태산은 마음에 묻어둔 말을 참지 않고 뱉어냈다.

– 그딴 자식 놈이야 그렇다 치고 어찌 남 아낙넬 두루 넘보느냔 말이지~ 동무래 바람쟁이 열 번 되고도 남음을 알고 있지만 이거야 원 번지수가 어찌 이 모양이냐 말이지~

– 그딴 자식이라고? 새키 고저 력사 생코 주제에 주둥이 흉하게 놀리네. 감쪽같이 빼앗긴 내 핏줄이란 말이야, 뭐? 번지수가 어쩌고 어쩐다고? 정숙 동무래 거 동무 아일 먼저 뱃속에 앉혔지만서도 세상에 숨 쉬겠다 머리 내밀고 나온 아이래 내래 핏줄이란 말이다. 이카문 내래 정숙 동무한테 한번 덤벼들만 하는 거 아니니? 이 번지수가 잘못된 번지수 아니란 말이야~

태산은 자신의 힘으로 명호를 얼마든지 꺾어버릴 수가 있지만 소란을 키우고 싶지 않았다. 더욱이 그가 아끼는 아들과 정숙 동무와 얽힌 예민한 일이었다. 그가 계획한 대로 장차의 일을 처리하면 잡음 내지 않고 원하는 것을 모두 이룰 수가 있다고 생각했기 때문이다.

– 공화국 보위부가 남에 아낙네 뒤꽁무니 쫄, 쫄~

– 아니 보자니 고저 이 동무래~

태산은 재게 손바닥으로 칼날을 만들어 명호의 목을 촙, 하고 가볍게 공격한 후 멱살을 움켜잡았다. 그러자 명호의 목소리는 단칼에 막히고 대신에 숨을 헐떡거렸다. 태산의 마음 같아선 당장 지하실에 끌고 가서 물고物故를 내고 싶었지만 이는 그가 계획한 절차가 아니었다. 태산은 단숨에 낚았던 명호의 멱살을 포획한 먹잇감을 풀어주듯 놓아주었다. 명호는 여전히 숨을 몰아쉬며 분을 삭이고 있었다. 태산은 맥없이 의자에 풀썩 주저앉았다. 명호 동무와 이렇게 드잡이를 한 자신을 생각하면 공연히 서글퍼졌기 때문이다.

– 흐음, 자뿌룩하면자칫하면 사람 죽이겠구나. 보위부 간부라는 놈에 짓이 제구겨우 어릴 적 동무나 패대는 고따위 패악질이로구나~

하며 명호의 손가락이 태산을 향해 날을 세우고 있었다. 태산이 이를 그냥 보아 넘기지 않았다.

– 아니 뭐이? 동무, 지금 어데 감히 손가락질을~ 동무 손가락이 가리키는 게 지금 누구이니? 지엄하신 수령님에 총비서에 김정은 우이원장 아니니?

– 뭐이야? 수령님, 원수님? 흐음 밉 정은이 갸가 벽에 붙어 공화국에 인민들 자대기거드랑이를 긁어주나 배를 채워주나~

– 아 이거 보라, 동무 고저 칵 죽고 싶다 이거니? 아니 거 듣자니 가관이누나. 동무 어찌 공화국에서 이런 죽탕을 칠 사상의 알맹이를 드러내느냐 말이야. 야, 거 보위원 누구 있대나? 이 반동 새키 당장 밖으로 끌어 내가라.

태산의 말이 끝나기도 전에 건장한 보위부원 두 명이 들어와 명호를 짓무르듯 부여잡고 밖으로 끌어내고 있었다. 태산은 인민들의 입에서 김정은 위원장을 일컬어 '정은이'라 불러대며 급기야 '갸'라고 까지 비하하는 말이 나돌고 있음을 모르지 않았다. 최근에는 벽에 붙은 '김정은 타도하자' 같은 성향의 불법 벽보들 제거에 인민보안성은 물론 보위부 요원들까지 동원되고 있었다. 하지만 벽에 모셔놓은 영원한 지존들 초상화를 향하여 노골적으로 손가락질 하는 명호 동무의 태도는 가히 정도를 지나쳤다고 생각했다.

태산은 휴우 길게 한숨을 뿜어내며 담배를 빼어 물었다. 난데없이 들이닥쳐 주먹을 휘두른 동무의 속내를 태산이 모르지 않았기에 당장 초상화 앞에 무릎을 꿇리지 않고 있음이었다. 태산은 이제 명호의 운명 정도야 자신이 쥐락펴락하게 되리라 생각하고 있었다. 제아무리 그의 덫을 피하려고 해도 이미 올가미의 고에 한쪽 발이 걸려들어 버린 셈이었다. 이제 적당한 기회를 봐서 잡아당기면 영락없이 올가미에 걸려든 초라한 한 마리 짐승과 같은 것이라고 태산은 생각하고 있었다.

태산은 마음이 공연히 울적해져서 손전화기를 꺼내 덕순과 닿았다. 이상한 것이 정숙 동무가 그리울 때는 정숙 동무의 가까운 이웃인 덕순 동무의 목소리를 들으면 그리움의 색채가 어느 정도 묽어졌고 아들 참이가 그리울 때는 참의 동무인 동실의 목소리를 들으면 그리움의 깊이 역시 어느 정도 얕아지는 것이었다. 그래서 태산에게 기백의 가족은 이제 결코 뗄 수 없는 관계가 되어버린 느낌이 들었다. 더욱이 공화국의 일꾼이 되어 작은 임무까지 수행하고 있음을 생각하면 태산에게 이들의 존재는 더없이 소중하게 여겨지고 있었다.

─ 박 과장 동지께서 어찌 낮전오전 일찍 호출을 하십니까?
─ 거 덕순 동지 보니 제법 전화 받는 품이 공화국 일꾼 다 되었소.

– 호호호~

덕순이 까르르 웃고 있었다.

– 덕순 동지 소탈하게 웃어젖히는 폼이 들을 만 하구만요. 덕순 동지~

– 말씀하시오. 승강기 운전공 일은 어찌 되었습니까?

덕순에게 지금 가장 중요한 것은 먹고 사는 일이었다.

– 그 보다, 거 명호 동무가 여기 보위부에 다녀갔습니다.

– 아니, 력사 선생이 보위부엔 대체 무슨 일로~

– 거 난데없이 내 사무실에 들이닥쳐서 멱살잡이를 하고 고저 너 죽고 나 죽고 하자는 둥~

태산의 말에 덕순은 화들짝 놀라고 있었다.

– 아니 뭐에요? 아니 교원이면 교원답게 행동 각별하지 않고 그저 어찌 박 과장 동질 찾아가서 그런 난동을 부렸답니까?

– 아무래도 한국산 화장품 문제로 명호 동무 심기가 불편해진 모양이에요.

덕순은 이제야 정숙 동무에게 무슨 일이 일어났는지 짐작할 수 있었다.

– 아니 이거 뭐이다니? 공화국에서 고저 능력 없는 남정네들이야 군말 없이 거꾸러져 있음 되는 일을 가지고 아니 뭐 이딴 무례를 범한단 말입니까?

– 글치 덕순 동지~ 거 정숙 동무가 입장 난처하게 생겼소. 덕순 동지가 우리 정숙 동무 곁에서 우정 잘 챙겨주오. 거 승강기 운전공 문젠 머 잘 해결 되었소.

덕순의 귀에 카랑카랑하게 들리는 태산의 목소리가 이때처럼 멋져 보일 수가 없었다. 덕순은 절로 웃음이 흘렀다.

– 호호호~ 박 과장 동진 공화국에서 진정 멋진 사내오. 호호호~

– 거 덕순 동지, 웃지만 말구 내 말 들으오. 이번 휴식날^{공휴일}에 정숙 동무랑 덕순 동지하구 동실이랑 참이랑 우리 함께 채하동 옆 남상동 민족식당에 가서 점심이나 먹읍시다.

태산은 진작부터 마음속에 품은 말을 어렵게 꺼내 놓았다. 이런 정도의 만남이야 정숙의 입장에서 특별히 거부할 이유란 없을 것이라고 생각했다. 핏줄을 그리워하며 사는 이혼한 사내의 간절한 부탁이 정숙이나 참이에게 받아들여질 것이라고 믿었다. 태산의 밀어붙이기 방식으로 내몰다 보니 정숙과 명호와의 사이에서 잡음이 생겨 일을 그르치게 생겼기에 신중한 방식을 취하고 싶었기 때문이다.

– 아이 에그나, 멋져라. 고저 정숙 동무 덕택에 두루 덕순이네도 호강 좀 하자고요. 내래 박 과장 동지가 하달한 과업 완수할 테니 약속 시간은 그저 낮때로 하는 거예요?

– 옳지 옳지~ 내래 덕순 동지 믿고서 민족식당 미리 예약이라는 거를 해놓겠소.

덕순의 입가에 계속 미소가 번졌다.

– 아이 에그나, 멋지기도 해라, 우리 박 과장 동지가 어찌 이래 멋지시나~ 호호호~

– 아니 거 너무 오두방정 떨어대면 일 그르친다~ 덕순 동지, 내래 덕순 동질 믿겠소. 근데 동실이가 지금 곁에 있습니까?

– 아니 울 아들애는 학교에서 모내기 전투 나갔지 어데 있겠소. 그럼, 이 덕순이는 몸을 날래날래 움직여야 하니 들어가오.

덕순의 몸은 무거웠지만 마음은 날아갈 듯 가볍게 느껴졌다.

– 거 덕순 동진 그저 하날 시키면 둘을 하는 동지래서 맘에 드오. 그

래, 날래날래 움직여야지요. 내래 당장 민족식당 연결하겠소.

태산의 기분은 한결 누그러졌지만 명호의 행동이 여전히 마음속에 맺혀 있었다. 그럼에도 정숙과 참이를 대동하고 민족식당에서 함께 점심을 먹을 수 있는 기회를 마련한다는 자체가 생각할수록 가슴을 떨리게 만들었다.

태산은 잠시 마음을 가다듬은 다음 외사과로 향했다. 유엔의 대북 제재에 중국이 동참하면서 공화국의 입장은 난처하게 되었다. 공화국 내부의 중국에 대한 감정이 극도로 날카로워졌고 그런 여파는 공화국에 거주하는 화교들의 통행을 제한하는 데까지 미치게 되었다. 중국 단동지방에서는 공화국 무역 일꾼 세 명을 무역 관련법 위반으로 억류를 하고 있는 상황에 이르렀고 급기야 공화국에서도 억하심정으로 화교 다섯 명을 억류하게 되었다.

― 부과장 동지, 화교와 혼인 예정인 당 지역 녀성들이 몇 명이나 되오?

― 고저 여기서만 한 50여 명은 넘는 듯합니다.

태산의 머릿속에는 그저 돈벌이 수단으로 가득 차 있었다.

― 화교들한테 통행증 발급을 제한하는 것은 좋은데 이거 너무 봉쇄를 하문 우리가 어케 인민폐를 손에 쥔단 말이오? 고 사정 봐서 작작 닦달들 했으면 좋겠는데~

― 일간 조처가 취해질 것이오. 중국 본토 놈들 잘못이지 공화국에 있는 화교 잘못이 아니잖습니까? 듣자니 공화국에 사는 화교들도 중국 본토 사람들에 대한 감정이 날카롭다 들었소.

유엔의 대북 제재에 중국마저 협력하는 상황으로 공화국 인민들과 중국 인민들 사이에 감정의 골이 깊어지고 있었다. 급기야 공화국 내에서 생활하고 있는 화교들에게까지 감정이 대치되고 있는 상황이었다. 화교들은 보위부의 은밀한 자금줄이기 때문에 결코 넋 놓고 있을 수는 없는 일이었다.

－내 금명간 중국 놈들이 우리 공화국 무역 일꾼들을 풀어주든 말든 임의대로 관내 억류한 화교들이 풀려날 수 있도록 조치를 취하겠소. 그리 아오.

－알겠습니다, 박 과장 동지~

중국 화교들과 혼인 예정인 공화국 녀성들을 파악하여 이들의 혼인을 방해하는 일은 의미는 있지만 태산에게 전혀 도움이 되지 못했다. 화교들이 같은 화교들과 결혼하면 중국의 국적을 취득하지만 공화국 배우자와 결혼하면 공화국의 국적을 취득하는 불합리 속에 자칫 이런 조치의 장기화는 중국과 더욱 깊은 갈등의 골이 패일 수가 있음이었다. 여하튼지 화교들이 중국을 방문하기 위해서는 필수적으로 공화국 보위부 외사과에서 발급하는 통행증을 받아야만 가능한 마당에 이토록 실생활까지 강력한 통제를 함은 결코 바람직한 태도가 아닌 것이었다. 외사과를 빠져나오는 태산의 표정이 결코 밝지 않은 이유였다. 무엇보다 달러와 인민폐의 확보야말로 태산에게 가장 시급한 과업이었기 때문이다.

3

노동당 7차 대회 이후 공화국 인민들은 만리마 속도전으로 내몰렸다. 특히 농번기를 맞아 공화국 방방곡곡에는 40여 일의 모내기 동원이 시작되고 있었다. 모내기 동원을 모내기 전투라는 이름으로 비약시켜 주민들을 혹사시키고 있었다. 한반도에 전에 없는 가뭄이 기승을 부리면서 경제 제재와 함께 최악의 식량난에 돌입할 거라는 소문이 나돌았다. 그런 탓인지 공화국은 70일 전투가 끝나기 무섭게 주민들은 물론 나이 어린 학생들까지 노동 현장에 동원시키고 있었다. 목표 달성에 미치지 못할 경우 아예 농장에서 숙식을 해결하면서까지 노동에 동원됐다.

공화국이 이렇게 주민들의 손발을 쉬지 못하도록 고삐를 당기는 것은 비단 노동 인원을 동원하여 농번기의 바쁜 일손을 거들어 제철에 마무리 짓는다는 구실도 있었지만 주민들의 불만을 잠재우려는 속셈이 다분히 내재 되어 있었다. 노동에 고통받고 배고픔에 허리가 꺾이면서 절로 튀어나오는 주민들의 불만이 재생산되지 못하게 하려는 속셈이 깔려 있었다. 오로지 당의 지시에 따르며 오직 공화국의 체제와 사상 밖으로 생각의 더듬이를 뻗지 못하도록 하는 술수가 녹아 있음이었다.

해마다 모내기철이 되면 로동신문이나 중앙 텔레비전에서 선전전에 열을 올렸다. 전당, 전민이 모내기에 참여하는 모내기 전투에 들끓는 공화국 들판이 장관을 이루었다고 보도했다. 농장별 전역에는 부글부글 공화국에 대한 충성심에 고패 치는 열기로 불타고 있으며 김일성 원수께서 '튼튼한 모를 내면 모살이를 잘하고 아지를 많이 치고 빨리 자랄 뿐 아니라 병에도 걸리지 않는다'고 말한 유훈까지 되새기고 있었다.

시내의 외곽 지역 농장에 모내기 동원을 나간 참이 등은 쉴 틈 없이 허리를 숙여 모심기에 여념이 없었다. 더군다나 모내기 전투가 끝나면 철저히 실적을 파악하여 충성심 평가를 한다는 사실에 교원들은 물론 학생들도 마음 편히 허리를 펴지 못했다. 아직은 여전히 차가운 물이 담긴 논에 맨발로 들어가서 충성심의 가면을 쓰고 노동에 열을 올리는 학생들을 보면서 교원들과 학부모들의 마음에는 일찍부터 피가 맺히는 아픔이 알알이 맺혀 있었다.

어떤 부모들은 아이들이 모내기 전투에 동원된 것을 알고 애가 타서 나왔다가 어린 학생들이 불쌍해서 그만 가슴을 치면서 발을 동동 굴렀다. 아이들에게 제공되는 음식은 소금국에 옥수수가루를 개어 만든 강냉이죽이 전부였다. 장마당에서 돈을 제법 만진다는 상인들이나 간부 집 자식들에게는 부모들이 특별히 만들어 가져온 음식을 먹게 하여 자식의 노동시간을 줄여주는 경우도 있었다. 또한 각 지역의 예술단이 노동 현장에 나와 노동에 힘든 학생들을 위로하기도 했다. 바로 지역 예술선전대가 노동현장에 직접 방문하여 노래와 춤을 추며 흥을 돋운 것이다. 학생들이 예술선전대를 반기는 까닭은 무엇보다 바로 이런 짧은 공연 순간이나마 학생들이 쉴 수 있는 시간이었기 때문이다.

– 참이 동무, 무슨 걱정이 있나?

– 아, 아니다.

만룡의 물음에 아닌 듯 자세를 바로 잡았으나 참의 표정은 역시 어두웠다. 참의 어두운 표정은 사실 모내기 노동의 힘듦 때문만은 아니었다. 낮전오전에 잠깐 모습을 비쳤다가 어디론가 사라지신 아버지 때문이었다. 아침에 어머니의 화장품을 모두 박살내고 집을 나섰던 아버지에게 분명히 무슨 일이 일어난 모양이라고 참은 생각하고 있었다.

– 참이 동무, 숙소에서 지낼 건데 괜찮겠나?

– 글쎄, 만룡이 동무는 여기에서 숙식할 거야?

참의 물음에 만룡이가 고개를 끄덕였다. 농장원의 집에서 모내기가 끝날 때까지 만룡은 숙식을 하는 것이었다. 이런 기회를 통해 학생들은 새로운 사람을 만나기도 하는 것이었다. 만룡이가 허리를 펴 늘였다가 곧장 다시 허리를 숙이며 말했다.

– 참이 동문 력사 생코 따라 나가면 되겠지임. 한데 력사 생코 어찌 낮전부터 보이질 않는다 말이다.

자녀가 모내기 전투에 동원된 교원은 집이 비교적 가까운 경우 자식을 고생시키지 않으려고 집에 데려다주고 자신만 학생들을 통솔하기 위해 숙소로 들어오는 경우도 있었다.

– 만룡아, 저기 한 번 보라.

참은 발목이 쑤욱 논흙 속에 빠져드는 순간 화들짝 놀라면서 허리를 폈다. 만룡인 자라목처럼 쑤욱 목을 빼어 건너편 논을 바라보았다. 그쪽에선 흥을 돋우는 노래로 선창과 후창을 하며 모내기에 열을 올리고 있었다. 참이 놀란 것은 상철이 패들의 중심에 동실의 모습이 있었기 때문이었다. 대체 동실의 마음을 이해할 수가 없었다. 장마당에서 후한 대접을 받기는 했지만 이럴 때는 완전히 따돌림을 당한 묘한 기분이었다. 동실의 씀씀이가 커진 것도 이상한 일이고 상철과 이제 아주 자연스럽게 가까워진 듯한 모습도 이상한 일이었다.

– 만룡이 동무, 동실이 저거 무슨 수작이니?

– 동실이 주미니 속에 달러가 있는데 달러 힘을 믿고서~ 돈줄 그루빠 행세 해 보겠다는 수작 아이니 저거~

만룡의 말은 참의 생각을 항상 뛰어넘는 데가 있었다. 참의 생각이 미치지 못한 만룡의 말에 참은 절로 고개를 끄덕이며 입술을 지그시 깨물었다. 저쪽에서 소란이 잦아들자 마치 응수를 하려는 듯이 만룡이가 허를 찌르는 소리를 매기고 나섰다.

어화 청춘소년들아

이 내 말 좀 들어 보소

백만대병 지휘하여

통일천하 좋다마는

만고에 만룡이는

목이 타서 죽겠구나~

만룡의 타령소리에 여기저기에서 동무들의 웃음소리가 쏟아졌다. 만룡의 소리는 뜻밖에 구성지게 들렸다. 참은 만룡의 소리를 처음 들었다. 점쟁이의 길이란 마치 이런 소리의 세계에 몸을 담그고 있음을 보여주기라도 하려는 듯 만룡은 뜻밖에도 목청에 기름을 바른 매끄러운 소리를 돋우기 시작했다. 만룡의 소리에 모내기를 하는 여기저기에서 박수소리가 터져 나왔다. 동무들의 박수갈채에 만룡의 목소리는 더욱 높아지고 있었다.

어화 청춘소년들아

이 내 말 좀 들어 보소

청춘을 허송 말고

모내기 하여 보세

아서라

고패 치는 충절 속에

젊은 청춘 죽어난다~

대체 만룡은 어떻게 저런 소리를 익혔을까? 만룡 동무에게 신의 세계 같은 것이 있다는 것을 알면서부터 참은 만룡을 허투루 대하지 않았다. 세상의 일을 넌지시 몇 발짝 앞에서 먼저 들여다보는 듯한 놀라운 예지력과 강인한 흡인력이 만룡에게 있는 듯했다. 이제 보니 초라한 자신의 모습에도 비관하지 않고 달관한 듯한 담대함도 있는 듯했다. 손바닥을 뒤집듯이 자신의 이익을 좇아 상철의 집단에 발을 담근 동실에 비하면 만룡의 기개는 훨씬 넘쳐보였다. 비록 키대는 작지만 사내다운 동무가 바로 만룡이라고 참은 생각했다.

아버지는 모내기 전투장에 이날 끝내 모습을 드러내지 않았다. 아버지에게 분명 무슨 문제가 발생한 모양이라고 참은 생각했다. 참의 담임 교원인 양대국 과학 선생마저 아버지의 행방을 궁금해하면서 집에 무슨 일이 있느냐고 물어왔다.

하루의 작업을 마치고 삼삼오오 짝을 지어 배정받은 협동농장의 숙소로 돌아들 갔지만 참은 몇의 동무들과 같이 써비차를 타고 집으로 돌아왔다. 협동농장에서 자식을 재우고 싶지 않은 공화국의 부모들은 오토바이를 몰고 와서 은밀히 꾹돈뇌물을 먹이고 자식을 태우고 나갔다. 밧데리 충전 자전거를 몰고 와서 뒤쪽 짐받이에 자식을 태우고 나가는 부모들도 있었다. 모내기 전투의 첫날이 지나면 이제 돈이 있는 부모들은 모든 수단을 동원하여 자식을 모내기 대열에서 열외를 시킬 것이다.

어둑한 저녁, 집에 돌아온 참은 굶주림의 허기보다 마음속에 무거운 허기가 내려앉았다. 부모님의 모습은 보이지 않고 이미 돌아와 있어야 할 봄이 마저 집에 없었다. 봄이는 저학년이기 때문에 집에서 가까운 인근 논에서 모내기 전투를 했다. 봄이 마저 보이지 않아 허둥대고 있는데 먼산바라기를 하시던 할머니의 첫마디가 참의 귓전에 따갑게 내리꽂혔다.

— 여기가 어데라고 기어 들어오니?

— 할머니, 어째 이러십니까?

할머니의 음성은 마치 승냥이 이빨처럼 뾰족한 날을 세워 참의 가슴팍을 찔렀다. 할머니의 말에 본능적으로 응대는 했지만 이내 이러는 할머니의 의도를 알아차리고서 더는 입을 달싹거리지 못했다. 형태 없는 말에 찔리는 아픔은 송곳에 찔리는 아픔보다 오래 갔다. 참은 심장에 꽂힌 말의 아픔 때문에 한참이나 아득한 어둠 속으로 추락하는 느낌이 들었다.

— 이 씨 피 한 방울 섞이지 않는 너 때문에 우리 집안에 소란이 끊이지 않는구나~ 진즉에 널 박 씨 품에 떠나보냈으면 두루 이딴 풍파가 어떻게 있겠는가~

— 할머니가 날 미워하는 줄을 내래 모르지 않습니다. 내가 어찌하면 할머니 분憤이 풀리시겠습니까?

참이는 할머니에게 자신의 생각을 당당히 말했다.

— 너 고저 네 아버지한테 돌아가라. 보위부 네 아버지한테 돌아가란 말이다. 네가 우리 집안에 눌러사는 거는 고등중학 마칠 때까지 두루~

— 아닙니다. 할머니, 당장 나가 드릴 것이오. 할머니 가슴에 내래 여적 못을 박아 댔구만이요. 예에, 할머니 오래오래 사시오~

참이는 공연히 분을 이기지 못해 할머니를 향해 감정을 실어 응대를 했다. 하루 내내 굶어 허기를 느껴도 이처럼 허허롭지는 않았을 것이었다. 이상하게도 뱃속의 허기가 달아난 순간에 마음 깊은 곳에서 색다른 허기가 콩나물 자라듯 존재를 드러냈다. 투박한 소리를 내며 깨어지던 어머니의 화장품처럼 참은 까닭 모를 자신의 존재가 산산조각이 나는 듯한 느낌으로 마당을 가로질러 대문을 박차고 뛰쳐나왔다. 골목길을 뛰는데 저도 모를 무서운 그림자가 뒤에서 마구 자신의 몸에 휘감을 치는 느낌이었다.

온종일 모를 심느라 끊어지는 허리의 통증도 잊은 채로 참은 동실네 집 앞의 공터에서 하염없이 눈물을 흘렸다. 이럴 때에 동실 동무라도 곁에 있으면 얼마나 좋을까? 봄이라도 곁에 있다면 좋으련만~ 참은 대체 어디서부터 일이 이렇게 꼬이게 되었는지 가늠을 하지 못했다. 자신의 의지와 상관없이 이렇게 삐걱거리는 날들은 누구의 잘못이며 어떻게 대처해야 굽은 길을 바로잡을 수가 있다는 말인가? 생각할 적에 자신의 처지가 외로워서 하염없이 눈물을 흘렸다.

동실의 어머니가 나타난 것은 참이 공터에 앉아 꾸벅꾸벅 졸기 시작할 무렵이었다. 참은 허기와 피로 속에 자꾸만 졸음이 몰려오는 것을 억지로 참고 있었다. 이제 당장 어디로 갈 것인가? 궁리를 함에 뚜렷한 행처行處가 떠오르지 않았다. 만룡이를 찾아가려 해도 이날따라 만룡은 협동농장의 숙소에 있는 것이었다.

— 에그나, 참이 아니나? 어두운 데서 동실이도 없는데~

— 동실 어머니~

참은 공연히 잠았던 눈물이 쏟아지며 울음이 밖으로 터져 나왔다.

— 아니 지금 참이 우는 게야? 어찌 이케 우는 게니? 모내기 논에서 무슨 일이 있었대나? 응?

— 아, 아니에요. 그저 맘이 허허롭구만이요~

참은 동실 어머니 앞에서는 눈물을 흘리지 않으리라 어금니를 꾹 깨물었다.

— 그래 저녁은 어찌 먹었대나?

– 입맛이 없어 먹지 않았습니다.

사실은 뱃속에서 아까부터 꼬르륵 꼬르륵 소리가 거푸 났다.

– 아이 에그나, 장차 공화국 큰 일꾼 될 청년이래 입맛이 없다니~ 고저 저게 장마당 가자, 모내기 전투랍시고 장마당 사람들도 정신들이 없드래는데 보니 채소전도 싸전도 문들 여느라 정신이 없더구나. 가자, 인조고기밥이든 두부밥이든 한 그릇 먹고 오자.

참은 순간 혼란스러움에 마음의 갈피를 잡지 못했다. 동실 어머니를 따라가서 인조고기밥을 먹어야 할지 말아야 할지 난감했다. 난데없이 씀씀이가 커진 동실네의 모습을 보며 참은 공화국이 마치 도깨비들이 사는 나라 같다는 생각을 했다. 그리고 대충은 동실 어머니의 일이 상철 아버지와 연관되어 있음도 짐작하고 있었다. 동실의 지난 태도를 통해서도 참은 자신에게 동실이 위험한 인물이 될 수도 있다고 생각했다. 그럼에도 여전히 혼란스러운 것은 자신의 정체성이었다.

참은 자신의 존재가 어떤 모습이며 장차 공화국에서 펼쳐질 자신의 앞날이 어떤 모습일지 상상을 할 수 없었다. 어떤 길을 따라 자신이 걸어가야 하는지조차 가늠할 수가 없는 현실, 희뿌연 여명에 압록강 수면에서 올라오는 안개의 장막 속보다, 해거름 골목을 순식간에 빨아들이는 어둠의 깊이보다 더욱 깊이 암흑 속으로 추락하는 느낌이었다. 모든 것이 혼란스럽고 정체 불명한 어둑시니 세계의 끝자락에서 참은 주저하지 않을 수가 없었다.

참은 끝내 동실 어머니의 호의를 받아들이지 않았다. 배부름은 순간의 허기를 위로할 수는 있겠지만 마음의 허기까지 채울 수는 없는 법, 차라리 일의 도리를 따르는 것이 뱃속의 허기를 떳떳하게 밀어내고 남았다.

― 흐응, 허기진 강아지래 물찌똥에 덤빈다는 말두 옛말이구나. 내일은 울 동실이 모내기 전투에서 꺼내 올 거니 내일 동실이하고 여기에서 춤이나 한번 춰대 보라. 에그나 깜박 잊을 뻔했구나.

동실 어머니는 돌아서려다 말고 다시 참이 한테 다가왔다. 참은 어둠 속에서 빤히 동실 어머니를 올려다보았다. 어둠 속에 비친 동실 어머니의 모습은 마치 유령처럼 보였다. 저런 모습이 결코 실체가 아니라 한순간에 사라져버릴 유령과도 같은 모습, 공화국의 어둠과 혼란 속에서만 존재의 가치가 드러나는 동실 어머니의 모습은 당장 밤이 지나 환한 해가 뜰 때 형체도 없이 세상에서 사라져버릴 위태한 유령처럼 보였던 것이다.

― 참아, 이번 휴식날 _{공휴일}에 저게 남상동 민족식당에서 네 어머니하고 함께 점심이나 먹자야. 동실이도 올 테니 두루~

― 모내기 전투 대열에서 어찌 빠져나올 수 있겠어요? 재간 없단 말입니다.

― 참아 글쎄 그런 걱정일랑 하지말구 그저 약속만 하자요. 네 어머니도 고저 먹는 게 시원찮아 어지럼병 나게 생겼더구나.

덕순은 어떻게든 참이를 설득시켜야 하였다.

― 아니 뭐라구요? 우리 어머니 어지럼병이 나문 안 된단 말입니다. 동실 어머니, 고저 울 어머니 잘 살펴 주시라요. 내 그럼, 봄이도 데리고 갈 것이오.

― 에그, 참아, 봄인 다음에 함께하구 이참엔 고저 네 어머니하구 너만 나오라. 내래 맛있는 염소 불고기 사줄 테니~

덕순은 남상동 민족식당에서 태산이 동무와 외식한 이후를 떠올리고 있었다.

– 아니, 참말이에요? 정말 염소 불고기 사줄 수 있습니까?

– 아니 고저 참이 혀끝에 벌써 군침이 도는구나~ 호호호, 내래 사주다 말다뿐이니, 고저 이번 휴식날에 우리 잔치 한번 벌여 보자야~

참은 정말 군침이 돌았다. 참이에게 염소 불고기란 말로만 들어봤지 상상이 가지 않는 천상의 음식 같은 것이었다. 공화국에서 어지간한 주민들은 입맛조차 다실 수 없는 비싼 음식이었다. 염소 불고기란 말을 듣자마자 좀 전에 내세운 의리 따위는 결국 뱃속의 허기와 기름 빠진 궁핍으로 허우적거리면서 꼬리를 감춰버렸다. 아아, 어서 휴식날이 돌아오기를 참은 마음속으로 간절히 바라고 있었다. 부푼 희망을 가슴에 품고 설레는 마음을 달래면서 밤이 이슥해서 집에 돌아왔지만 여전히 할머니만 퇴마루에 쓸쓸히 앉아 있었다.

4

집으로 돌아오는 내내 명호의 마음은 무겁게 가라앉아 있었다. 아침부터 자신이 저지른 일이 후회되기 시작했다. 아낙네아내의 화장품을 모조리 내팽개친 일도 그렇고 모내기 전투장에서 화를 다스리지 못해 자전거를 타고 보위부에 쳐들어간 것도 후회가 되었다. 모내기 전투장을 이탈한 것도 사상적으로 문제가 되는 일이지만 거기가 어디라고 무시무시한 보위부를 제 발로 쳐들어갔는지 리해되지 않았다.

끓는 마음을 한순간에 다스리지 못해 일어난 불쾌한 일들에 대해 신중하지 못하고 감정을 다스리지 못했던 자신이 용서되지 않았다. 또한 어렵게 남쪽 형님과의 통화를 시도하였지만 끝내 일이 어그러진 느낌에 마치 한쪽 발이 모래메흙^{모래진흙} 속에 빠져 허우적이는 느낌이 들었다. 무슨 무릎싸움^{닭싸움}을 하자는 얘기도 아닐 텐데 공연히 이상한 쪽으로 얘기가 흘러가면서 언성을 키운 바람에 자꾸 일이 어그러진 느낌을 받았다.

당장 집에 돌아가면 정숙을 어떻게 대면해야 할지도 아득할 뿐이었다. 아내의 화장품을 산산이 부숴버리고 태산이 동무를 찾아가 대거리를 했던 일에 대해 어찌 변명해야 한단 말인가. 또한 모내기 전투장의 이탈로 인해 부교장 선생의 추궁을 어떻게 감당해 낸단 말인가? 대체 뚜렷한 해결책이 떠오르지 않았다. 남쪽 형님과의 일이 원만하게 진행되었다면 그나마 위로를 받고 이를 토대로 정숙의 상처를 어루만질 빌미가 되었을 것이다. 부교장 선생 또한 사정 얘기를 하고 적당히 꾹돈^{뇌물}을 들이밀면 전혀 염려할 거리가 되지 못할 것이었다. 하지만 남쪽 형님의 단호한 거절은 이런 일들을 해결하려는 의지를 꺾어버렸다.

– 형님, 어찌 이케 통화가 어렵습니까?

– 어 아우야, 오랜만이로구나. 계수씨랑 애들은 무탈하느냐?

남쪽 형님은 명호의 전화를 받고 당황하면서도 반가운 눈치였다. 명호에게 당장 시급한 것은 남쪽 형님으로부터 달러나 인민폐를 지원받는 일이었다.

– 견딜 만은 합니다. 남쪽 형수님 두루 강녕하시고 조카도 잘 있지요?

– 어 그래 아우야. 근데 어떻게 먼저 전화할 생각을 한 거냐?

남쪽 형님은 이게 궁금한 모양이었다. 하긴 명호 역시 자신이 먼저 남쪽 형님에게 전화를 하리라곤 예상 못한 일이었다.

– 급한 일이 있어 그럽니다, 형님.

– 급한 일이라니? 북쪽에 무슨 탈이라도 있는 거냐?

– 아, 아닙니다. 형님, 이 아우래 그저 달라가 좀 필요하단 말입니다.

명호는 내키지 않은 말을 어렵사리 꺼내버렸다. 지금 당장에 체면을 따질 겨를이 없었기 때문이었다. 태산으로부터 꺾인 사내의 자존심을 세우는 데는 남쪽의 달러밖에 없겠다고 명호는 생각했다. 하루 날을 잡아 민족식당에 가서 목구멍에 기름칠을 하자며 정숙 동무를 달랬던 일에도 남쪽 형님의 도움이 절실히 필요했던 것이다.

– 아, 아우야, 그 얘기라면~

– 형님, 딱 한 번만 더 도와주세요. 거저 천 달러만 어케 안 되겠습니까?

남쪽 형님에게 이렇게 목을 매는 자신이 명호는 무척 싫었다. 하지만 체면을 따지고 있을 수만 없는 노릇이었다.

– 아우야, 남쪽 속담에 돈거래는 부모와 자식 간에도 하지 않는다는 말이 있다. 그리고 남쪽에서 북쪽으로 달러를 부치는 거 이 게 위법이야. 아우야, 너도 알겠다만 이 형도 남쪽에서 반쪽 분자란 말이다. 그래서 지금 아우하고 이렇게 통화하는 일도 결코 자유로운 게 아니란 말이야~

– 아니 예전엔 무슨 수를 써서라도 이 아우를 돕겠다고 하지 않았습니까? 형님, 내래 통일이 되면 정말 무슨 수를 써서라도 갚아 드리겠소. 딱 한 번만 도와주십시오.

명호는 마음에 없는 말까지 끄집어내고 있었다. 아득히 꿈에서나 있을 것 같이 느껴지는 통일을 입에 올리다니 명호는 스스로도 낯이 붉어 올랐다.

이렇게 집으로 향하는 길 위에서도 남쪽 형님과의 일만 생각하면 낯이 달아올랐다. 차라리 아우가 몸이 아프다고, 아님 자식이 아파 죽게 되었다고 읍소를 했어야 옳았을지 모른다고 생각했다. 통일이란 말을 스스로 꺼낸 자체가 문제였다. 지난번에도 공연히 통화 중에 정치 얘기를 했다가 낭패를 당하지 않았던가. 남쪽 형님은 명호의 통일에 관한 말의 꼬리를 예민하게 잡고 늘어졌다. 달러에 대한 난처함을 통일을 실마리로 풀어나갈 모양이었는지도 모른다.

— 아우야, 통일 얘기가 나왔으니 말이지만, 당장 통일이 되면 서로 간에 고통이야 따르겠지만 말이다. 장차 북쪽에 매장된 지하자원만 활용해도 통일 비용 이거 뭐 일조 달러가 든다는데 거 열 배인 십조 달러는 된다는구나.

— 아니 형님, 이 아우야 공화국에 어떤 지하자원이 얼마나 매장되어 있는지 모르는 일이구요. 그저 당장 달러가 필요하단 말입니다.

명호는 끈질기게 한번 매달려보았다.

— 북한에 군인이 얼마나 많으냐? 군대 해체 시키고 뭐 감옥에 갇혀 있는 죄수들 죄 풀어주고 1700만 노동자 끌어들여 일을 시키면 이거 금방 세계 최고가 된다는 말이다. 하니까 통일이 자꾸 대박이라 하는 거 아니니? 아우야, 이 형 말 듣고 있니?

— 아니 그저 소시적 얘기도 아니고 어찌 달나라에 있는 토끼가 방아 찧는 얘길 하십니까? 형님, 아우도 한 말씀 하겠소. 남쪽에서 우리들 먹여 살릴 테니 살림살이 합치잔다 하여 그저 공화국 주민들이 덜컥 남쪽으로 내려간답니까? 중국이 손을 벌리고 러시아도 손을 벌리고 일본도 두루 손을 벌리는 판국인데 어찌 감히 남쪽으로만 공화국 주민들이 내려가겠느냐 말입니다.

아무리 돈이 궁할지언정 형님에게 반드시 이 말을 들려드리고 싶었다. 이게 공화국 교원의 사명 같은 것이며 자신의 자존심이라고 생각했다.

– 아우야, 이거 이거 큰일 날 소리 하는구나. 어찌 핏줄끼리 합쳐야 살 수 있는 거지 엉뚱한 놈들하고 손을 잡는다 말이니? 너 중국 놈들이 러시아 놈들이 일본 놈들이 어떤 놈들인지 몰라서 그런 말을 지껄이느냐? 우리 역살 통째로 말아먹은 놈들이 그저 중국, 소련, 일본 아니니? 아우 그저 력사 선생이라면서 어찌 그걸 모르느냔 말이야.

– 아니 형님, 자꾸 아랫동네가 공화국보다 잘 산다고 우쭐대는데 반도에서 제일 높은 빌딩이 어느 거예요? 평양에 있는 류경호텔이라 말입니다. 자그마치 314 미터란 말이오. 남쪽엔 뭐 인천 송도인지 뭐인지 고저 무역중심 뭐이 305 미터란 말입니다. 이거 숫자놀음 아닙니다. 공화국 주민들이 빤히 알고 있는 정보란 말이에요. 당장 이 아우부터 도와주고 그딴 말씀 하시라요.

– 아우야, 아우야, 네가 아직 롯데월드타워 123층 소식 못 들었구나. 자그마치 555 미터란 말이다. 아우야, 아우야, 형 말 듣고 있니?~

남쪽 형님의 말이 끝나기도 전에 명호는 화가 나서 손전화를 끊어버렸다. 북남 연락책의 표정에서 실망의 기색이 역력했다. 밤이었으니 망정이지 낮이라면 석류처럼 붉어진 명호의 낯빛이 민망했으리라.

이제와서 후회를 한들 대체 무슨 소용이 있다는 말인가? 남조선 형님의 원조를 받는다는 것은 이제 완전히 물 건너 가버린 일이라고 명호는 생각하고 있었다. 손전화를 먼저 끊은 주제에 다시 전화를 넣어 도와 달라 읍소를 하기란 벼룩이 웃을 일이었다. 벼룩도 낯짝이 있지 비록 주접이 들게 어려워도 뻔뻔스런 아우라는 소리는 듣기 싫었기 때문이다.

명호는 집에 가까워질수록 긴장되기 시작했다. 좁은 네거리 골목을 들어서는 순간에는 마치 살얼음판을 걷는 심정이었다. 발걸음을 내딛는 순간마다 화난 정숙의 얼굴이 눈앞에 어른거리는 것이었다. 갑자기 컹, 컹 하고 골목 중간 집의 개가 짖어대기 시작했다. 저런 버르장머리 없는 개새끼하군. 명호는 공연히 이웃집 개를 향해 심통을 부렸다.

어둠을 물어뜯는 듯한 개의 울음이 정숙의 걸음을 밖으로 이끌었을까? 명호는 골목의 중간쯤에서 정숙과 맞닥뜨렸다. 정숙은 대문 앞에서 명호를 기다리며 서성이다 개 짖는 소리에 골목을 따라 걸어 나왔으리라. 명호는 잔뜩 굳어 어둠 속에서조차 시선을 어디에 둘지 몰랐다. 혼탁한 생각의 파장이 컹, 컹 허공에 대고 짖어대는 파열음에 압도되어 한 걸음도 움직이지 못하고 우뚝 서 있었다.

― 어찌 노라리_{건달} 짓을 했답니까?

― ~ ~

― 아니 그저 부엌잡은것_{부엌세간} 마저 와장창하지 그러구러 있답니까?

― ~ ~

정숙은 마치 글씨답_{문답}을 하려는 사람처럼 머릿속에서 차곡차곡 진소리_{잔소리}를 꺼내 씨움의 불깃_{불쏘시개}을 만들고 있었다.

― 공화국 아낙네는 예뻐지는 것두 남정네 눈치를 봐야 한답니까?

― ~ ~

정숙이 이렇게 물어올 때까지도 명호는 대꾸할 용기가 서지 않았다. 캄캄한 기운에 휩싸여 발치의 모습을 가늠하기 어려웠지만 지금 정숙의 시선이 얼마나 날카롭게 날을 세우고 있을지는 목소리를 통해 가늠할 수가 있었다. 명호가 응대하지 않아 한참동안 정적이 흘렀다. 정숙

의 입가에서 씨, 씨 소리가 들려오는 것을 보면 이제 개 짖는 소리도 멈
춘 모양이었다. 명호는 무슨 말이든지 한 마디는 꺼내야 할 것 같아 이
번에는 먼저 정숙에게 물었다.

－ 정숙 동무래 어디까지가 진실이에요?

－ ～ ～

－ 아예 그저 고층 살림집아파트을 하나 받아내지 그러구러 있답니
까?

－ ～ ～

정숙 역시 명호의 물음에 응대를 하지 못했다. 명호는 정숙이가 말
문이 막힌 연유가 무엇일지 혼란스럽게 뇌리를 휘젓고 있었다. 가소로
운 물음이라는 뜻인지, 아님 정곡을 찔린 탓에 변명할 여유를 갖지 못
한 탓인지 감을 잡을 수가 없었다.

－ 내래 코빵맞을무안당할 짓이라두 했니? 아니 그래 돈이라는 것이
그케 좋단 말이에요?

명호는 참을 수가 없어 닥치는 대로 말을 뱉어냈다. 태산이란 동무
와 통째로 비교를 당한 굴욕감이 비록 태연한 척해도 말의 사타구니
밑에 음습하게 숨어 있었다. 명호는 그 굴욕감을 비껴가려 해도 자신
의 처지를 생각하면 치명적일 수밖에 없었다.

－ 흐응, 말이 나왔으니 하는 거우다. 내래 돈 맛 좀 보자구요. 이 정
숙이는 돈이 그리워 미치겠단 말이에요. 돼지불고기도 마구 먹어보고
고층살림집아파트에 휘파람도 타구 뻐꾸기도 타보잔 말이에요. 돈이
그렇게 좋으냐 굽쇼? 예에, 수령님 콧김 골백번 맡는 것보다 달러 하
나가 더 좋습니다. 돈만 있음 고저 돼지 불고기가 뭐란 말입니까? 돈
만 있음 고층살림집도 따라오는 게고 제깟 비까번쩍한 뻐꾸기도 줄을

세울 수 있다는 말이에요.

명호는 캄캄한 어둠 속에서 견딜 수 없을 정도로 구석으로 몰아세우는 정숙의 말에 아무런 대꾸를 하지 못했다. 공화국 녀성들이 예전과 달리 많이 달라졌다는 것은 알고 있었지만 때가 묻지 않고 검소했던 정숙마저 돈타령에 흠뻑 빠져있다는 사실에 가슴이 아플 따름이었다.

명호는 묵묵히 어둠에 갇힌 골목길을 타박타박 걸어 집 대문 앞에서 멈춰 섰다. 정숙이 그를 따라오면서 뭐라 지껄여대는 모양이었지만 명호는 부러 귀담아듣지 않으려고 애를 썼다. 남을 탓할 어떤 이유를 굳이 쩨쩨하게 끄집어내기도 싫었다. 모든 것이 자기가 못난 탓이며 반쪽이란 운명 때문에 비롯된 것임을 받아들이는 순간 뜻밖에 혼란스럽던 마음의 보풀들이 하나씩 사라지는 느낌이었다.

제22장 부정(父情)

1

모내기 전투에 투입된 지 며칠째를 맞고 있는 동실은 은근히 화가 났다. 전투를 시작하고 며칠 되지 않아 동무들이 하나둘씩 모내기 전투장에서 빠져나가고 있기 때문이었다. 빠져나간 동무들은 대개 돈주 그룹의 자식들이었다. 장마당 등에서 돈주로 행세하며 돈줄을 대는 축들이 대부분이었다. 고층살림집 등을 지어 팔거나 해외 달러벌이로 부자가 된 이들의 자식들이었다. 어디에 줄을 댔는지는 몰라도 모내기에 한창이었던 동무들이 하나씩 둘씩 빠져나갔던 것이다.

어화 서러 못 살겠소
힘없고 돈 없는 놈
서러워서 어찌 사나
에구 에구 가련타 우리 신세
거머리마저 피를 빨아대네~

만룡은 모내기 전투가 시작된 이래 하루도 빠지지 않고 소리를 했다. 처음에는 동무들이 그저 피로 풀이로 만룡의 소리에 장단을 맞추기 시작했다. 하지만 만룡의 소리에는 은근하게 세상을 향한 비아냥거림이 담겨 있었다. 동실은 만룡이 동무의 흥얼거리는 소리에 처음에는 동조하지 않았다. 만룡은 언제부턴가 동실의 상대가 되지 못했다. 동실은 단연코 이렇게 생각했다. 보위부의 일꾼으로 은밀히 과업을 위해 일을 하고 있는 자신과 만룡은 결코 비할 바가 아니라고 여겼던 것이다.

힘이 있거나 돈이 있는 동무들은 모내기 전투에서 하나씩 빠져나갔다. 동실은 공연히 억울하다는 생각이 들었다. 급기야 동실이가 가장 가까이 하며 믿었던 상철이 동무마저 아침 일찍 빠져나가는 것을 보고 은근히 부아가 났다. 아아, 아무리 공화국에서 은밀한 일꾼으로 일을 하는 보위부의 끄나풀이 되었어도 공화국에서의 진정한 신분이란 자신의 생각과는 다르다는 것을 동실은 뼈저리게 느끼고 있었다. 순간 별 것도 아닌 자신이 아버지 죽고 간굳음병을 앓아 언제 쓰러질지 모를 초라한 어머니와 똑같은 처지라는 것을 꿈에서 깨어나듯 깨달았다. 은근히 참이 등에게 자신을 달리 보이려고 했던 일들이 부끄럽게 여겨지는 것이었다.

참은 묵묵히 허리를 굽혔다 폈다 하며 열심히 모내기를 하고 있었다. 동실은 슬쩍슬쩍 참이 동무에게 접근하려는 눈빛을 던지고 있었다. 하지만 한번 달아난 참의 마음은 여전히 붙들기 쉽지 않았다. 동실은 참이 동무를 생각함에 자신의 철없는 순간의 행동들이 부끄럽기 그지없었다. 부끄럽게 자만을 했다고 생각했다. 아무리 상철이 패들 속에서 건들거려도 자신의 성분은 바뀌지 않았다. 돈줄 그룹 속에 몸을 은근슬쩍 섞어 보려 해도 물과 기름처럼 결코 섞일 수가 없었다. 동실은 확연히 이런 사실들을 깨달아 가고 있었다.

담임 교원은 학생들의 모내기 실적을 높이기 위해 소리를 높였다. 앞에서 흥이 나는 소리를 매기기도 하였지만 동실은 이미 그런 말잔치에 관심이 없었던 것이다. 특히 동실은 담임 교원이던 양대국 과학 선생이 몹시 싫었다. 상학수업 중에 공연히 과거날옛날에 대해 자랑을 늘어놓기 일쑤였던 담임 교원은 큰 키 때문에 허리가 많이 아픈 양 연신 얼굴을 찌푸리면서도 모내기 실적 조기 달성이란 말을 연신 입에 매달았다. 왕년에 배우가 꿈이었다는 되다만 거짓부렁을 늘어놓으며 너스레를 떨기도 했다. 키가 큰 까닭인지 태권도 선수단에 있었다는 둥, 특수부대에서 벽돌을 이마로 까부시는 역할을 했다는 둥, 양대국 담임 교원은 입에 단내가 나도록 자기 자랑으로 포장했던 것이다. 학생들은 담임 교원이 저만치 모습을 감추면 뒷 담화를 풀기 시작했다.

– 어이, 동무들! 생코 말이 믿기는 말이냐?

– 큭큭큭~ 얼빠진 동무 보라. 어케 우리 생코가 배우가 되겠니?

학생들은 담임 교원의 말을 전혀 신뢰하지 않았다.

– 맞아~ 고저 배우라면 강덕 배우 정도 되어야지 글쎄 배우라 할 만하지 않겠어?

동무들은 열심히 손을 놀리면서도 입은 입대로 지껄였다.

– 뭐 강덕이란 동무가 언제 적 배우이니? 리영호 정돈 되어야지 않겠어?

누군가 저쪽에서 이쪽 동무들의 말을 듣고 큰소리로 끼어들었다. 배우 강덕이라면 공화국에서 김일성을 전형적으로 형상화했던 배우였다. 들리는 소문에는 외국에 데려가 김일성의 모습으로 성형까지 시켰다고 했다. 강덕이야말로 1호 배우로서 김일성으로 대우를 받았고 영화판에 나타날 때는 외제차까지 타고 나타났다. 영화 속의 김일성 역할의 배우는 공화국 인민들에게는 현실에서도 김일성으로 인식되었다.

최근의 뜨는 배우가 바로 리영호란 배우였다. 재일교포출신의 배우이며 공대에서 공부를 했다는 소문이 있었다. 과거날옛날에는 사내답게 팔뚝도 굵고 가슴도 울뚝불뚝 튀어나와야 인민들의 관심을 받았지만 이제 옛말이었다. 남자배우라도 얼굴이 갸름하고 균형 잡힌 탄탄한 몸매를 지녀야 인기가 있음이었다. 리영호란 배우가 바로 그런 신체를 지녔기에 비록 나이는 들었어도 특히 녀성들의 관심이 하늘을 찔렀다.

– 보라, 동무들! 울 생코가 아무래도 '옳소 배우'래 했던 거 아니야?

– 키득 키득 키득~

한 무리의 동무들이 마치 배가 고픈 중에 기침을 하듯 웃었다. 동무들의 웃음 속에 여전히 굶주림이 숨어 있었다. 하지만 동무들 사이에 이런 시답잖은 이바구질은 고된 모내기 전투를 이겨내려는 요령인지도 몰랐다. 이렇게 동무들과 여문 씨톨 하나 찾을 수 없는 말공부_{공염불}를 지껄이고 나니 동실이도 끊어지려는 허리가 조금 누그러지는 느낌이 들었다. 동무들의 이런 모습을 목격하는 순간 담임 교원의 목소리가 총소리처럼 쩌렁하게 울렸다.

– 거기 어떤 놈들이 이바구질이니? 혁명완수 불피코 이뤄내야 하지 않겠니? 거 조동실이 웃지만 말구 말해 보라?

– 맞습니다, 생코. 한데 선생님, 어제날_{과거}에 '옳소 배울' 했습니까?

학생들은 이제 담임 교원에게 농을 하고 있었다.

– 뭐야 새끼야? 이 선생님을 지금 놀리는 거야?

동무들이 마치 이따금씩 쿨렁쿨렁 지나가는 샛바람처럼 웃었다. 담임 교원을 은근히 비꼬는 말이었다. '옳소 배우'야말로 영화 속에서 유명한 배우 뒤에 숨어서 옳소, 하고 박수나 쳐대는 사람이었기 때문이다. 공화국에서는 그저 영화의 한 장면에서 박수를 치든 어떻든 영화판에 모습이 담긴 자체만으로 가문의 영광이라는 말까지 있을 정도였다. 물론 이들이 열 번을 넘게 영화 속에 모습을 비추어도 출연료 따위 받지 못했다. '옳소 배우'를 해도 그들의 소망은 홍영희를 안아보는 것이었다. 그들이 홍영희를 안는다고 하는 것은 다름이 아니라 공화국 지폐 일원이라도 받아보고 싶은 간절한 바람이 담겨 있었다. 홍영희야말로 영화 '꽃파는 처녀'의 주인공 역을 맡았던 유명한 배우였다. 유명세에 힘을 입어 공화국의 일원짜리 지폐에 홍영희가 등장했기 때문이었다. 공화국에서는 비록 나이 먹은 배우라도 인민들 사이에 인기가 높았다. 사상적으로 유명한 영화는 시도 때도 없이 틀어주었기 때문이다.

– 동무들, 어서 내게 포사격을 하라우~

– 정말이니, 만룡이 동무~

– 그저 저기 모판을 죄 나한테 퍼부어달란 말이라~

만룡의 말에 동무들이 갑자기 만룡을 향해 포사격을 했다. 영화판에 등장하는 명품 배우들의 연기를 만룡이 흉내 내고 있음을 동무들은 모르지 않았다. 영화 속에서 힘들고 궂은일을 명품 배우들이 도맡아 하는 경우가 많았다. 그런 희생정신을 본보이고자 하는 것이 목적이었다. 벽돌을 나르는 장면에서는 모든 벽돌을 명품 배우 앞에 두었다. 식사를 하는 경우에도 명품 배우 앞에 고기 대신 어설픈 반찬들이 놓여져 있었다. 진정한 포사격이었다. 이런 영화들을 사상학습을 위해 수없이 틀어대기 때문에 만룡이 마저 흉내를 내고 있는 것이었다.

만룡이가 영화판을 흉내 내자 동무들이 정신없이 모춤ㅁ 묶음을 만룡이 앞에 던지기 시작했다. 양대국 담임 교원의 눈동자가 하얗게 돌아간 것은 당연한 일이었다. 그런데 동무들의 관심이 만룡이에게 모아지는 순간 건너편 논둑에 유유히 모습을 드러내고 있는 녀성동무가 있었다.

– 야, 야 동무들! 저기 저 녀성 동무래 누구이니?

– 한 짝은 부교장 생코 아니니 저거?

만룡의 입담이 재깍 멈추었다. 만룡이 역시 동무들이 가리키는 쪽을 바라보았다.

　- 우리 모내기 전투에 뭐 위로공연 나오는 거야 아닐 테고~

　- 야 야 동무, 거 눈이 어케 된 거 아니야? 죽은 오미란이 하녀도 저 녀성 동무보다 낫겠다야~

　- 킥킥~

오미란의 하녀라는 말을 꺼낸 사람은 만룡 동무였다. 오미란은 이미 죽어 이 세상에 없는 배우였다. 하지만 김정일이 가장 아끼는 배우 중에 한 명이었다. 그녀가 출연한 영화 〈도라지꽃〉에서 오미란의 연기는 공화국 인민들의 심금을 울릴 정도로 극적이었다. 그래서 그 업적을 인정받아 공훈 배우의 호칭을 받았다. 특히 오미란은 공화국 무협영화라 할 수 있는 〈홍길동〉의 열연 배우이던 리영호와 같이 가라오케 음반을 취입해 더욱 유명세를 탔었다.

곧이어 동실은 색안경을 끼고 어울리지 않은 입성을 하고 부교장 선생과 함께 모내기 전투장을 찾아온 사람이 바로 자신의 어머니라는 사실을 알게 되었다. 만룡이 동무의 입담에 덩달아 한바탕 웃고 난 상황이었다. 웃음이 멈추어진 찰나에 어딘가 조금 어색해 보이는 녀성 동무가 모내기 논에 가까이 다가올수록 이상하게도 눈에 익은 모습이었다. 이윽고 동실은 논두렁길을 비틀비틀 걷는 녀성 동무의 폼을 보며 어머니의 모습이라는 것을 알아챘다. 좀 전의 동무들의 입담질에 동조하던 자신의 모습에 동실은 순간 아득해졌다. 어머니의 아들애가 자기의 어머니를 놀려대는 농탕질에 경우 없이 나대는 형국이 되어버렸다.

　- 거 조 동실 학생 날래 나오라.

부교장 선생이 두 손바닥으로 둥그렇게 확성기를 만들어 소리쳤다. 동실은 순간 어머니가 자신을 모내기 전투에서 제외시키려고 여기에 나타났다는 사실을 알게 되었다. 동실은 거머리에 물려 피가 흐르는 다리회목 부위를 흙탕물로 씻어내며 쪄낸 모의 묶음인 모춤을 풀어 여러 개로 나누어 동무들의 뒷전에 던져주고 모내기 장을 빠져나왔다. 동실이 모내기 장에서 빠져나오면서 만룡을 향해 소리쳤다.

- 만룡이 새키야, 뭐 울 어머니가 오미란이 하녀보다 못하다고? 너 모내기 전투 마치면 그저 이 조동실이 한테 함 죽어봐라!

동실의 고압적인 말에도 만룡은 전혀 두렵지 않다는 듯이 히죽거리고 웃었다. 동실이 화가 더욱 났지만 그립던 어머니를 모내기 농장에서 보니 감개무량한 마음이었다. 무엇보다 만룡이 옆의 참이 동무를 보기 좋게 따돌리고 나오게 되는 것에 기쁨이 무척 컸다. 왜냐하면 며칠 전부터 자신을 향해 날카로운 눈총을 보내던 참이 동무의 태도가 못마땅했기 때문이다. 참이 비록 핏줄은 보위부 간부의 자식이라 하나 여전히 상철과 척을 지고 있고, 반쪽 핏줄인 력사 선생의 그늘에 있음은 명백한 사실이기 때문이었다.

동실이 매우 의기양양한 모습으로 모내기 농장 밖으로 나왔다. 동실은 은근히 참이 등이 있는 곳으로 시선을 주며 어깨를 으쓱하고 있었다. 그런데 바로 그때, 동실의 귀에 날카롭게 박히는 부교장 선생의 목소리.

- 거기 리참 학생 날래 나오라.

동실은 부교장 선생의 말에 머리카락이 쭈뼛 서는 듯이 놀랐다. 이렇게 되면 참이 동무 역시 모내기 전투에서 제외되는 것이 아닌가? 대체 누구의 힘이 작용한 것일까? 생각할 적에 동실의 머리에는 참에게 핏줄을 물려준 보위부 박태산밖에 떠오르지 않았다. 그날, 모내기 전투의 협동농장을 빠져나온 학생은 두 명뿐이었다. 이제 더는 노력동원에서 빠져나올 힘과 돈을 지닌 학생의 부모는 존재하지 않은 것이다.

빨간 입술 사이로 흰 이를 드러내며 동실과 참을 바라보는 덕순의 입가에는 흡족함이 묻어 있었다. 동실은 모내기 전투 대열에서 빠져나온 자신의 모습을 보며 새삼 어머니가 든든하게 여겨졌다. 그러나 같은 써비차를 타고 집으로 돌아오던 길에서 문득문득 마주치는 참이 동무의 눈길로부터 어색한 관계를 결코 털어내지 못했다. 써비차가 협동농장의 입구를 벗어날 무렵 어머니가 말했다.

– 네들은 부모들을 잘 만난 게야. 저 뙤약볕에서 거머리 밥이 되지 않는 게 네들 부모 덕택이란 말이지~

– 동실 어머니, 날 열외 시킨 사람이 누구입니까?

참이 동무가 뜻밖에 이렇게 물었다. 참의 빈정거리는 말투에 동실은 눈꼬리를 가늘게 지으며 쏘아보았다.

– 참이 느이 아버지지 누구이니? 고저 보위부 간부 힘이라는 게 이게 어데 보통 힘이냔 말이야~ 네들한테 고저 좋은 시절 열릴 게야~

– 아네요, 동실 어머니. 내래 당장 여기서 내리겠소. 내래 부당한 방법으로 이딴 열외 쟁취한 거 이거 반갑잖습니다. 날래 써비찰 세우시오.

참이는 이런 행동이야말로 정의를 무시한 나쁜 태도라고 생각했다. 달리는 써비차에서 정말 뛰어내릴 것처럼 불쑥 일어났다.

– 참아, 너 이거 세상물껼 몰라도 한참을 모르는구나. 고저 정신 똑바로 차려야 한단 말이다. 력사 생코래 공화국에서 두루 독 안에 든 쥐란 말이야. 독안에 든 쥐란 말은 꼬리 잡혀 죽을 날을 이미 받아두었다는 말이지~ 어찌 금방석에 앉은 너에 핏줄을 거부하느냐 말이야, 참아, 우리도 함께 네 덕에 시원한 그늘에서 좀 살아 보자~

동실은 어머니의 말이 무엇을 의미하는지 모르지 않았다. 그리고 자신의 처지를 생각함에 참이 동무와는 사뭇 다르다는 것도 깨달았다. 동실은 순간 자신이 주제넘게 참이 동무를 대한 사실에 은근히 화가 나고 낯이 부끄러웠다. 동실은 권력의 맛이라는 것을 이제 조금 알기 시작한 마당에 어떻든지 달콤한 권력의 연결선에 손을 뻗어야 한다는 생각에는 변함이 없었다. 하지만 그 손을 뻗어야 하는 대상이 참이 동무라는 사실에 어쩔 수 없이 뻔뻔한 손이 되어야 하는 것도 모르지 않았다.

참의 간청에도 써비차는 전혀 멈출 기색이 없이 눅눅한 물 냄새가 올라오는 들판 신작로를 마치 재채기를 하듯 털컹거리며 달렸다. 지금 이런 상황이 모두 보위부 박태산이 펼쳐 보이는 권력의 위세라는 생각이 들었다. 동실은 흔들리는 써비차에서 슬쩍 몸을 일으켜 참이 동무에게 다가갔다.

– 참이 동무, 동실이에 뻔뻔함을 용서하라. 내래 진정한 동무 아이니? 날래 집 앞 공터에 가서 어제날과거처럼 춤판이나 한번 벌여보자.

동실의 제의에 참은 시무룩이 일별한 다음 흐응, 속으로 콧소리를 냈다. 이런 모습을 보며 덕순은 뿌듯한 기색이 역력했다. 덕순은 복수가 차서 숨이 가빠오는 듯이 크게 숨을 몰아쉬었다. 동실이 배에 물이 차서 상당히 힘에 부치는 듯한 어머니의 모습에 순간 얼굴에 그늘이 졌다. 동실의 마음은 매우 혼란스러운 상태였다. 이런 와중에도 동실은 어떻든지 참이 동무와 멀어지지 않아야 한다고 생각했다. 보위부의 힘이란 참이 동무에게 경우에 따라서 보장된 훗날이었다. 그럼에도 역사 선생을 생각하면 동실은 머리에 쥐가 나는 느낌이었다. 하늘에서 자신의 머리맡을 향해 뻗어 있는 두 가닥의 밧줄 가운데 어느 밧줄로 손을 뻗어야 할지 생각하면 여전히 아득함뿐이었다.

2

명호는 공연히 마음이 급해지기 시작했다. 하루가 이토록이나 더디게 흘러간 기억은 아마 없었을 것이다. 춘희의 도강 거사일이 이틀 앞으로 닥쳤기 때문이다. 춘희의 탈북은 어쩌면 자신의 문제와도 연관이 있을 것 같은 예감이 들었다. 그래도 공화국에서 명호가 낙담하지 않고 희망을 버리지 못하고 있는 것은 남쪽의 형님 때문인지 모른다. 비록 아버지는 돌아가셨지만 남쪽의 형님과 엄연히 핏줄로 연결되어 있음은 마지막 살아남을 한 가닥 실핏줄 같은 희망일지도 몰랐다. 그래서 춘희의 탈북이 명호에게 예사롭게 여겨지지 않았다.

탈북의 거사일을 이번 돌아오는 휴식날_{공휴일}로 잡은 것도 까닭이 있었다. 모처럼 휴식날을 맞아 공화국 차단소_{검문소} 감시원의 해이해진 틈을 이용할 생각이었다. 모든 계획을 이번 거사를 주관한 북남 연락책이 결정했지만 명호의 생각에도 휴식날이 다른 날에 비해 수월할 거란 확신이 섰다. 명호는 모내기 전투 협동농장에서 학생들을 통솔하면서도 공연히 안절부절못하는 자신을 발견했다.

모내기 전투 첫날 과업의 현장을 무단이탈한 죄를 물어 전투가 끝나면 자아비판을 하라는 부교장 선생의 말도 뒷전이었다. 명호는 마치 자신이 탈북이라도 하는 것처럼 긴장하며 모든 관심이 춘희에게 빠져 있었다. 탈북 거사 하루를 앞두고 춘희를 은밀히 만나게 되었다. 명호는 춘희가 탈북을 위한 만반의 준비를 하였는지 염려스러웠다. 밤이 이슥한 시간에 자전거를 타고 나와 수로가 만나는 지점에서 대기하고 있던 연락책의 자동차에 올라탔다. 연락책은 자동차를 몰아 어둡고 깊은 산비탈 아래로 데려다주었다.

　– 춘희야, 마음 단단히 먹어야지~

　– 선생님, 공화국을 떠나는데 어찌 이래 마음이 무겁습니까?

　춘희는 명호 앞에서 첫마디를 꺼내자마자 벌써 흐느낌에 젖어들었다.

　– 그야 당연한 일이지. 고향을 등지고 가족을 남겨두고 떠나는 길이 어찌 가뿐할 수가 있겠느냐 말이지. 그래 너네 오라버니 소식은?

　– 백방으로 알아보았는데 아무런 소식도 듣지 못했답니다.

　– 으흠, 그래~ 아버진 만나 보았나?

　공화국에 남아있을 춘희의 가족을 생각하니 명호는 공연히 남의 일이 아닌 것처럼 마음이 서글퍼졌다.

　– 아네요. 마지막 떠나는 길에 얼굴이라도 한번 봐야 도리겠지만 남쪽 어머니 말씀 듣고서 고저 그냥 떠나기로 작정했습니다.

　– 쯧, 쯧, 피를 물려준 아버지인데 어찌~

　명호는 아버지를 생각하면 언제나 가슴이 찢어지는 느낌이었다.

　– 일없습니다. 젊은 아낙네아내 좋아 재혼한 아버지한테 무슨 미련이 있겠소. 어머니하고 략속 했단 말입니다. 공화국 떠나면 아버지하고 인연도 끝난다는 말입니다.

　명호는 춘희의 말에 그저 어둠 속에서 묵묵히 고개만을 끄덕일 뿐이었다. 연락책은 저만치서 담배를 피우는지 어둠 속에서 반딧불이 같은 불빛이 반짝반짝 깜박였다. 명호는 문득 춘희의 처지가 자신의 처지와 비슷하다고 생각했다. 불현듯 돌아가신 아버지 생각이 떠올랐다. 전쟁 통에 공화국에 붙잡혀 눌러살게 되면서 아버지는 남쪽의 가족들을 이렇게 모질게 잊었을까? 두고 온 아내와 두고 온 자식을 남인 듯 한뉘평생 모르고 지내왔을까? 명호는 저도 모르게 고개를 좌우로 흔들었다.

― 춘희야, 핏줄이란 거 그렇게 간단한 게 아냐. 춘희 네가 몰라서 하는 말이구나. 고저 핏줄이란 것은 한뉘평생 두고 몸을 떠나는 게 아니란 말이지. 네가 잊으래도 고저 어느 순간 발목을 붙드는 게 핏줄이란 말이다.

― 선생님, 춘흰 독합니다. 독하게 마음먹었단 말이에요. 남쪽 땅을 밟는 순간 공화국에서의 모든 기억을 춘흰 그저 잊을 겁니다.

명호는 어둠 속에서 춘희를 뚫어지게 바라보았다. 표시가 나지 않도록 속으로 깊은숨을 내쉬었다.

― 그래 춘희야, 공화국에서 있었던 좋지 못한 기억들이야 죄 잊어야지~ 하지만 춘희야, 가족이란 말이다, 네가 남쪽 동네 가서도 아마 살아야 할 리유 같은 거란 말이야. 춘희야, 이거 선생님 말씀 명심하라.

명호의 당부에 춘희는 흐느끼는지 어깨를 들썩거렸다. 춘희의 일이 남의 일처럼 여겨지지 않아 명호의 마음 역시 착잡했다. 명호는 한참 동안 춘희의 어깨를 다독여주었다. 연락책은 저만치에서 무료한 때문인지 큼, 큼 소리를 내고 있었다.

― 선생님, 부탁 하나 하겠습니다.

― 부탁이라니 무슨 부탁 말이니?

춘희가 어둠 속에서 앞품을 더듬어 봉투를 하나 꺼내는 것이었다.

― 연분하던 동무래 만나보지 못했는데 선생님이 편지 하나 전해 주오.

― 아니, 연분하던 사내라면 응당 한번은 춘희가 만났어야 하지 않나?

춘희의 부탁은 전혀 뜻밖이었다. 공화국 땅에서 연분하던 사내와의 영원한 이별이란 얼마나 가슴이 아플 일인가. 명호는 아버지가 전쟁을 통해 겪은 남쪽 아낙네와의 이별을 생각했다. 그런데 불쑥 남녀의 이별 앞에 태산의 얼굴과 정숙 동무와의 이별이 떠오른 것은 무슨 이유였을까.

– 백번 천번 만나보고 싶은 마음이야 간절하였지요. 하지만 자신이 없었습니다. 동무를 만나보면 자꾸 이 춘희에 마음이 흔들릴 거 같았단 말이에요.

– 춘희 그저 많이 연분 했구나. 그래, 춘희야, 네가 연분하던 동무를 미련 없이 떠날 수 있음 되었고 말구. 설마하니 혼인 전에 몹쓸 짓들 했던 거면 다시~

명호는 지난날의 자신을 생각하며 하지 말아야 할 예민한 말을 꺼냈다.

– 어마나 선생님도 참, 그딴 설레발치는 동무라면 이 춘희에 마음이 이처럼 찢어지지는 않을 겁니다. 선생님, 춘희 지금 속이 찢어진단 말이오.

명호는 춘희의 얘기에 속으로 피식 웃었다.

– 그래 춘희야, 그 동무에 연락처를 남겨주려무나. 춘희에 마지막 부탁이니 내가 책임지고 이 편지 전해 줄 테니까~

– 선생님, 여기 편지 속에 달러가 조금 들어 있단 말입니다. 고저 200달러 정도 될 겁니다. 울 용길 씨 만나면 그간 고마웠다고 꼭 전해 주세요. 이 돈으로 백두산 들쭉주나 한잔 사 마시고 이 춘희 잊어 달란다고 흐흑~

춘희는 끝내 가슴 깊은 데서 사무치는 그리움을 토해내고 말았다. 얼마나 한이 맺혔는지 명호의 가슴에 얼굴을 묻고 상체를 떨면서 울었다. 그때 어디선가 잠 못 이루며 보채는 듯한 밤새 소리가 들려왔다. 명호는 이제 정말 춘희를 떠나보낼 시간도 얼마 남지 않았음이 느껴졌다. 누구보다 열심히 공부했던 제자 리춘희, 이 공화국에서 밝은 자신의 앞날을 위해 열심히 개척해 나가던 제자 춘희, 장래가 보장되는 공화국 군인이 되어 자랑거리였다고 하던 춘희의 흐느낌이 어찌 이리 명호의 가슴을 헤집어 대는지 자신도 모르게 울컥해졌다.

 - 그래, 춘희야, 연분하던 사람이 용길이라는 젊은이였구나. 이름이 참 건실한 청년 같아 보이는데 내가 춘희에 아픈 마음 불피코 전달할 테니 염려 말고 탈 없이 국경 넘기 바란다. 춘희야, 어서 뚝 그치라~ 우리 춘희 공불 참 잘했었지?

 명호는 춘희의 등을 연신 덮두들겨 주었다. 아까부터 주변에서 안달을 하며 재촉하는 연락책의 성화에 춘희와 명호는 더는 시간을 끌 수 없었다. 떠나가기 전에 따뜻한 식사라도 한번 했어야 옳았는데 여건이 그리되지 못했다. 국경에서 그저 조촐한 아침 식사라도 함께 했다면 좋았을 것이다. 이제 명호는 두고두고 춘희와의 지금의 순간들이 마음에 남을 것 같았다. 조촐할지라도 국경의 아침 식사도 하지 못한 데 대한 미안함 때문에 말이다.

 명호는 아주 밤이 이슥해서야 연락책의 자동차에서 내렸다. 수로가 만나는 지점에서 춘희와 마지막 포옹을 했다. 딸애 같은 제자를 마치 죽음의 땅으로 보내는 듯한 불안한 마음 탓인지 마지막 안아보는 춘희의 몸이 차갑게 위축된 느낌이었다. 춘희 역시 작별의 아쉬운 순간을 견디기 어려워 흐느끼며 몸을 떨었다.

 - 춘희야, 살아서 내려가거라. 불피코 남쪽 동네 어머니 품에 살아서 안기거라.

명호의 목소리에 물기가 젖어 있었다.

– 선생님, 오래오래 사세요. 춘희 반드시 살아서 어머니 품에 안기겠어요.

어머니 품에 안기듯 춘희가 명호의 품에 안겼다. 명호는 손을 펴서 춘희의 등을 다독여주었다.

– 암, 그래야 하고말고. 춘희야~

명호의 목소리는 더는 이어지지 못했다. 연락책이 성화를 대어 어둠 속에서 마치 사지死地로 떠나는 듯한 제자의 뒷모습조차 제대로 바라보지 못했다. 어둠 속에서 한없이 손을 흔드는 춘희의 손짓을 먼빛으로 느끼고 있었다. 자동차의 불빛이 사라지자 명호는 지금껏 꾹 꾹 담아 눌렀던 울음의 덮개를 열어버렸다. 아아, 춘희야, 반드시 살아서 너희 어머니 품에 안기어라.

3

태산은 아침부터 기분이 좋아 절로 콧노래가 흘러나오고 있었다. 평생 그리던 아들 참이와의 점심 약속이 되어 있기 때문이었다. 정숙 동무와 더불어 오랜만에 마주 앉아 고급 음식을 먹을 일도 가슴 떨리는 일이지만 평생 마음속에 품어왔던 핏줄과의 만남을 생각만 해도 벅차 오르는 가슴을 주체할 수가 없었다. 보위부의 지하실에서 참이를 처음 보았을 때는 갈망하던 부자 상봉의 극적인 상황임에도 공허한 느낌이 들었다. 참이를 그저 출렁이는 강물이 내다보이는 민족식당에서 맛있는 음식을 앞에 두고 흡족하게 만나야 극적 부자 상봉의 의미가 배가 될 터인데~ 학교 근처를 배회하며 아들의 모습을 눈 속에 하나라도 더 담으려고 보위부 간부답지 않게 출싹대던 날들을 떠올리면 지금의 순간은 감개가 무량했다. 무엇보다 정숙 동무가 한국 화장품을 뜯어 낯바닥에 발랐다는 사실만으로도 태산의 가슴은 부풀어 올랐다. 사람이란 이런 작은 것으로도 감동을 하는 동물이라는 사실을 모처럼 깨닫게 되었다.

태산은 손전화로 덕순에게 전화를 걸어 정낮의 점심 약속을 다시 한 번 확인했다. 간밤에도 손전화를 걸어 확인했던 내용이지만 공연히 조바심이 일었다. 덕순은 이제 태산에겐 정말 쓸 만한 보위부의 일꾼이 되었다. 제법 돈벌이가 되는 일을 물어올 줄도 알고 애당초 태산의 속셈이던 정숙 동무와의 사이를 끌어당기는 일도 손색없이 진행하고 있었다. 덕순은 정숙이가 어렵게 자리에 나오기로 했다는 말과 함께 아직 태산이가 마련하는 자리임을 밝히지 않았다고 했다. 경우에 따라서는 약속장소에서 정숙과 참이가 자리를 떠버릴 수도 있음을 감안하여 적절히 행동을 취하라는 말까지 덧붙였다.

태산은 단단히 마음을 먹었다. 자뿌룩하면자칫하면 함께 점심을 하지 못할 수도 있겠다는 생각까지 하고 있었다. 설령 그런 일이 벌어진다 해도 속상해하시 않으리라 다짐을 했다. 정숙과 아들 참이가 자신이 준비한 음식을 함께 먹는 모습을 멀리서 보는 것만으로도 흡족할 것만 같았다. 핏줄이 멀리에 있는 것도 아닌데 지척에서 오랜 세월 같은 하늘을 이고 남남처럼 생활하고 있다는 생각에는 가슴이 먹먹했다.

태산은 비록 자신이 보위부의 중간 간부로서 때론 스스로 야멸스럽게 느껴질 때도 있었다. 공화국에서 보위부의 이름으로 살아가는 삶이란 살얼음판을 걷는 일과 다르지 않음이었다. 하룻밤 새에 역사의 장막 뒤로 쥐도 새도 모르게 사라지던 얼굴들을 떠올리면서 태산은 앞으로의 일들이 걱정되지 않은 날이 없었다. 보위부 요원들 사이에는 뻐꾸기도 유월이 한철이요 메뚜기도 한철이란 말이 농담처럼 흘러 다녔다. 공화국에서는 어느 누구에게도 완벽한 신분이란 없기 때문이었다. 태산 역시 자신의 자리가 언제 어떻게 요동칠지 불안한 마음에 늘 사로잡혀 있었다. 일이 토란 잎사귀 위에 물방울 구르듯 거침없이 풀릴 때도 있지만 실타래처럼 얽혀들게 되면 밤잠마저 설치는 날들이 태반이었다. 남들 앞에서 이런 표시를 내지 않으려고 부러 어깨를 우쭐대고 건들거리는 몸짓을 하면서도 속에서는 은근히 자신을 향한 불만이 쌓이는 것도 사실이었다.

― 상철아, 내일 정낮에 남상동 민족식당에서 우리 염소 불고기나 먹자~

― 아버지하고 둘이 말입니까?

상철의 목소리는 여전히 까칠했다. 예전에는 이러지 않았는데 참의 존재를 알고부터 태산에게 언제나 반항적이었다.

― 상철아, 실은 내일 참이하고 민족식당에서 점심 같이하기로 했는데~

― 내래 절대 참이 동무하고 마주치지 않는다고 했잖습니까? 고저 오붓하게 부자 상봉하시라요.

상철의 목소리에 뼈가 박혀 있었다.

― 상철아, 참이는 엄연히 너에 형이야. 몇 개월을 너보다 빨리 머리쳐 밀고 나온 네 형이란 말이다.

태산은 참이로 인하여 상철의 눈치를 살피는 날들이 늘어갈수록 은근히 화가 났다. 참이와 상철이가 같은 학교에서 같은 학급의 동무가 되었지만 서로 운명처럼 척이 되어버린 사실을 생각하면 가슴이 아팠다. 서로가 같은 핏줄이란 사실을 알면서도 여전히 척을 지며 오히려 호상 경쟁하며 헐뜯은 사실에는 답답함만 더했다. 그래서 태산은 어떠한 방법으로든 서로가 핏줄의 소중함을 인식하고 장차 같이 어우러져 공화국에서 살아나가며 닥칠 수많은 난관들을 함께 풀어갈 수 있도록 애를 쓰는 중이었다. 태산은 이런 자신의 모습이 자식을 둔 공화국의 다른 부모들의 모습과 다르지 않을 것이라고 생각했다.

간밤에 상철에게 같이 점심을 하자는 제의는 상철의 성정으로 봐서도 무리였다고 생각했다. 자신의 지나친 자식에 대한 욕심이라는 생각이 들었다. 정숙과 참의 문제만 하더라도 생각이 복잡해지는 터에 상철까지 끌어들이려는 짓은 과오過誤 많은 아버지로서 욕심일 뿐이었다. 피는 물보다 진하다는 말을 생각하니 태산은 위로가 되었다. 지금은 상철의 마음이 저래도 나중에는 피가 물을 흡수하는 것 마냥 상철이 자연스럽게 참을 포용할 거라는 생각이 들었다.

태산은 약속시간 30분 전에 평화동 사무실에서 나왔다. 휴식날에도 이렇게 사무실에 나와야 마음이 편했다. 200일 전투에 모내기 전투에 공화국 주민들은 눈코 뜰 새가 없는데 사무실에 나와 서류 하나라도 뒤적여봐야 공화국에 충성을 하는 느낌이 들었기 때문이다. 태산은 보위부 정복을 벗고 신사복으로 한껏 멋을 부렸다. 구두 역시 번들번들 광이 나게 닦았다. 바지의 주름이 날카롭게 잡힌 것을 태산은 복도 입구 거울 앞에서 보며 흡족해했다.

태산은 약속장소에 먼저 나가서 정숙과 참을 기쁜 마음으로 맞이할까 생각하다 갑자기 마음을 바꿨다. 정숙 등이 태산의 모습을 보고 달아날지도 모른다는 생각이 들었다. 태산은 진정으로 정숙과 참에게 정성껏 맛있는 음식을 먹게 해주고 싶었다. 그래서 먼저 나가 기다리는 대신 먼발치에서 지켜보다가 자연스럽게 합석하는 편이 나을 것 같았다. 태산은 덕순에게 연락해서 이런 취지의 말을 했다.

정숙은 항상 마음속으로 동경했던 남상동 민족식당에 오게 되다니 꿈만 같았다. 궁궐처럼 널찍하고 화려한 민족식당에 들어오는 공화국 인민들이 돋보였다. 사내들은 정장을 입고 녀성들은 진단장을 하고 한 껏 멋을 부린 손님들이 대부분이었다. 정숙 역시 아침 일찍부터 거울 앞에서 진단장을 한 후 정장으로 차려입었다. 이름난 식당에서 맛있는 염소 불고기를 먹는다는 생각만 해도 가슴이 설렜다. 하지만 이보다 외식을 하며 오랜만에 마음의 여유를 가질 수 있다는 것이 더욱 정숙을 설레게 만들었다. 가족 모두 동석한 자리가 아닌 것에 안타까움도 있었지만 그래도 아들과 동실네 가족과 함께 하는 자리임에 위로가 되었다.

덕순의 변하는 모습을 보면서 공화국에 희망이란 없다는 생각을 바꿔 먹었다. 정숙 역시 악착같이 선전원 노릇을 하면서 자식을 위해 부모로서 하지 못할 일이 어디 있으랴 생각했다. 공화국에서 메달이나 훈장이란 정숙에게 자신의 것이 아니라 자식의 것이었다. 특히 아들을 위해 어미로서 무엇인가를 해야 한다고 생각할 때 당연히 메달이나 훈장을 받는 것이었다. 정숙의 공로야말로 자식을 위한 훈장이었고 공화국에서 아들의 훗날을 위한 메달이었다.

모두가 말쑥하게 차려입고 입구에서 안내를 받아 지정된 좌석에 앉았다. 인민들에게 노출되어 앉아 먹는 개방된 자리도 아니고 품위 넘치는 독립된 공간에서 아늑하게 음식을 즐긴다는 일이 정숙에게 가당키나 하던 일이랴. 적당히 후각을 자극하는 고기 요리의 냄새와 마치 평양을 연상케 하는 사람들의 차림과 표정, 말씨 등도 정숙을 설레게 만들었다. 공화국에 살면서 이런 분위기를 느낀 적이 언제였을까? 아무리 생각을 해도 그런 경험이 없었다. 안내원의 정중한 태도에도 품위가 느껴졌다. 정갈한 차림으로 손님을 안내하며 웃음이 끊이지 않는 하얀 박꽃 같은 여인들의 향기도 독특했다. 대체 덕순 동무의 능력은 어디까지인가? 보위부의 일꾼이란 과업을 수행하고 있음을 모르는 바는 아니지만 보위부의 힘이라는 것이 이렇게 인민들의 생활 속에까지 커다란 영향을 미친다는 말인가? 복잡한 생각들이 머리에 가지를 치는 데 종업원이 염소 고기에 양념을 섞어 잘 재운 불고기를 적쇠에 굽는다.

– 이 거 정성이 가뜩 담긴 고기에요. 염소 고기에 파, 마늘은 물론 설탕, 생강, 고추기름, 조미료, 참깨가루에 포도주까지 곁들였단 말입니다.

– 아이 머니나, 푸짐도 해라. 고저 간만에 우덜 창자 먼지 좀 털어내자구요. 어 거기 참이, 동실이, 양껏 먹으라.

덕순의 말이 떨어지자 애들의 입에서는 군침이 도는 모양이다. 종업원의 말마따나 갖은양념을 넣어 재운 염소 불고기가 적쇠에 오르자 동실의 입에서 우와, 히는 함성이 터졌다. 참이 역시 적쇠에 넉넉하게 오른 염소 불고기를 보며 흡족한 표정이다. 그럼에도 정숙이 보기에 참의 표정 어딘가에는 불안한 구석이 있는 듯했다.

– 참아, 많이 먹어라. 염소 불고기 아주 그냥 노랠 불렀잖니?

– 아주 그냥 죽여주누나. 어머나, 저거 벌써 노릇노릇 익어가누나~

정숙에 대한 말시답으로 덕순이 입을 열었다. 덕순은 평소 덜렁대는 성격과 달리 이날은 모양새도 요란스레 하지 않고 색안경도 쓰지 않앉으며 입성도 단정했다. 정숙은 덕순이 동무가 이웃이 되어 하소연도 들어주고 형편이 나아졌다고 이렇게 자리를 만들어준 것에 감사하고 있었다.

― 너들 많이 먹어라. 여기 봄이도 왔음 얼마나 좋았을까?

― 봄인 마을 모내기 전투 나갔잖소? 고저 참이야 아버지 잘 만나서 모내기 전투 빠진 거예요. 울 아들애 동실이야 고저 하하하, 능력 빼난 어미 잘 만나 이케 열외 되었던 거구~

이렇게 말들을 나누는 사이 염소 불고기는 부글부글 익어가며 입맛 당기는 냄새를 피워 올렸다. 고기를 입에 넣자 살살 녹아드는 느낌이었다. 정작 고기를 입에 넣기 시작하자 아이들도 먹는 데에 정신이 빠져 있었다. 정숙 역시 입에 감칠맛 나게 감기는 맛이 훗날에도 잊을 수가 없을 것만 같았다. 적쇠 위에 놓인 염소 불고기가 상당한데도 눈 깜짝할 사이에 없어져 버렸다. 종업원이 염소 불고기를 다시 내어왔다.

― 이것도 잡숴 보세요. 이 고기는 배즙하고 파인애플로 갖은양념 두루 조화시켜 잡냄새를 없앤 거예요.

사람이 이렇게 음식 앞에서 품위라는 것을 잃을 수 있다는 것을 정숙은 새삼 느꼈다. 먹을거리 앞에서는 오직 자신의 입만 살아 있음을 느낀다는 말을 들었던 적이 있었다. 그런데 정말 이토록 이름난 음식점에 와서 맛난 음식을 펼쳐놓으니 그런 말이 절로 생각났다.

― 고깃살이 연하지 않습니까?

하고 종업원이 적쇠에 굽는 것을 거들어주며 물었다.

― 씹을수록 고소하오.

하고 정숙이 종업원의 말에 대답했다.

― 정숙 동무, 고저 이 집 염소 불고기 맛이 어떻나? 상긋한 게 그만

이지 않나?

－ 고깃살이 만문부드러움해 고저 염소고길 먹는지 어쩌는지도 모르겠네.

하는 정숙의 말에 종업원이 덧붙였다.

－ 그뿐이랍니까? 이게 치즈보다 맛있다고 소문난 고기랍니다. 아랫동넨 고저 이런 고깃살에 화학성분을 몰래 넣어서 맛을 속인다고 하지요. 하지만 우리넨 고저 담백하게 있는 그대로 재여서 내어온 최상급 불고기에요. 이거 다 드시고 나서 염소 고기탕도 드시고 염소 육개장도 드실 수가 있답니다.

정숙은 아들애의 입에 염소 고기가 들어가는 모습에 흡족했다. 문득 봄이의 얼굴이 떠올랐다. 한창 모내기 전투에 여념이 없을 봄이의 모습을 생각함에 미안하단 생각도 있었지만 입에 척, 척 감기는 염소 불고기의 감칠맛에 홀려 미안한 마음도 뱃속으로 들어가 버린 듯했다.

태산은 아까부터 몸이 달아 있었다. 이제 제발 들어가 좌석에 합류하면 좋으련만~생각하면서도 덕순 동지의 꾀에 감탄하고 있었다. 먼저 나가 기다리는 대신 자연스럽게 합류하자는 제의를 태산이 먼저 했지만 분위기를 봐서 신호를 보내면 자연스레 들어오라는 제의는 덕순 동지의 생각이었다. 그런데 이렇게 만판으로 길어지리라곤 상상하지 못했다. 왜냐하면 덕순이 상황을 봐서 신호를 보낼 거라고 했지만 그저 먹는 데 정신이 팔려 신호를 보낼 절호의 순간을 잊어버리고 있는지 모른다는 생각이 들었다. 덕순은 태산이 나타나면 보나 마나 마음이 편한 자리는 되지 못할 터, 이런 기회에 아들 동실과 실컷 먹어보잔 심산이 깊이 박혀 있는지도 모를 일이다. 흐응, 간군음병 주제에 뭘 먹겠단 말이니~ 태산은 민족식당 한쪽에서 마음을 졸이다가 참지 못해 덕순에게 손전화를 걸었다.

  - 덕순 동지, 내래 언제쯤 들어가야 할지~

  - 조금 더 기다려 주오.

덕순이 독립된 방에서 밖으로 나오면서 통화를 했다.

  - 손전화 넣을 테니 조금만 더 기다리오.

  - 거 덕순 동지, 아주 애가 타서 말이야~ 정숙 동무하구 참이 말이야, 염소 불고기 먹는 모습이 어떻소?

  - 고저 살 살 녹는다고 연신 감탄이지 뭐예요.

  - 아이쿠 고저 죽겠구나. 보오, 덕순 동지~ 이번 자리 이거 쉽게 만든 자리 아니란 말이오.

태산의 급한 성미는 애가 녹고 속이 부글부글 끓는 듯했다. 하지만 정숙과 아들애를 위한 상봉의 자리를 은밀히 만든 처지에 자신의 성미대로 해서 무르익은 분위기에 초를 치는 일은 결코 원하지 않았다. 태산은 으흠, 으흠 하며 끓는 마음을 가라앉혔다. 덕순의 손전화를 받은 것은 그로부터 한참 뒤였다.

  - 내에 위생실화장실 다녀오던 길에 통로에서 만나 같이 들어 가시자구요.

  - 알았소.

태산의 몸에서 땀이 났다. 잔뜩 긴장해서 이마에서도 땀이 흘렀다. 태산은 안쪽 주머니에서 준비한 손수건을 꺼내 이마를 닦았다. 그리고 크게 숨을 들이마셨다가 길게 내쉬었다. 보위부의 강인한 인상이 무색하게 수령님한테 한 묶음의 꽃을 바치는 소녀처럼 긴장했다. 태산은 거울 앞에서 몇 번이고 자신의 모습을 살펴보았다. 촐랑대는 모습은 아닌지, 주민들이 경계하는 보위부의 권위가 배어 있지는 않은지, 감색

정장을 하고 윗주머니에 살짝 찔러 박은 분홍 손수건이 세련되어 보이는지, 모든 것이 걱정이었다.

덕순이 나와 위생실 다녀오던 길에 복도에서 마주친 순간, "에그나, 이 누구시람, 옷이 날개라더니 빛난 다야."하고 한껏 부푼 태산의 기분을 북돋워 주었다. 태산은 덕순을 향해서도 부드러운 표정으로 한껏 웃어 보였다.

– 고저 박 과장 동지, 이케 웃으니 리영호보다 낫다야~

– 아니 덕순 동지 어찌 오란때_{오래된} 배울 가져다 대니? 그래, 정말 괜찮아 보입니까?

태산의 목소리가 보위부 간부답지 않게 떨렸다.

– 그렇다니까요, 그냥 그 분홍 손수건도 요령지게 접어 찔렀구만이오~

– 아니 이거 그저 쑥스럽구나. 자 어서 앞장서오, 덕순 동지~

태산은 어린애처럼 마음이 마냥 급해졌다. 보위부에서 부하들을 호령하고 죄인들을 닦달하던 때의 모습은 간데없고 오랜만에 소풍 나온 애들처럼 설레었다.

– 참이 아버지~

– 어, 더, 덕순 동지~

태산은 참이 아버지, 하고 부르는 덕순의 호칭에 놀라서 말을 더듬었다. 참이 아버지, 라는 호칭이 듣기에 좋았다. 참이의 아버지로 인정해 주는 덕순 동지가 고맙게 여겨졌다. 태산은 덕순 동지의 말이 결코 틀린 말이 아님을 알기에 마음속에 한껏 자신감이 부풀었다.

– 에구 박 과장 동지, 참이 아버지, 라는 말이 그렇게 좋소?

– 아무렴 좋지~ 좋아~

태산의 목소리가 여전히 떨리고 있었다.

– 내래 정숙 동무 앞에서도 이렇게 불러줄 거니 장차 울 동실이 모른 척하지 마시게요~

태산은 연신 고개를 끄덕여주었다. 사실, 덕순의 말이 또렷이 귀에 박히지도 않았다. 보위부에서 초급시절 상부에 보고하는 순간처럼 긴장되고 떨렸다. 하지만 분명 그런 떨림과는 뭔가 달리 느껴지는 떨림이요 은근히 기분 좋은 떨림이었다. 태산은 내심 떨리는 마음을 가누지 못하고 계산대 앞에서 물을 한 컵 마셨다. 태산이 계산대에 앉아 있는 종업원한테 말했다.

– 아까 당도한 상자 잊지 말고 미리 대기시켜 주라.

– 염려 마세요. 과장님 시키는 대로 할 테니~

태산은 덕순의 그림자처럼 뒤따라 붙었다. 정숙과 참이 있는 방에 가까워질수록 떨리는 이런 마음은 처음이었다. 하지만 기분이 나쁘지는 않았다. 상철이 어미를 처음 만났을 때보다 더욱 떨리는 이런 기분, 사실 상철 어미를 처음 만날 때도 태산을 사로잡은 것은 처(妻)의 신분과 노동당 간부의 딸애라는 것이었다. 정숙 동무 앞에서 이제껏 떨림이 있는 것을 보면 공화국에서 진정 태산이 여자로서 연분 하는 사람은 정숙이 분명했다. 그런 정숙과의 사이에 핏줄이 있다는 사실은 생각할수록 가슴이 부풀었다.

덕순이 닫힌 문을 열자 태산이 그리던 정숙과 참의 모습이 비스듬히 비쳤다. 태산은 공연히 입이 달라붙어 무슨 말부터 해야 하나 걱정이었다. 부하들 앞에서 훈시를 할 때도 막힘없던 말주변이 정작 한뉘(평생) 그리워하던 사람들 앞에서는 찰진 떡에 입이 달라붙을 것만 같았다.

– 보시라요, 정숙 동무. 아니 고저 누가 핏줄 아니랄까 봐 위생실화

^{장실} 앞에서 그만 보위부 박 과장 동지를 짜장 맞닥뜨렸지 뭐이에요.

덕순이 천연덕스럽게 말자루를 열었다.

— 아니 글쎄 여기서 이렇게 만날 줄을 내래~

태산의 목소리가 떨렸다. 이마에서는 식은땀이 배어 나오고 있었다.

— 호호호, 참이 아버지, 날래 앉으시라요. 이래 만나니 영락 오붓한 가족 맞습니다. 어서 거기 앉으시라요.

— 그럼, 내래 렴치 없다만서도 잠깐 앉겠소. 어, 거 동실이도 왔구나~

태산은 이마에 땀이 번질거리는 줄도 모를 정도로 흥분하고 있었다.

— 상철 아버지, 아니 여기 어떻게~

동실이 태산을 보고 놀라면서 말했다. 동실은 자리에서 벌떡 일어나 허리를 숙여 태산에게 예의를 갖추고 있었다.

— 어 그래, 게 앉으라. 내래 오늘 여기서 당 간불 만나기로 했대서~

태산은 순간적으로 기지를 발휘해서 말했다. 그래야만 미리 계획된 것 같지 않을 것이라 여겼기 때문이다. 정숙과 아들애 참이의 식사 자리에 함께 앉아 있을 빌미를 마련하니 배에서 허기가 지고 급기야 꼬르륵 소리가 들렸다.

— 아이 머나나, 참이 아버지, 당 간불 만나는 거두 좋지만 점심 때 되있으니 끼니 거르지 마시오.

하면서 덕순이 종업원을 부르더니 자연스럽게 염소 불고기를 주문했다. 태산은 순간 덕순의 기지에 감탄하며 마지못해 눌러앉는 시늉을 했다.

— 아니 이거 당 간불 불러 놓고서 어찌 혼자 배를 채운다니 언~

— 거 죽자 해도 먼저 먹고 죽은 귀신이 낫답니다. 오늘 보니 참이 아버지 그냥 리영호 보다 멋지시오.

– 덕순 동지, 너무 치켜세우지 마오. 아이쿠 이거 이마에 땀이~

태산은 자신이 이렇게 긴장하게 될 줄은 생각지도 못했다. 정숙의 모습은 여전히 곱고 예전의 아름다움을 간직하고 있었다. 세월은 흘렀고, 곁에 자식을 두었지만 정숙을 향한 태산의 마음은 예나 지금이나 변함이 없었다. 품위 있는 데서 보니 지난번의 만남 따윈 비교할 가치도 없었다. 태산은 저도 모르게 심호흡을 했다. 다시 안쪽 주머니에서 손수건을 꺼내 이마의 땀을 닦아냈다. 염소 불고기를 내어온 종업원이 말했다.

– 과장님, 준비한 상자 어찌할까요?

– 어 어서 들여오라.

태산이 말하자 종업원이 허리를 숙이며 나가더니 곧장 여러 개의 상자를 들고 왔다. 상품이 포장되어있는 선물 상자 같았다.

– 아니 고저 보위부래 속사포구만이요. 고 잠깐 새에 어찌 이런 것을~

– 뭐 공화국 보위부야 포로 따지면 속사포 맞지요. 이 게 화성 배라는 계구~

태산이 지금 순간을 위해 어렵사리 주문한 선물들이었다.

– 어머나 이거는 북청 사과 아니오니까?

태산의 말이 끝나기도 전에 덕순이 부산하게 설레발을 쳤다. 둘은 마치 모의라도 한 듯 죽이 척, 척 맞은 모양새였다. 태산은 어깨에 힘이 절로 들어가는 것을 느끼며 애써 힘을 빼려고 노력했다. 태산은 누가 뭐래도 공화국 명문대를 졸업한 인재였다. 이런 자리에서 자신이 어떤 행동을 취해야 하는지 결코 모르지 않았다. 연분하던 사람과 핏줄로 연결된 아들의 관심을 끌기 위해 자신이 어떻게 처신을 해야 하는지 보위부 반탐국의 예리한 처세술을 들여다보는 듯했다.

— 이 거는 어렵게 구한 과일인데 청진 사과 배라오.

— 우와, 과장님 이거 사과 맛 절반 배 맛 절반이라는 청진 사과 배란 말이지요?

동실이 한 젓가락의 불고기를 입에 집어넣으며 물었다. 공화국에 유일한 사과 배, 라는 과일을 여기에서 보게 되는 동실의 감회 또한 남달랐던 모양이다.

— 아이 그냥, 요 쬐그만 상잔 두루 뭐예요? 여게 써진 게 뭐라 백 살구씨 기름?

— 고저 조선인민공화국하고 지구상에서 세 나라밖에 없다는 백 살구예요. 공화국에서도 저 회령 위쪽에서만 난대는 과실이지요. 인민들이 고저 입맛 들이면 맛나다, 곱다, 예쁘다, 하는 감탄이 절로 나오는 과실인데 정작 인민들이 백살굴 잘못 알고 있더만이요.

— 거 벚꽃같이 허연 꽃을 피우는 백 살구이구만요. 허연 꽃이 피구 껍질이 허옇다 캐서 백 살구라 하는 과실이 이거 아니랍니까?

덕순이 계속 태산의 말에 장단을 맞추어주었다. 어색한 분위기를 조절하며 자연스럽게 태산은 덕순의 말에 말시답을 보내며 어색한 분위기를 녹이고 있었다. 태산은 이런 순간에도 마음속으로 안도하고 있었다. 태산의 모습을 보자마자 자리를 툭, 툭 털고 일어나는 정숙의 모습을 수없이 상상해 보았던 것이다. 하지만 아직 뚜렷한 적대감 없이 제법 태산의 말에 귀도 기울여주는 모습에 태산은 마음이 놓였다. 사내란 이런 동물인가? 태산은 연분하는 동무를 위해서 모든 것을 바치고 싶은 마음, 핏줄을 위해 자신의 모든 인생을 걸고 싶은 마음, 그냥 당당한 공화국의 사내이면서 가족들 앞에서는 쩔쩔매는 평범한 세대주이고 싶은 마음이었다.

― 백살구 이거 꽃이 허옇니 껍질이 허옇니 해서 백 살구가 아니고 꽃이 피어서 백 일 만에 열매를 맺는다 해서 백 살구란 말입니다. 백 살구 술이라는 거두 있지만 백 살구 씨앗이 두루 공화국에서 급히 먹고 체한 데 직방 아니겠소. 오늘 염소 불고기들 실컷 먹고 고저 이따가 백 살구씨 기름 쭉 한잔들 켜오. 그만 뱃속이 시원하게 뚫릴 겁니다~

― 오마나 오마나, 멋지셔라. 공화국 보위부에 어찌 이래 자상한 세대주가 있답니까? 늠름한 당 간부에 고저 능력 두루 있지, 거 생각할수록 리영호보다 멋지셔라~ 아니 고저 당보다 내 핏줄 위해서 이래 귀한 선물까지 속사포로 준비를 하고~ 박 과장 동지, 내한텐 뭐 사과 배라도 하나~

― 거 덕순 동지는 나중에 내 하나 챙겨줄 테니 염려 마오. 어이 거기 종업원 들어라~

태산의 말에 덕순의 입이 귀밑까지 말아 올려졌다. 덕순은 자신에게 당장 선물이 돌아오지 않아서 몹시 서운한 모양이었다. 선물 상자를 통해 태산은 자신의 힘을 충분히 보여주었다고 생각했다. 공화국에서 진정한 사내란 연분 하는 녀성을 위해 무엇이라도 해줄 수 있어야 한다고 태산은 생각했다. 진정한 세대주란 죽어가는 어항 속의 물고기를 위해 신선한 물과 영양이 듬뿍 담긴 먹이를 공급해 줄 수 있는 힘을 지닌 자라고 생각했다. 태산은 정숙과 참에게 이런 모습을 똑똑히 보여주고 싶었다. 마음속에 지닌 뼛속 깊은 애정 따윈 생활이 고달플수록 고갈되는 양식과도 같은 것이라고 생각했다. 모내기 판에서 내일날 미래의 양식 걱정을 하며 공화국의 지시에 죽는시늉까지 마다하지 말아야 하는 명호 동무에 비길 바가 아님을 태산은 이 자리에서 충분히 보여주었다는 생각에 마음이 흡족했다.

피는 물보다 진하다는 말이 결코 틀리지 않다는 사실을 태산은 가슴에 새기며 살았다. 비록 참이가 지금 당장은 태산을 거부한다고 해도 만약 압록강에 빠져 허우적거리는 일이 벌어진다면 구명조끼를 받아 안을 사람은 명호 동무가 아니라 당연히 태산이 자신이라고 믿었다. 피 한 방울 섞이지 않은 명호 동무에게 구명조끼를 던지지는 않을 것이다. 천륜이란 바로 흐르는 물처럼 이렇게 순리대로 흐르게 되어 있는 것이다. 태산은 종업원을 불러 선물 상자를 자신의 자동차 짐칸에 싣도록 당부했다.

— 참이 아버지, 고저 청진 사과 밴 됐고 백살구 씨 기름이나 하나 선물 받자우요. 끼니 떼고 나면 그저 항상 속이 끌, 끌 하단 말이에요.

— 염려 마오. 백살구 씨 기름은 고저 내달 스무날 전후로다 회령에서 출시됩니다. 내래 회령시 보위부에 청탁을 해서 백살구 씨 기름과 시큼한 백살굴 덕순 동지 품에 안겨 주겠소.

덕순과 태산은 말을 맞춰본 것도 아닌 데 척척 죽이 맞았다.

— 호호호, 멋지시다, 멋지시다. 정숙 동무, 뭐라 한마디 하오. 어찌 공화국에서 진정으로다 멋진 사내 아니겠는가 말이에요.

덕순의 발에 침묵을 깨며 정숙이 입을 열었다. 태산은 자뜩 긴장하며 정숙의 입술 끝을 바라보았다.

— 덕순 동무, 어떻게 이래 엮였는지 내래 모르겠지만 정숙인 그저 자리에서 일어나렵니다. 참아, 너 어머니 오해하지 말라. 보위부 상철 아버지가 뜬금없이 나타난 게지 어머니도 영문 모르는 일이란 말이야~

— 염려 마세요. 참이 이제 철없는 아이 아니란 말입니다. 공화국 인민들이 배가 곯아 아무리 걸신이 들렸대도 오늘 이 자리는 경우가 아

니란 말이에요. 지금 아버지가 학생동무들과 같이 찬물에 들어가 거머리에 피 뜯겨가며 땀을 흘리는 판국에 이 무슨 먹자판이냐 말입니다.

참이가 당당한 태도로 또박또박 자신의 생각을 말했다. 이런 모습을 보며 덕순은 입을 실룩거리고 있었다.

― 맞는 말이구나. 울 아들 고저 맹탕 헛살지 않았구나야. 비록 소금국을 마시고 옥수수 가루 밥을 먹어도 여기보다 소화는 잘될 거 같구나. 강냉이 영양단지래 학생단지라는 말도 있다만 학생들 공부라는 게 어찌 책으로만 한단 말이더냐~ 봄이 고저 오나칙오늘 아침 새벽안개 가시지 않은 신새벽에 모판 날으러 나갔잖니? 우리가 지금 이런 호사를 부릴 때가 아니란 거는 조선 천지 누구라도 아는 일이 아니겠니? 어서 가자우~

정숙 동무가 자리에서 훌훌 털고 일어섰다.

― 정숙 동무, 사람에 탈을 쓰고 이러하면 안 되는 거 아니나? 정숙 동문 두루 그렇다 치고 참인 고저 뭐라나 피가 켕기는 법이 아니냐 말이요. 그저 풍을 떨어도 시원찮을 판에 정숙 동무가 이케 쌀쌀맞게 일어서면 박 과장 동지 체면이 뭐가 되겠느냐 말이요. 이거는 부모 자식 간에 천륜을 끊는 반동짓거리란 말이에요~

덕순이 요령지게 가슴에 품은 말을 쏟아냈다. 태산은 공연히 자기 때문에 일이 이렇게 어그러지는 모습을 보며 가슴 한쪽이 모진 바람을 맞고 있는 것만 같았다. 그런데도 태산은 정숙과 아들애의 기분을 언짢게 하지 않으려고 애를 썼다.

― 거 덕순 동지, 너무 몰아세우지 마오. 내래 허우대는 멀쩡해 보여도 가정지사 돌아가는 신세는 풍년거지 꼴이 아닙니까. 애기 때부터 가슴에 품어서 키운 자식도 자라면 두루 품 안에 적 자식이라 하잖소.

내래 무슨 자격으로~

　태산의 눈에서 뜨거운 눈물이 쭈룩 흘러내렸다. 태산의 목소리 역시 흐느낌에 젖어들었다. 보위부 간부의 위엄은 온데간데없고 마음 약한 아버지의 허탈함이 배어 있었다. 태산은 목에서 뜨거운 울음덩어리가 빠져나오려는 것을 억지로 눌러 담았다. 이런 상황을 덕순은 물론 정숙 등이 모두 느끼고 있었다. 덕순이 애석한 목소리로 태산을 위로했다.

　－ 에구, 박 과장 동지 섧어서 어쩐다니. 자식 떼고 돌아서는 어미는 발자국마다 피가 고인다는 말이 있더라는데~

　－ 덕순 동지, 됐소. 자식 겉 낳지 속은 못 낳는다잖소. 정숙 동물 너무 몰아세우지 마오. 그래, 참아, 날래 네 어머니 모시고 들어가거라. 내래 울 참이 믿는다야. 물 본 기러기래 어떻게 산을 그냥 넘어가느냐 말이지~ 당장은 아니래도 우리한테는 내일날ᴹ래이 있지 않느냐 말이야~

　태산은 부모 자식의 사이는 언젠가는 강물처럼 만나게 된다고 확신하고 있었다.

　－ 어쩜 이케 멋지시나. 고저 울 과장 동지 번번이 멋지시다. 야, 보라 정숙 동무, 꼭 이케 좋은 날에 난장을 만들어야 하나? 참아, 너도 어서 거기 앉으라.

　－ 덕순 동지, 아니오. 나는 괜찮소. 고저 내에 정숙 동무한테 당부 하나 하겠소. 내 다 좋다만서도 우리 참이가 동무네 집에서 괄시받는 거 이거 용서치 않을 것이오. 공화국에서 어떤 부모가 제 피붙이 괄시받는 꼴을 본답니까? 참이 고저 언제라도 아버지한테 오고 싶으면 돌아 오거라. 봄이 할머니가 참이 못 잡아먹어 안달을 한다는 거 내래 죄

알고 있단 말이다~

태산은 정숙 동무가 듣도록 부러 힘을 주어 말했다.

― 아이 에그나, 귀한 핏줄이 여시같은 봄이 할머니한테 타박을 맞고 살았더나? 어째 참이 몰골이 어둡다 했는데 타박 맞고 주눅 들어 엊그저께도 우네우리 공터에서 혼자 울고 있었구나, 그래~

― 아니 뭐예요? 흥, 돌아가는 꼴이 아주 좋구나~ 정숙 동무, 뭐라 말을 해보오. 아니 울 참이가 할머니한테 구박받고 사는 게야 내 짐작은 했다만 감히 뭐라? 엊그저께도 동실 네 공터에서 혼자 울었다고? 아니 그냥 이런 쥐새끼 같은 반동새끼가 남의 자식을 어찌 그 모양으로 키운단 말인가?

태산은 저도 모르게 욱하는 성미가 도지는 것을 느꼈다. 보위부에서도 태산의 능력을 한껏 인정한다면서도 항상 욱하는 성미만 다스린다면 하는 전제가 깔려 있었다. 차마 아들 앞에서라 태산은 아랫배에 힘을 주고 어깨에 잔뜩 힘을 실어 욱하는 성미를 가라앉혔다. 여기 이렇게 있다가는 아들 앞에서 험한 말이 튀어나올 것만 같아 태산은 먼저 자리에서 일어났다. 태산이 먼저 일어나야 그 자리가 진정될 것도 같아 태산은 서운한 마음에도 불쑥 일어났다.

덕순이 재잘거리며 뒤에서 따라 나왔지만 태산은 모질게 마음을 먹고 계산을 치르고는 자동차로 돌아왔다. 운전석에 앉으니 하염없이 눈물이 흘러내렸다. 태산은 크윽, 크윽 명치 아래서부터 올라오는 울음을 쏟아냈다. 공화국에서 살면서 어떤 경우에서도 이렇게 울음을 터뜨린 적은 없었다.

그러나 태산은 이날의 자리를 결코 후회하지 않으리라 마음먹었다. 연분하는 여인과 그 사이에서 태어난 아들애와 더불어 잠시지만 같은 공간에서 얼굴을 마주 보았다. 또한 아들애의 앞에서 아버지로서의 능력도 보여주었다. 그리고 자식을 그리워하는 부정父情도 보여주었다고 생각했다. 먼 훗날에 되돌아보면 아련한 추억 같은 시간이었으리라 믿을 수도 있었다.

태산은 자동차를 부러 명호네 집을 향해 몰았다. 이렇게 하지 않으면 화가 나서 견딜 수가 없을 듯했다. 아들에 대한 명호 어머니의 무례함에 이런 방식 말고는 표현할 수가 없을 것이었다. 태산은 차를 몰아 명호네 골목 입구 십자로에 멈춰 섰다. 보란 듯이 선물 상자들을 꺼내 들고 골목길을 서둘러 걸어 명호네 대문으로 들어섰다.

명호 어머니가 퇴마루에서 난데없이 나타난 태산의 모습을 보고 깜짝 놀랐으나 태산은 한마디의 말도 하지 않고 퇴마루에 선물 상자를 내팽개치듯 부려놓았다. 그리고 다시 대문을 나서 자동차에 실린 나머지 선물 상자를 꺼내 들고 역시 명호네 퇴마루에 감정을 실어 우당탕 던져두었다. 애옥살이 살림집에 핏줄을 맡긴 죄인의 심정으로 자동차를 명호네로 향한 측면도 있었지만 막상 태산의 핏줄에 불쏘시개를 들이대는 명호 동무의 늙은 어머니를 대하는 순간 속에서 분감憤感이 불쑥불쑥 고개를 쳐들었기 때문이다.

4

명호는 하루종일 이상하게 마음이 타들었다. 강인한 마음을 먹어보자고 몇 번이고 다짐했지만, 차가운 물에 몸을 움츠리며 거머리에 다리를 물려 피를 흘리면서 모내기를 하는 학생들을 바라보며 공연히 공화국에 대한 불만감이 마음속에서 그림자처럼 자리 잡아가고 있었다. 대체 누구를 위해 어린 학생들이 이토록 노력 전투에 동원되어야 하는가? 흘린 땀방울의 대가는 무엇이란 말인가? 해마다 몸을 바쳐 충성을 해도 아이들에게 돌아오는 것은 그저 노력 경쟁에서 다른 동무들을 이겨야 한다는 공화국 당국의 채근질 뿐, 이렇게 해서 어찌 공화국 아이들에게 내일날미래에 대한 희망을 심어줄 수 있을 것인가? 수많은 생각들이 가지를 치며 얽혀졌다.

그러나 무엇보다 복잡한 명호의 심사는 따로 있었다. 아낙네아내한테 존경받아 왔다는 신념으로 힘겨운 생활을 견뎌왔는데 태산의 문제로 급기야 언성을 높이며 대거리를 했다. 마흔 중반을 살아오는 지혜로 부부라는 것은 존경이 제일이요 다음이 믿음이라는 생각이었다. 하지만 명호뿐만 아니라 정숙 역시 나그네에 대한 존경 같은 것은 담을 넘은지 오랜 머나먼 낙원동산 같은 얘기에 지나지 않았다. 믿음마저 깨어져서 부부지간에 의심하고 더욱이 이런 의심이 외간 사내와의 문제임에 혼란스러울 뿐이었다.

명호는 정숙에게 공화국 녀성들의 상식선을 뛰어넘어주기를 바라는 않았다. 한편으론 한 나그네의 아낙네로서 남편한테 사랑받고 싶은 녀성이고 싶을 것이다. 가족의 2차 세대주로서 당연히 가족의 부양 책임 또한 뒤따를 것이다. 배불리 먹고 싶고 좋은 옷을 입고 싶고 자동차도 타고 싶고 고층 살림집에도 살고 싶을 것이다. 생각해 보면 명호는 정숙에게 어느 하나도 제대로 이루어주지 못했다. 열대메기는 이미 말공부공염불가 되고 말았고, 눈을 씻고 두리번거려도 지금의 처지에서 벗어나기란 쉽지 않은 일이며 더구나 반쪽이란 딱지마저 운명처럼 달고 있으니 명호 스스로 생각해도 뻔뻔스런 입장이었다.

이런 생각을 하니 문득 제자 춘희의 얼굴이 떠올랐다. 실은 이렇게 잠을 이루지 못하고 숙소를 맴돌고 있는 것은 춘희 때문일지도 모른다. 지금쯤 춘희는 국경을 넘었을까? 혹시 잘못되어 경비대에 붙잡힌 것은 아닌가? 아님 24시간 날카롭게 불을 뿜을 준비를 하고 있다는 총구의 눈초리에 한 발짝도 움직이지 못하고 있는 것은 아닌가? 별의별 생각들이 가지를 치고 있었다. 그러나 착하고 예쁜 제자 춘희에게 신의 은총이 내리기를 명호는 빌었다. 명호는 태어나서 처음으로 신이 존재한다면 춘희의 무사한 탈출을 도와달라고 기도했다. 명호 스스로 공화국에서 전능하다는 신의 존재를 마음속에 불러온 것은 정말 처음이었을 것이다.

명호는 잠을 이루지 못하고 학생들의 잠자리를 살폈다. 만룡이 잠들어 있는 숙소에 들러볼 생각도 했지만 담임교원인 양대국 선생의 눈치에 주저하고 있었다. 과학을 가르치는 양대국 선생으로부터 명호는 자주 눈총을 맞았다. 어려운 살림에 교원끼리 도와주지 못하고 남의 자식 맡기듯이 참을 맡겨 놓았다는 자괴감이 앞섰다.

양대국 선생이 명호에게 눈총을 주는 까닭은 당연히 자식을 맡긴 학부모로서 생활에 어떤 보탬도 주지 못했기 때문일 것이다. 더구나 참의 생김새를 두고 찧고 까불어대는 과학 선생한테 명호는 대거리할 생각이 전혀 없었다. 모든 것이 자신의 탓이라고 여겼다. 모든 것이 자신의 잘못이라 생각했다. 그렇게 생각하면 마음이 편했다. 그렇다고 참의 담임교원에게 어떤 나쁜 감정이 있는 것은 아니었다.

멀리서 밤새가 슬피 울었다. 동네 어귀의 나뭇가지에 둥지를 틀고 하루 내내 사람들의 동태를 살피던 새들이 주변을 선회하다가 밤이 이슥해서야 둥지에 들어 칭얼대더니 아직도 잠을 이루지 못하고 슬피 울고 있는 것 같았다. 새들에겐 어떤 사연이 있을까? 공화국에서 살아가는 새들도 생명이 있는 한은 인민들과 별반 다르지 않을 것이다. 생명의 위협을 받고 살아가며 새들의 세대주 역시 가족을 지키려고 고단한 날들을 보내고 있을 것이다.

지금 정숙은 잠이 들었을까? 태산의 일로 사이가 멀어진 것은 분명했다. 명호는 아니 명호뿐만 아니라 공화국의 사내들은 아낙네아내의 잔소리에 귀를 막고 산다. 그네들도 뻔한 하소연에 지나지 않음을 알면서도 궁시렁 궁시렁 잔소리를 멈추지 못하는 것은 아마 인간 본연의 욕망 때문이리라. 누구인들 가족들과 잘 먹고 잘 입고 권세부리며 부귀영화를 누리고 싶지 않으랴.

명호는 개구리들이 약속이나 한 듯 일제히 울어대는 개울가 논둑에 앉아 담배를 피워 물었다. 하루종일 학생들 몰래 명호는 담배를 피웠다. 금연운동 중이란 것을 모르는 것도 아닌데 자꾸 손이 품속의 담배를 꺼내 들었다. 이날 따라 12밀리 그람의 평화라는 담배 맛이 여느 때와 달리 쓰디쓴 느낌이었다. 절반도 다 태우지 못하고 몇 번이나 던져 버리고 새 담배를 꺼내 들기를 반복하는 것이 필경 불안한 마음을 추스를 수 없는 탓이리라.

이제 20개들이 담배 중에 마지막 뽑아 태우는 담배다. 명호는 천천히 필터를 입에 물고 깊게 빨아들였다. 문득 담배 연기를 하늘로 뿜어 올리며 밤하늘을 쳐다보는데 서쪽 하늘에서 빗금을 그으며 떨어지는 별똥별의 모습이 자신의 운명처럼 서러움으로 다가온다. 자신의 위치에서 버티지 못하고 저렇게 우주에서 지구로 추락하는 별똥별의 서글픔을 누가 알아줄 것이랴. 명호는 공연히 감상에 젖어 가슴이 쓰리다.

아내의 변화는 하루 이틀에 시작된 것은 아니었다. 대학 시절에는 열대메기 노래를 불렀다. 당시에는 그저 깊은 사랑의 표현으로 약속을 했지만 지켜주지 못했다. 혼인을 해서 아이를 낳고 살면서도 정숙은 이따금씩 마음속에 숨겨둔 자신의 꿈을 명호에게 비쳐보였다. 공화국 녀성이라면 누구나 지닐 꿈이련만 이룰 수 없는 꿈이기에 명호는 항상 가슴이 허전했다. 애당초 정숙 동무가 명호에게 버거운 상대였는지 모른다는 생각까지 들었다.

공화국에도 하루가 다르게 변화의 물결이 퍼지고 있었다. 그 변화는 잔잔함을 넘어 파도처럼 요동을 친다. 주민들의 생활 속에서도 변화의 물결이 느껴진다. 특히 인간답게 한번 살아 보려는 주민들의 욕구처럼 정숙의 욕구 역시 다르지 않았다. 오직 자식들을 위해 공화국에 충성을 한다는 정숙의 말은 틀리지 않을 것이다. 피가 터지도록 애국을 외지고 70일 전투, 200일 전투에 앞장서서 목이 터져라 선전원 노릇을 한들 크게 달라지리란 보장은 없다. 결단코 명호는 이렇게 생각하고 있다.

하지만 사람의 욕망이란 신기루 같은 것이어서 명호의 처지에서 무엇을 하든 정숙의 욕망을 채워줄 수는 없을 것이다. 무슨 수로 평양시 민중을 거머잡을 수가 있을 것인가? 혁명의 수도, 혁명의 심장에 무슨 수로 터를 잡을 것인가? 재주가 빼어나고 영웅적인 인물이거나 충성심이 하늘을 찔러 간혹 평양으로 이주하는 사람도 있을 것이다. 하지만 당의 고급 간부들과 빨치산의 자녀, 조총련 재일동포, 무역회사 간부 가족들이 단단히 울타리를 치고 있는 평양성에 공민증을 지닌 지방 인민들이 들어갈 수 있는 방법이란 사실상 차단되어 있는 것이었다.

요즘 들어 정숙은 부쩍 바라볼 수 없는 세계에 대해 말을 하고 있었다. 해당화관에 가서 철판요리 한번 먹어보는 것이 소원이라는 둥, 입사증을 손에 쥐고 당당히 고층 살림집 문을 열고 들어가 보고 싶다는 둥, 호화 유람선 무지개 호를 타고 대동강을 돌며 칵테일을 마시고 싶다는 둥 갈수록 희망 사항이 늘어나는 것이었다. 정숙의 입을 통해 흘러나오는 욕구들은 공화국 남정네들에게 탐탁찮은 것이었다.

명호 역시 처음에는 멋모르고 교육자 가족에게 주어지는 입사증을 생각하며 훌륭한 금방석에 앉혀주실 원수님 은혜에 대해 상상 속에서나마 보답코자 했던 것이다. 김정은 위원장의 10만 호 건설이란 목표는 교육자 가족에게도 욕망을 버리지 못하도록 만들었다. 비록 선교구역에 살아도 평양의 고층살림집에 들어가 사는 것이 아낙네들의 등질 수 없는 욕구였다.

돈과 권력의 맛을 누리는 중구역 인민들을 멀리에서 볼 수만 있어도, 아니 김책공대 인근의 여명거리 어디쯤에서 70층의 호화판 고층살림집의 위용을 바라볼 수 있는 평양시민이 되는 것은 공화국 인민들이 한 번쯤 꿈속에서나마 꾸어보는 꿈이었다. 2500만 명에 육박하는 공화국 인민들 가운데 250만 명 정도가 터를 잡고 살아가는 평양시에 대하여 나머지 공화국 인민들은 자신의 생애에 선택받은 10%의 인민이고자 하는 욕망의 키를 품고 살고 있다.

하지만 해지는 저녁 무렵 지친 몸을 이끌고 낮은 언덕 아래 앉은뱅이

버섯처럼 웅크린 누옥의 희미한 빛을 찾아 몸을 낮춰 들어갈 때 이미 바람에 쫓겨 흩어진 연기처럼 허무함이었다는 것을 깨닫기란 오랜 시간이 걸리지 않음이었다.

명호는 이미 불빛마저 사그라진 꽁초를 바닥에 던져 발로 비벼대고 있었다. 부질없는 생각, 부질없는 욕망, 빨간 열정으로 타들던 담뱃불처럼 공화국 인민들의 욕망도 타들다 결국 어둠 속에 떨어지는 버려진 담배꽁초처럼 초라해질 것이다. 어디에서 불어오는 바람인지, 압록강 기슭에서 불어오는 바람일 테지~명호는 쓰디쓴 웃음을 지으며 쓸쓸히 숙소로 돌아왔다.

가족들이 문득 그립다는 생각이 들었다. 춘희는 이제 공화국 땅을 벗어났을까? 공화국을 등지는 일이 춘희에게 얼마나 힘이 들었을지 명호는 생각해 보지 못했다. 만약 자신에게 춘희처럼 공화국을 등져야 하는 운명이 펼쳐진다면 명호는 어떤 선택을 할 수 있을까? 연로하신 어머니, 핏줄마저 복잡하게 얽힌 아들, 생사조차 모르는 봄이 외가 식구들, 당장 공화국을 떠나야 하는 절박한 순간이 닥친다면 정숙은 과연 명호를 따라나설 수가 있을지~

아니 정숙뿐만 아니라 어머니는, 봄이와 참은, 과연 자신을 따라나설 수가 있을까? 결코 용기의 문제가 아니라 자기 한뉘^{생애}를 담보하는 선택의 문제이기 때문에 명호의 머릿속이 갑자기 복잡해지기 시작했다. 이런 불행한 순간은 생각 자체를 하지 말아야 한다. 아무래도 춘희의 처지가 마음에 걸려 자꾸 이런 불길한 생각에 빠져드는 모양이다.

명호는 고개를 절레절레 흔들었다. 국경 부근에서 마지막 아침 식사를 하는 어느 가족의 모습이 머릿속에 그려지는 순간 명호는 모든 것을 잊고 싶은 마음으로 생각의 끈을 놓고 있었다. 잠에서 깨어나면 어김없이 활짝 웃으며 반기는 태양처럼 그렇게 모든 일이 순조롭게 열리기를 명호는 마음속으로 기도했다. 춘희의 눈물을 결코 잊을 수가 없었기 때문이다.

제23장 모내기 전투 뒤에

1

공화국엔 연일 폭염이 쏟아지고 있었다. 주민들은 힘겨운 여름을 200일 전투에 이끌리면서도 호상 격려하고 고통을 나누며 충성을 각인시키면서 스스로 속이고 있었다. 속도전에 불이 붙은 주민들은 만리마의 기적을 이루기 위해 모두 날뛰고 있었다. 6월부터 시작된 200일 전투는 가파르게 뻗어 올라가는 고층 건물의 토대가 되었다.

- 이거 아주 그냥 하늘에 모양까지 변화시키는 대과업이잖소?

- 흥, 동무는 하나밖에 모릅니다. 짧은 시간에 하늘 높은 줄 모르고 치솟아 오르는 이 고층살림집이 나중에 악마가 된다는 말도 있소.

하늘을 향해 쭉쭉 뻗어 올라간 고층살림집을 두고 주민들의 말들이 많았다.

- 아니 게 무슨 뚱딴지같은 소리예요?

_ 언, 이런 뚝바우 같은 동물 봤나 그래. 저게 무너지기 시작하면 고 저 저 혼자 무너지겠는가 말이오.

은근히 말들을 아껴도 장마당 후미진 데서 주민들 사이에 은밀하게 오고 가는 말이었다. 김정은의 미친 속도전을 염려하며 주민들은 우려 섞인 생각들을 가슴속에 품고 있었다. 200일 전투의 핵심은 평양 려명 거리의 완성이었다. 김정은은 짧은 기간 내에 공화국의 눈부신 발전의 모습을 보여주기 위해 속도전을 내세웠다. 천리마를 넘어 만리마에 70일 전투, 200일 전투 등등 주민들을 채근하기 위해 당근과 채찍을 고루 준비하고 있었다.

한쪽에선 이런저런 염려를 쏟아내고 있지만 공화국 선전매체들은 연일 조기 달성의 성과를 타전하고 있었다. 겨우 50여 일 만에 승전의 소식들이 답지하고 있다며 승전보를 울렸고 선전의 끈을 팽팽히 당기기 시작했다. 허리가 꺾이고 어깨가 내려앉아도 주민들은 마음 놓고 불평 불만을 쏟아낼 수가 없었다.

전력공업 분야에서 들어온 승전보를 타전하고 석탄공업 분야에서 들어온 승전보를 타전하며 짧은 기간에 목표를 능가한 생산계획을 수행했다고 선전했다. 주민들의 경쟁을 가속화 하기 위해 월별 단위로 실적을 끊어 보도했다.

– 봄이 아버지~

– 거 무슨 얘기 하려는지 알고 있지~

바깥에서 주민들에게서 들은 얘기를 정숙 동무를 통해 어김없이 듣는 경우가 많았다.

– 우리 공화국 숨통을 막는 미제 놈들을 우리 힘으로 질식시켜야 하지 않겠는가 말입니다.

– 정숙 동무 고저 너무 설쳐대지 말라. 등뼈가 꺾이는데 려명거리만 치솟으면 인민들이 살아가는 천국이 열린단 말이나?

하고 명호는 정숙에게 싫은 소리를 했다. 70일 전투에서 열혈 정신으로 인민들을 세뇌시키고 서봉에 서서 선전원 노릇을 하며 공로패까지 받아낸 아내지만 명호는 내일날을 생각하면 이런 말들이 하나도 귀에 들어오지 않았다. 공화국 인민의 땀은 모두 알알이 맺혀서 평양 려명거리의 하늘을 받드는 뼈대가 되었다.

평양의 모습을 한뉘^{평생} 한번 보지도 못한 인민의 거친 숨소리와 팔뚝에서 솟아나는 힘은 평양의 하늘 밑에 답지하고 있었다. 모든 물자와 자금, 충성의 마음 하나하나까지 평양 려명거리를 향하고 있었다.

김정은은 자신이 부르짖었던 자강력을 키우기 위해 평양 하나에 우선 집중하고 있었다.

모내기 전투니 70일, 200일 전투니 하는 것은 주민들에게는 노동력의 착취에 불과했다. 노동력을 제공하고 부족한 물자를 만들어 상납하라는 것은 순전히 인민을 수탈한다는 말로밖에 설명이 안 되었다. 인민들이 폭염에 찌들어 쓰러져도 김정은에겐 평양의 려명거리만 하늘로 치솟으면 그만이었다. 지방의 인민들이 죽어 나가도 평양 거리에 선택된 인민들만 존재하면 공화국은 영원할 것이라 믿고 있었다. 공화국의 어둠 속에 삶을 저당 잡힌 일반 지방 인민들은 결국 쓰러지고 평양의 인민들만 살아남아도 김정은의 공화국은 건재할 것이라고 생각하는 사람들이 많았다. 그래서 노동의 고통과 한恨서린 굶주림 속에 죽어가는 인민들이 늘어나도 김정은은 눈썹 하나 까닥하지 않았다.

— 과학자 거리 두 배 규모랍니다.

— 글쎄 정숙 동무 자꾸 쥐 돋는곰팡난 소리 하지 말라니깐~

명호는 자신의 능력이 모자란다는 자괴감에 정숙 동무를 비꼬는 말을 흘렸다.

— 명호 동무 이게 어찌 쥐 돋는 소리에요?

— 아니 오늘 보자니까 정숙 동무 참 많이 지지거리누만지껄이다 그래~

바깥에서 주민들의 얘기를 들으면서 명호는 자신의 무능함에 낯바닥이 화끈거렸다.

— 들어보시오. 금수산태양궁전서 영생탑 영흥십자로사거리까지 그저 100여 동을 올 안으로 쭈욱쭈욱 올린다잖소.

— 그래 봐야 우리 같은 미물은 눈요기도 못한다 이거야. 깟거 하늘을 찌르면 머하니. 과학자들하고 기술자들 위한 전시성 구역이란 말이

지~

명호의 눈에 허탈한 기운이 역력했다. 제정신을 차린 듯 정숙은 그제야 장독대 옆에 나란히 서서 먼산바라기를 하고 있었다. 모내기 전투 시작할 무렵에 시작된 15층 살림집 골조 공사를 불과 3주 만에 끝냈다고 선전을 했다. 6월 초에는 2000여 가구 골조 공사 완수, 중순에는 2800여 가구 골조 공사 완수를 떠들었다. 이런 속도라면 7월 중순에 55층 살림집 골조 공사 완공이 가능하고 8월 초에는 려명거리의 건축물 골조 공사 100퍼센트 목표 달성이 가능하다고 선전하고 있었다.

명호는 쓸쓸히 먼 산을 바라보며 공화국의 선전 이면에 존재하는 어둠을 응시하고 있었다. 청년돌격대의 땀방울과 젊은 학생들의 팔뚝에 튀어 솟은 핏줄을 생각했다. 인민의 노동력 착취의 이면에는 오직 김정은 체제의 선전과 결속만이 다져지고 있었다. 불과 이태 전에 살림집 공사장 붕괴사고의 소식이 공화국 전역으로 순식간에 퍼졌었다.

- 그나저나 명호 동무, 이번 모내기 전투 동원에 빠진 반동들이 너무 많아서 대대적인 조사를 벌인다는데~

- 나도 그 얘긴 들었는데 이게 바로 공화국의 총체적인 문제 아니니~

- 부뚜막의 부지깽이도 뛴다는 모내기철에 그런 반동질이라니 언~

명호는 정숙의 모습을 옆에서 슬쩍 들여다보았다. 정숙은 대체 누구를 위해 이토록 열정적으로 충성을 하는 것일까. 이런 생각을 하면서도 명호는 자신의 모습을 떠올리며 속으로 얼굴을 붉혔다. 명호는 모내기 첫날, 자리를 이탈해서 이미 남들의 눈에 가시같은 존재가 되어 있었고 더구나 양대국 과학 선생의 따가운 눈총을 받고 있었다. 모내기 전투 끝나면 가장 먼저 자아비판을 하라는 부교장 선생의 노골적인 엄포도 있었다. 가장 먼저 성토의 대상이 되리라는 예감에 명호의 마음은 우울했다.

　－ 정숙 동무, 너무 자신만만하지 마오. 우리 참이도 열외를 했다는
걸 잊어서는 아니 된다 이 말이야.

　－ 알고 있어요. 몸이 아파 죽는다, 아버지가 장기출장을 갔다, 핑계
없는 무덤 어디 있겠소. 있는 집 자식들은 예술 소조에 들어가 지방공
연 핑계를 댄다는데~

　정숙도 불만이 많았다. 명호는 정숙의 말에 속으로 한숨을 쉬었다.

　－ 하소연하면 뭐 하겠니. 정숙 동무, 이런 얘기 고만하자. 우정 말을
꺼내 낯붉힐 일이 어데 있나~

　－ 내 모내기 전투장에 나가 노동을 독려하면서도 내 자식은 저렇게
허리 휘어잡고 일하는 대열에서 꺼내와야지 백번 천번 마음먹었지요.
이게 부모 마음이란 것 아니오?

　정숙 동무처럼 학부모는 누구나 제 자식을 노동 현장에서 꺼내오고
싶을 것이다.

　－ 그래 정숙 동무, 잘했다. 어느 부모가 제 자식을~

　－ 한바탕 태풍이 몰아칠 거예요. 봄이 아버지, 몸조심하자고요.

　명호는 태산의 문제로 서먹해진 분위기를 만회하기 위해 살며시 정
숙의 손을 잡아주었다. 정숙의 손도 많이 거칠어져 있었다. 열혈 충성
으로 공화국 일꾼을 외치며 사방에서 선전원 노릇을 하다 보니 손이며
얼굴이며 많이 거칠어져 있었다. 명호는 정숙 역시 녀자임을 잊지 않
으려고 내심 애를 썼다. 태산에게 받은 남쪽의 화장품을 내동댕이쳤던
자신이 부끄럽다는 생각이 들었다.

　－ 정숙 동무, 지난번에 화장품 사건은 잊자. 내래 생각이 짧았던
게야.

– 여태 화장품을 가슴에 담아 두었습니까? 봄이 아버지두 참~

뜨악했던 사이가 옛날처럼 풀어져서 명호는 마치 연분을 하던 젊은 시절처럼 가슴이 설렜다. 정숙의 손을 잡아끄니 정숙 역시 은근한 웃음을 보여주었다. 어머니는 공원에 나가고 아이들도 집을 비운 이 순간이 명호에게 절호의 기회였다. 한 이불을 덮고 살아도 아이들이 성장하면서 손목 한번 잡기가 쉽지 않은 살이였다. 명호는 정숙의 손을 잡고 방으로 들어와 그대로 방바닥에 이불을 꺼내 깔고 정숙의 몸을 뉘었다. 정숙의 목을 타고 새어 나오는 소리는 여전히 절제된 신음이었다. 명호는 아내를 녀자로 생각할 때 그녀의 절제된 신음이야말로 남자의 광기를 부활시키는 확실한 무기라고 느끼며 정숙의 성스러운 궁을 향하여 공격하기 시작했다.

2

태산은 사무실에서 부하가 작성한 서류를 검토하고 있었다. 이제 명호의 운명이 자신의 손에 들어오는 듯해 뿌듯한 마음이었다. 한 사람의 운명을 쥐락펴락할 수 있는 힘은 공화국에서 내려준 보위원의 지위에서도 나올 수 있지만 철저한 준비를 통해 완성된다는 것을 이번 일을 통해 깨달았다. 동실 소조원으로부터 보고 받고 건네받은 명호의 학갑벽장 속의 비밀을 손에 쥐었으니 이제 은밀히 자신이 준비한 계획이 현실로 다가오고 있다고 생각했다. 이제 이번 일만 성사를 시키면 명호의 운명은 완벽하게 자신의 손에 들어온다는 것을 알고 있었다. 태산은 부과장 동지를 불렀다.

– 내가 지시한 과업은 어드렇게 되어 가고 있니?

태산은 삐딱하게 걸터앉아 부과장을 향해 턱을 쳐들었다. 먹탐이 심해 위생실을 들락거리는 부과장은 숨을 몰아쉬었다.

– 박 과장 동지! 동선을 파악해놔서 언제든지 명령만 떨어지면 포획이 가능하답니다. 고저 명령만 주시면 즉각 조치를 취하겠소.

– 그래. 포획물은 지금 어디에 있니?

생각할수록 구미가 돋는 일이었다.

– 단동 외곽 교회에 은닉하고 있다고 합니다.

– 거참 잘 엮었구나. 교회라면 뭐 예수쟁이로 걸어 엮을 수가 있고, 성경책도 같이 압수할 수 있으니~

태산의 머릿속에는 이미 죄를 어떻게 뒤집어씌울지도 준비되어 있었다.

– 예 박 과장 동지, 좋은 먹잇감~

– 거거 부과장 동지래 서둘러서 탈이라니, 거 아무데나 끼어들지 말래도 그런다~

태산은 으레 부하직원들을 만나면 써먹는 말을 뱉었다. 부과장 보다 사실 마음이 급한 사람은 바로 태산이 자신이었다. 태산이 자신의 이런 속내를 누구보다 잘 알고 있었지만 부하들 앞에서는 침착한 척 시치미를 떼고 있었다.

– 아 예, 예~

부과장이 태산의 성화에 몸 둘 바를 모르고 있었다. 태산은 생각할수록 일이 수월하게 풀리는 듯해 마음이 흡족했다.

– 그 간나래 압록강을 건너 단동에 들어갔다, 하 신의주에서 압록강을 건너 단동에 도강하는 거 이거 하늘에서 별 따기라는데 나 어린 간

나가 도강을 했으니 우리 공화국을 만만히 보았을 게야. 하하하~

— 하하하 박 과장 동지 하하하~

— 거 작작 웃으라. 아무 데고 끼어들지 말래도~

태산은 마치 몸에 익은 듯한 말투로 부과장을 바라보며 미소를 지었다. 이번 일만 성사시키면 태산은 자신의 운명이 무지개처럼 펼쳐질 것이라고 믿었다. 자신의 핏줄을 물려받은 참이와 자신이 가장 연분하고 있는 정숙을 곁에 둘 수 있는 절호의 기회라고 생각했다. 태산은 장차 자기 앞에 펼쳐질 일들을 찬찬히 머릿속에 그려보았다. 정숙을 버리고 남쪽으로 내려가는 명호 동무의 모습, 명호와 동행하고 싶어도 어쩔 수 없이 동행할 수 없는 정숙의 모습, 정숙과 참과 함께 고층살림집에서 행복하게 살아가는 모습을 상상하는 것만으로도 태산은 흡족했다.

태산은 부과장에게서 서류를 받아들고 훑어본 다음 말했다.

— 이보 부과장 동지, 리명호 동무에 죄목이 머인가?

— 예, 기야 당연히 간첩죄이지요.

간첩죄라는 부과장의 대답에 태산은 웃으면서 되물었다.

— 거 너무 세지 않니?

— 박 과장 동지, 어차피 수용소에 가둘 것은 아니잖습니까? 그냥 간첩죄로 몰아대면 제깟 놈이 무슨 대수 있겠느냐 말이지요.

태산은 부과장의 말에 절로 고개를 끄덕거렸다. 보위부에서 키워온 것은 인민들에게 죄를 뒤집어씌우는 기술이었다. 공화국 보위부의 어디서나 특히 돈주들을 끌어들여 없는 죄목을 뒤집어씌워 금전을 갈취했다. 빤한 결론을 지어놓고 심문을 하니 돈주들 뿐만 아니라 재수 없게 걸려 들어온 인민들은 속수무책으로 죄를 뒤집어쓸 수밖에 없었다. 돈을 쥐어주어야 풀려날 수 있다는 것을 모두 알고 있었다.

태산은 부과장을 돌려보내고 창밖을 내다보며 심호흡을 했다. 태산의 마음 같아서는 명호 동무를 아예 정치범수용소에 보내 평생을 갇혀 지내도록 하고 싶었지만 그래도 자신의 핏줄을 건사해준 동무요 또한 그렇게 되면 정숙의 마음이 편하지 않을 거라고 생각했다. 태산은 신사적으로 명호를 남쪽에 닿을 수 있도록 도와줄 계획까지 세우고 있었다. 정숙과 참을 제외한 명호의 가족 셋이 무사히 남쪽에 당도할 수 있도록 뒤를 봐줄 속셈이었다. 태산은 자리에서 일어나 길게 기지개를 켰다. 남상동 민족식당에서 보았던 정숙과 참의 모습이 눈앞에 어른거렸다.

3

모내기 전투를 끝내고 학생들은 학교로 돌아왔다. 상당한 기간 동안 학교를 떠난 학생들에게 책이 손에 쉽게 잡히지 않았다. 집 인근 모내기에 동원되었던 소학교 학생들, 멀리 다른 지역으로 동원되었던 중학교 상급반 학생들은 몸이 물먹은 솜뭉치처럼 무거워 책이 눈에 들어오지 않았다. 새벽녘의 단잠에서 깨어나 밤 아홉 시까지 모내기에 동원되었던 어린아이들까지 모내기 전투를 끝마치자 피로와 허무함에 빠져들었다.

– 만룡이 동무 옆에 가지 말라.

학급실 저쪽에서 동무 하나가 크게 소리쳤다. 만룡은 자리에 앉아 소리 나는 쪽을 쳐다보았다. 상철이 동무 주위에서 얼쩡거리는 놈이었다. 동무들의 눈이 일제히 만룡을 향하고 있었다. 만룡은 이러한 동무들의 시선이 하나도 두렵지 않았다.

– 만룡이 동무래 똥을 먹었다는 거야.

– 뭐이, 똥을 먹었단 말이야?

만룡이 인분을 먹었을 리가 없었다. 만룡은 동무들 가운데서 솔선하여 인분을 운반했다. 다른 동무들보다 앞장서서 인분을 나르고 마른 인분을 물에 버무려 모내기 논에 뿌렸다. 동무들에겐 만룡에게서 똥냄새가 날 것이란 생각은 어쩌면 당연한 것이었다.

– 새끼들아, 나만치 공화국에 충성하는 놈 있음 나와 보라. 어데서 똥 냄새 타령을 하나? 공화국을 위해 까짓 똥도 먹을 수 있다 새끼들아.

만룡의 되바라진 공격에 동무들은 함부로 입을 놀리지 못했다. 자칫 말실수를 저질렀다간 어떤 동무의 공격을 받고 자아비판을 하게 될지 모르는 상황이었다. 참이와 동실이 공부하고 있는 학급반의 모든 동무들이 입을 다물어버렸다. 공화국과 충성심의 결합은 학생들에게 가장 강력한 무기인 것이었다.

그럼에도 몸을 깐죽거리며 흔들면서 만룡의 앞에 걸어 나오는 동무가 있었다. 만룡은 공화국을 내세워 동무들의 입을 봉쇄해버렸지만 조선공화국 따윈 무섭지 않다는 듯 동무 하나가 만룡이 앞으로 튀어나왔다.

– 만룡이 너 오늘 나한테 한번 죽어 보라.

– 하 동실이 너~

만룡의 눈에 들어온 동무는 바로 동실이었다. 동실은 진작부터 모내기 전투가 끝나기를 학수고대하고 있었다.

– 난쟁이 화상 같은 놈이 뭐 어드래?

– 새끼야, 공화국 김정은 원수를 위해 충성하겠다는데 무슨 간섭질

이냐?

만룡의 태도 역시 동실에 밀리지 않았다. 동실은 만룡의 입에서 김정은 원수라는 말이 튀어나오는 순간 움찔했지만 결코 물러서지 않을 생각이었다.

- 공화국에서 김정은 원수님이 아무리 위대하지만 만룡이 너는 오늘 나한테 죽탕 맞으라.

- 어째 그러하니? 감히 동실이 너 눈에 원수님이 우습게 보이니?

싸움의 실마리는 풀리지 않고 이상하게 김정은 원수라는 말로 회오리를 치고 있었다. 김정은 원수야말로 절대지존, 누구도 그 이름 앞에서는 화를 내도 싸움질을 해도 안 되는 이름이었다.

- 나는 여기서 죽어도 울 어머니를 우습게 보는 놈은 용서하지 않을 거야.

- 뭐, 네 어머니를 무시했다고?

만룡과 동실은 한판 붙을 기세로 이제 아예 싸움 자세까지 취하고 있었다. 의자에서 일어선 만룡이 한 손으로 책상을 짚어 공중으로 몸을 날렸다. 만룡의 몸은 뜻밖에 날렵했다. 모내기 전투에 고되고 힘이 파인 것도 아랑곳하지 않고 만룡은 백두대감답게 기개를 세웠다.

- 뭐이 어드래? 울 어머니가 죽은 오미란이 하녀보다 못하다구?

동실의 입에서 오미란이란 이름이 튀어나오자 동무들이 일제히 우~ 함성을 질렀다. 오미란이란 죽은 배우의 이름이 갑자기 학급반 분위기를 들썽거렸다.

- 그래, 네 어머니 보니까 아주 그냥 허세가 당찬 게 뭐 어울리지 않는 색안경을 끼고 말이야~

- 아니 이 새끼가 정말~

동실의 주먹이 만룡의 턱을 향해 날아갔다. 만룡은 빠르게 몸을 날려 동실의 주먹을 피했다. 제법 주먹을 휘두르고 피하고 다시 휘두르고 피하면서 싸움질 분위기로 전개되었다.

– 짜식, 어서 때려 보라. 내래 〈도라지꽃〉에 나오는 오미란의 하녀를 똑똑히 보았단 말이다. 네 어머닌 근처에도 못 따라 가지비~

만룡의 입에서 동실을 놀리는 야유조의 말이 흘러나왔다. 만룡의 야유에 동실은 몇 번 주먹을 휘둘러보았지만 허공만 갈랐을 뿐이다. 동실과 만룡이 티격태격하는 사이 학생들의 시선은 온통 동실과 만룡에게 향했다. 하지만 동무들이 느끼지 못하는 예리한 시선이 호상 교차했다. 바로 참이와 상철의 시선이었다. 참이와 상철은 마음속으로 서로 신경전을 벌이고 있었다. 동무들은 참이와 상철의 이러한 보이지 않는 신경전을 느낄 수가 없었다.

다만 동실만이 이들의 관계를 알아차리고서 둘의 사이에서 은근히 지렛대 역할을 하고 있었다. 지난날 같으면 동실에게 상철은 눈에 가시같은 존재나 마찬가지였을 것이다. 하지만 태산의 소조원 노릇을 하게 되면서 상철과 척을 지면 안 된다는 것을 누구보다 동실 스스로 깨달았다. 동실은 소조원 노릇을 하며 은근히 이런 자신의 태도에 스스로 빈감을 갖기도 했지만 달러 맛을 보면서 마음을 달리 먹기로 했다.

– 야, 저기 저거 누구이니?

학급반 동무 하나가 유리창 너머를 바라보며 소리쳤다. 학생들의 시선이 일제히 유리창 너머 운동장으로 향했다. 운동장에서 속옷 차림으로 달리기를 하고 있는 사람의 모습이 보였다. 학생들은 누구인지 모르나 속옷만 입고 뛰고 있는 사람이 벌을 서고 있다는 것을 알 수가 있었다. 운동장 가녘에서는 고압적인 모습의 부교장 선생의 모습이 보였다.

- 야, 저거 역사 생코 아니니?

- 뭐 어째? 역사 생코? 오, 맞다. 역사 생코 맞다~

학생들의 입에서 하나같이 역사 선생이란 말이 튀어나왔다. 동실과 만룡의 싸움은 이미 역사 선생의 체벌 받는 모습에 묻혀 슬그머니 끝나버렸다. 학생들은 일제히 유리창 창틀에 배꼽을 가져다 대며 구경거리를 만난 듯이 운동장을 바라보았다.

참은 얼굴이 따갑게 느껴졌다. 아버지가 어찌하여 속옷 차림으로 운동장을 돌고 있다는 말인가? 생각 끝에 모내기 전투 첫날 하루종일 자리를 비운 사실을 떠올렸다. 아버지 역시 모내기 전투가 끝나면 가장 먼저 자아비판을 해야 할 것이라고 했던 사실도 기억속에 떠올랐다. 공연히 허기가 올라오며 서글퍼졌다.

참은 창밖에서 시선을 거두어들이며 눈물을 흘렸다. 스승의 자아비판을 눈요기 꺼리로 여기며 쳐다보고 있는 동무들이 야속했다. 아버지를 생각하면 참은 견딜 수가 없어 갑자기 헛 구역질을 했다. 뒷문을 열고 나와 위생실로 달음질을 쳐서 뱃속의 음식을 토해냈다. 먹은 것이 부실해도 이상하게 뱃속에서 올라오는 토사물은 끊임없었다.

- 참이 동무, 어찌 그러니?

- 일없다, 동실아.

위생실로 들어와 참의 등을 두들기는 동실의 태도에 참은 공연히 화가 났다. 만룡의 당부가 참의 귓전을 잡아당겼다. 참은 아버지가 속옷 차림으로 운동장을 돌며 체면이 무너질수록 동실 동무가 야속하다는 생각이 들었다. 학갑 속에 있는 비밀스런 책들에 대한 사진을 찰칵찰칵 박아대던 동실의 모습을 떠올리며 몸을 부르르 떨었다.

- 참이 동무, 뭐를 잘못 먹었나? 일없나?

– 동실아, 앞으로 너는 동무 아니다.

동실의 행동은 참이에게 너무나도 야비하게 보였다.

– 뭐, 뭐라고? 난데없이 동무 아니라니, 게 무슨 소리이니?

– 만룡이 동무가 너더러 검정새치라 하더라. 검정새치가 머인지 동무가 모르진 않겠지?

참은 만룡이 동무에게 들은 말을 뱉어내고 말았다.

– 만룡이 고저 죽탕 쳐서 죽여 버리고 싶다~ 기깟 만룡이 동무 입에서 지껄이는 소리 어찌 가슴에 담아두고 있나?

참은 죽일 듯이 동실을 노려보았다. 예전 같으면 있을 수 없는 일이었다. 무슨 일에나 서로 위해주고 감싸주던 동무가 바로 동실이었다. 하지만 이제 상황이 달라졌음을 참은 뼈저리게 깨달았다. 아버지를 대하던 동실의 태도, 동무의 가슴에 총구를 겨누는 일이라고 참은 생각했다. 지금은 아버지가 모내기 전투에 불참한 이유로 자아비판을 하고 있지만 동실의 손에 든 학갑 속의 사진들이 밝혀진 날에 닥칠 일을 생각하면 아득했다. 참은 냉정히 동실의 눈빛을 뿌리치고 위생실 밖으로 나와 운동장을 향해 달려갔다.

참이는 운동장 가녘에서 겉옷을 벗어냈다. 그리고는 자신도 속옷 차림으로 운동장을 돌기 시작했다. 아버지의 자아비판을 자식인 자신이 조금이라도 덜어낼 수 있다면 이까짓 체면이야 아무래도 좋았다. 참은 이를 악물었다. 이를 악물고 아버지를 향해 뛰어갔다. 땀을 뻘뻘 흘리는 아버지가 참을 쳐다보았다.

– 아니, 참이 너 이 무슨 짓거리니?

– 아버지, 아닙니다. 아버지하고 같이 운동장 뛰렵니다.

참은 진심에서 우러나온 말이었다.

– 그래도 그렇지, 참이 네가 어찌 이런 짓을~

명호는 내심 아들애 참이의 동참이 뿌듯하게 느껴졌다.

– 아, 아닙니다. 아버지가 뛰는데 자식이 어찌 뛰지 말란 공화국의 법이라도 있습니까? 아주 그냥 시원하고 좋습니다.

– 참, 참아, 못난 아버지 두어 미안하다. 내가 못나서 미안하다~

아버지는 뛰면서 울먹이고 있었다. 울먹이며 뛰는 아버지를 따라 참은 뒤처지지 않고 뛰었다. 이런 모습들을 각 학급 유리창 너머로 학생들이 일제히 바라다보았고, 학교장 이하 부교장, 다른 선생들도 눈요기 삼아 바라보며 웃었다.

이날, 아버지를 따라 참은 운동장 열 바퀴를 돌았다. 힘이 들었지만 아버지의 자아비판 대열에서 함께 자아비판을 하며 뜨거운 부자애父子愛를 느꼈다. 참이 태어나서 가장 뜨겁게 느낀 부자애였다. 다리가 팍팍해도 힘이 드는 줄을 몰랐다. 어느 순간에는 아버지와 손을 잡고 뛰다 보니 새로운 힘까지 솟구치는 것이었다. 아버지는 한사코 참이한테 미안한 눈빛과 함께 진정한 마음을 담아 말하는 것을 잊지 않았다.

– 참아, 너 아버지 아들애 맞지?

– 아버지 새삼스럽게 무슨 말이에요?

참이는 태연한 태도로 되물었다.

– 허허 이렇게 참이 너하고 속옷 차림으로 달리니깐 묘하구나야.

– 좋기만 합니다, 아버지~

참이는 열심히 뛰면서 이를 활짝 드러내고 웃었다.

– 참아, 너 어머니한텐 비밀이다. 이거 사내들만의 비밀이야, 알겠니?

– 예, 아버지. 사내들만의 비밀 맞습니다. 고저 봄이 입이 가벼워서

걱정이지요.

  운동장을 돌면서 참은 아버지와 눈빛을 마주치며 여러 번 가벼운 웃음을 지었다. 새삼 아버지란 존재가 소중하게 다가왔다. 상철의 아버지 문제로 조금 멀어진 아버지와의 관계가 자아비판이란 이상한 상황에서 한껏 친숙해지는 느낌에 참은 흡족했다. 참은 가족이란 어떤 경우에도 배신할 수 없는 것이라고 생각하며 이마의 땀을 닦았다.

제24장 위태로운 녀자의 날개

1

춘희는 자신이 마치 지꿎은 꿈나락에서 비비닥거리고 다니는 느낌이었다. 어떤 때는 첩보원이 되었다가 어떤 때는 누구나 꺾을 수 있는 담장 밑의 꽃이 되어버린 느낌이었다. 춘희의 의지와 상관없이 국경을 넘어 아랫동네에 가버린 어머니의 존재는 춘희의 운명을 송두리째 흔들어놓았다. 날벼락을 맞고 생불을 받듯 춘희에게 일어난 일련의 일들은 크나큰 재앙으로 이어지고 있었다.

혹독한 보위사령부 신병훈련을 거쳐서 엄청난 경쟁을 뚫고 획득한 교환수 자리는 춘희에게 자랑거리이며 자부심이었다. 호위사령부의 신병훈련을 마치게 되면 녀군들은 대부분 해안포나 고사포부대에 배치되었으나 춘희는 특수부에 배정되는 행운을 잡았었다. 일반무력부에서는 엄두도 내지 못할 특수부에서 번쩍 번쩍 빛나는 제복을 갖춰 입고 폼을 잡았던 세월이 엊그저께가 아닌가 말이다.

동무들은 제법 운이 트였다고 입이 닳도록 칭찬을 하였다. 여성들 사이에서는 횡재를 만나 호박을 잡았다며 부러움의 대상이 되기도 하였다. 게다가 순박하고 부지런하며 포부도 남달랐던 용길 씨를 만나 혼인 약속까지 했던 터인데 제대로 이별을 고하지도 못하고 죄인이 되어 차가운 압록강을 건너온 춘희의 마음은 찢어질 대로 찢어지고 있었다.

리명호 선생한테 맡긴 편지는 순전히 보위부의 지시에 의해 계략된 것이었다. 순박한 용길 씨에게 돈이 무슨 의미가 있겠는지~ 수십 자루의 돈다발이라 한들 아무런 의미가 없을 것이다. 일이 이렇게 될 줄 알았더라면 차라리 용길 씨가 춘희의 몸을 더듬어 올 때 혼인할 때까지만 참아달라던 애달픈 말 대신 모른 척 가슴을 내어줄 걸 하며 후회가 되었던 것이다.

리명호 선생이 용길 씨의 연락처를 물어왔을 때 춘희는 사실대로 알려줄 수가 없었다. 용길 씨의 조작된 연락처를 알려주라고 이미 보위부로부터 지시받았기 때문이었다. 보위부가 지시한 대로 엉뚱한 연락처를 리명호 선생한테 알려주었다. 그러나 편지의 내용에는 춘희의 진심을 담은 내용으로 채워졌다. 춘희는 어떻게든 이 편지가 보위부의 계략에 의한 것이라 할지라도 용길 씨에게 전달될지 모른다는 생각이 들었기 때문이었다. 보위부에서 편지의 내용을 한번 훑어본 다음 몇 군데 수정을 하게 했을 뿐 전혀 문제 삼지 않았었다.

이상한 것은 편지를 써서 건네기만 했을 뿐 춘희가 그 편지를 직접 봉투에 넣지 않았다는 것이다. 편지를 건넨 뒤에 보위부 요원이 봉투에 넣은 편지를 춘희에게 건네주었다. 그리고 보위부가 편지에 200달러 정도를 동봉했으니 용길 씨에 대한 위로금 명목이라고 리명호 선생한테 귀뜀하라고 지시했다. 춘희는 이때부터 이들의 말에 의심이 가기 시작했고 이상한 모략을 시도하고 있다는 느낌이 들었다.

그럼에도 용길 씨를 만나면 춘희가 그간 고마웠다고 전해달라는 말은 춘희의 진심에서 우러나온 말이었다. 리명호 선생이 용길 씨를 만날 수 없다는 사실을 명백하게 알고 있기 때문에 춘희의 목소리는 더욱 떨렸고 흐느낌이 되어버렸다. 백두산 들쭉주나 한잔 마시고 춘희를 잊어달라고 리명호 선생한테 했던 말도 용길 씨가 들으라고 했던 말이 아니었다. 춘희의 가슴 밑바닥에서 혼자 치고 올라오던 말이었다.

리명호 선생한테 전해진 그 편지는 보위부가 지정한 이상한 연락처로 정말 전해지는 것일까? 편지 안에 동봉한 200달러라는 말은 정말 사실이었을까? 얇게만 느껴졌던 편지 봉투에 어떻게 200달러를 넣었다는 말인가? 꼬리를 물고 여러 의혹들이 생겨났지만 누구한테 물어볼 엄두를 내지 못했다.

리명호 선생은 그 편지를 정말 전해주려고 보위부가 지시한 연락처를 찾아갔던 것일까? 대체 보위부 간부는 무슨 음모를 꾸미려는 것인가? 별의별 생각들이 떠올랐다 사라지곤 했다. 춘희 앞에서는 화난 모습을 단 한 번도 보이지 않을 정도로 순박한 사내에 대한 미안함이 가슴에 가득 차올랐다. 이제 두 번 다시 그 사람을 만날 수도 없고 만나서도 아니 된다는 것을 익히 알고 있었다. 목숨을 걸어야 하는 불안한 여정이 춘희를 불면증에 시달리게 했다.

어둠 속에 눈을 감아도 머릿속에 자꾸만 또렷이 떠오르는 얼굴들 때문에 밤새 몸을 뒤척였다. 단동의 외곽 교회라는 데는 정말 믿을 수가 있는 곳일까. 생전 처음 보는 낯선 풍경, 예수라는 사람이 세상을 구원하기 위해 세상에 내려와서 십자가를 짊어지고 죽음을 통해 사람들의 죄값을 대신 치렀다는 믿지 못할 말씀은 어둠 속에 콕 콕 가슴을 비집고 들어왔다.

춘희는 국경을 넘어 낯선 외곽 교회에서 함께 남쪽으로 내려갈 다른 동무들을 만나게 되리라는 생각은 전혀 해보지 못했다. 저마다 사연들을 가지고 남쪽에 내려가 정착하려는 사람들이 많다는 사실도 뜻밖이었다.

– 춘희 동무, 여게 어떻게 오게 되었는가?

나이가 지긋해 보이는 여성 동무의 말에 춘희는 대답을 하지 않았다. 작은 방에 삼삼오오 둘러앉아 앞길이 보이지 않는 안개 속을 터벅

터벅 걸어가는 사람마냥 무심결처럼 물어오곤 했지만 아무런 생각이 없는 것처럼 춘희는 대꾸하지 않았다.

─ 듣자니 저 아랫동네에 어머니가 있다면서~

춘희는 다들 처지가 비슷한 듯해 보이는 동무들과 말을 섞지 않았다. 춘희는 이들과 남쪽에 내려가려는 처지는 같지만 격이 다르다는 생각을 했다. 굶주림에 시달리다 국경을 넘거나 북조선을 떠나 중국 등지에서 돈을 벌기 위해 국경을 넘은 동무들과는 스스로 차원이 다르다고 생각했다. 보위사령부 특수부에 배치받아 번쩍번쩍 빛나는 제복을 입고 사내까지 꿰찬 춘희의 자존심은 허접해 보이는 다른 동무들과 분명히 달랐다. 키가 훤칠하고 입성도 맵시 있어 보여 사람들의 눈에 두드러지게 보였다. 춘희는 자신과 자꾸 말을 섞으려는 동무들에게 곁을 주지 않았다. 피차 외롭고 불안한 처지이지만 이상하게 북쪽에서의 자신의 과거를 드러내고 싶지 않았다. 더군다나 생계를 위해 선택했던 도강渡江이 아니라 남쪽을 동경해서 남쪽으로 내려간 가족이 있다는 사실이 섣불리 동무들에게 과거를 털어놓지 못하도록 했다.

춘희가 가장 듣기 싫은 말은 어떻게 압록강을 건넜느냐는 물음이었다. 처음 만나는 사람들은 춘희에게 두만강 상류도 아니고 수심이 깊은 압록강을 녀자 혼지 몸으로 어떻게 건넜는지 자꾸 물어왔다. 춘희는 심드렁한 표정으로 웃어줄 뿐 도강의 기억들을 떠올리며 대답하려 하지 않았다. 춘희에게 국경을 넘게 된 과정은 마치 첩보작전 같았기 때문이며 녀자로서 씻을 수 없는 상처를 받은 대가代價에 다름 아니기 때문이었다.

춘희는 교회의 종소리에 마음이 조금 평정되는 듯했다. 그녀는 가끔씩 저간의 일들이 떠올라 소스라치게 놀라곤 했다. 지금껏 연분사랑

하던 사내를 위해 소중히 간직했던 몸이 찢어지는 아픔을 겪어야만 했고, 춘희를 위해 진정으로 염려해주고 위해주던 담임 교원에게 씻을 수 없는 상처를 만들고 말았던 것이다. 춘희가 처음 고등중학에 담임을 뵈러 갔을 때만 해도 보위부에 동무가 있다는 담임에게 진정으로 도움을 받고 싶었다.

군 보위부 정치부장이 느닷없이 들이민 제대명령서가 남쪽으로 내려간 가족 때문이 아니라면 춘희 자신의 탓이라고 생각했다. 하루 몇 시간씩 수령의 초상화 앞에서 절을 하는 것은 힘들다고 생각하지 않았다. 이때껏 공화국을 위해 쏟아부었던 충성심에 대한 의심은 춘희의 자존심을 야멸스럽게 짓밟아버렸다. 당장 목숨을 내놓으라 하면 거리낌 없이 내놓았을지도 모른다. 하지만, 어머니를 향해 총을 겨눌 수 있겠느냐는 말에 춘희는 결국 고개를 저을 수밖에 없었던 것이다. 정치부장의 제대명령서는 어쩌면 이런 것에 연유했을 것이라고 생각했다.

춘희는 당장 담임 교원에 대한 죄책감이 가슴을 짓누르고 있어서 숨쉬기조차 힘들었다. 저도 모르게 내뱉어지는 깊은숨을 보고 동무들은 까닭모를 위로를 보냈지만 춘희에겐 그 어떤 것도 위로가 되지 못했다. 수령의 동상 앞에서 실컷 울어보아도 전혀 위로가 되지 않았다. 어머니의 사상을 춘희에게 덮어씌우지 말라는 애절한 몸짓은 심문원 따위에겐 한밤중의 개 짖는 소리나 다를 바가 없었다. 수령에게 무릎이 닳도록 밤을 새워 절을 하는 충성심도 공화국에 대한 어머니의 배신죄의 대가를 잠재우지 못했다. 공화국 군인으로 죽겠다던 춘희의 열혈충성 앞에 내밀어진 것은 제대명령서와 보위부 조사였던 것이다.

돌이켜 생각해보니, 차라리 담임을 찾아가지 않았더라면 더 나았을지도 모른다. 리명호 선생의 동무가 보위부 간부라는 소문은 위기에 처한 춘희에게 반가운 소식이었다. 더군다나 보위부에서 받는 심문이야말로 악랄하다는 소문이 자자했다. 지하실에 끌려가면 반송장이 되어 나온다고 했다. 더욱 두려웠던 것은 자칫 정치범수용소에 수용될 수도 있다는 압박감 때문이었다.

그러나 춘희가 보위부의 호출을 받고 조사실에 들어갔을 때 이상할 정도로 나긋나긋한 조사원의 태도에 머리를 갸우뚱했다. 죄인이 되어 심문을 받으러 온 사람에게 예의를 갖추고 차를 끓여주며 간부의 방으로 안내까지 해주었던 것이다. 춘희는 간부의 방에 들어갈 때까지 지금 일어나고 있는 상황의 갈피를 잡지 못했다. 그러나 보위부 간부의 은밀한 제안을 듣고서야 일의 가닥을 리해할 수가 있었다.

보위부 간부는 이미 춘희에 대해 모든 것을 파악하고 있는 듯했다. 리명호 담임을 찾아간 것도 미리 알고 있었을 것이라고 춘희는 짐작했다. 간부라는 사람은 단도직입적으로 시키는 대로만 하면 탈 없이 공화국을 벗어날 수 있도록 돕겠다고 했다. 춘희는 지푸라기 하나라도 잡고 늘어져야 하는 판국에 앞뒤 재고 어쩌고 할 여유가 없었다. 뭐든 시키는 대로 하마고 고개를 너볏너볏 끄덕거렸을 뿐이다. 그러나 이러는 보위부 간부의 속셈이 리명호 담임을 향하고 있음을 알아차리기까시는 채 한 식경도 길지 않았디.

– 내 단도직입적으로 말 하갔는데 동문 공화국에서 반동분자야.

– 반동이라니 가당찮습네다.

춘희는 펄쩍펄쩍 뛰었다. 조선공화국에서 반동분자란 낙인은 곧 죽음이기 때문이다.

– 거 뛰지만 말고 잠자코 들어보라. 동무에 어머니하구 녀동생이 지금 어데 있나?

춘희는 간부의 직설적인 말에 대답을 하지 못하고 빤히 쳐다보다가 고개를 떨구고야 말았다. 결국 남조선에 내려간 반동분자의 가족이라는 올가미를 피할 수 있는 어떠한 변명도 있을 수가 없었다.

- 어찌 대답을 하지 못하니?
- 높으신 선생님, 공화국에 대한 이 춘희의 충성심은 변함이 없습네다.

춘희는 정신을 바짝 차리며 또박또박 대답했다.

- 동무 고저 답답하구만. 동문 제대명령설 받고 보위부에 사상 검사를 받기 위해 출두한 죄인의 몸이란 말이야 어. 아랫동네 어머니하구 은밀히 손전화 한 거 이거 반동이 아니고 머이니?

춘희는 말문이 꽉 막혀버렸다. 보위부의 감시가 얼마나 철저했으면 남쪽의 어머니와 손전화 했던 일까지 꿰뚫어 보고 있다는 말인가.

- 선생님, 한 번만 용서해 주시라요. 내 오마니 인연 끊을 수 있다 말입네다.

- 동무 고저 말 한 번 본때 있게 잘 하누만 그래. 핏줄이란 거는 동무 맘대로 맺고 끊고 하는 게 아니야. 하늘에서 맺어준 숙명이란 말이지. 나약한 인간이 어찌 하늘에서 맺어준 숙명을 저 맘대루 끊고 말고 하니?

간부는 마치 천륜이라는 하늘이 맺어준 숙명의 올가미는 열 번을 내리쳐도 끊어지지 않을 것처럼 강조했다. 부모와 자식이란 죽음으로조차도 그 인연을 끊을 수가 없는 것이로구나. 춘희는 이제 죽었구나, 도저히 뾰족한 방법이 없을 것 같다고 생각했다. 춘희는 대답 대신에 뜨거운 눈물을 쏟아냈고 죽음을 각오해야만 할 따름이었다.

- 고저 죽여주십시오.

– 키대 크고 맵시도 고운 젊은 처자를 그냥 죽이는 것은 공화국에 소모 짓 아니갔니? 동무, 내래 시키는 대로 할 수 있가서?

간부의 갑작스러운 말에 춘희는 끝없는 절망의 동굴에서 한 줄기 빛이 느껴졌다. 보위부의 거미줄 같은 덫에서 빠져나올 수만 있다면 뭔들 못하겠는가. 춘희는 심호흡을 하며 고개를 쳐들어 간부를 쳐다보았다.

– 리명호 력사 선생 만난 적에 있지?

춘희는 다시 놀라며 고개를 주억거렸다. 보위부는 춘희의 일거수일투족을 빠짐없이 감시했던 모양이다. 간부는 춘희의 고개 끄덕임에 씁쓸히 한쪽 입가를 틀어 올리며 알 수 없는 미소를 날리고 있었다. 춘희는 그 간부가 은근히 리명호 선생을 비웃으며 교만함을 드러내고 있음을 순간적으로 느낄 수가 있었다.

– 춘희 동무, 리명호 선생이 반동분자라는 사실을 몰랐니?

– 모, 몰랐습니다. 그럴 리가 없습네다.

담임선생이 반동분자라는 말을 들을 때도 춘희는 똑같이 펄쩍펄쩍 뛰었다.

– 거 자꾸만 뛰지 말라니까~ 반동분자가 반동분잘 만났으니 이거는 공화국에서 총살감이야.

– 높으신 선생님, 제발 살려 주세요.

춘희의 입에서 본능적으로 살려달라는 말이 튀어나왔다. 리명호 선생이 반동분자라는 보위부 간부의 말은 살이 떨리게 만들었다.

– 고 성미 한번 급하누만 그래. 누가 동물 죽인다고 이러하니?

– 뭐든 시켜만 주시라요. 내래 전쟁이 나면 어머니한테 총을 겨눌 수도 있소.

춘희는 되다만 말을 마구 흘렸다. 머릿속에서는 차마 이 말만은 하지 말아야지 다짐하면서도 입술 끝에서는 토란잎 위를 구르는 물방울처럼 거침없이 흘러나왔다. 간부의 표정이 손바닥을 뒤집는 것 마냥 쉽게 펴지면서 담배를 피워 물었다. 춘희는 입술이 타들면서 몸을 파르르 떨고 있었다.

– 동무에 그 기백이 이제 마음에 드누만 그래. 그래 살고 싶지?

– 살려 주시라요. 제발 살려만 주시오.

그러자 간부가 은근한 미소를 띠면서 춘희 가까이 걸어왔다.

– 춘희 동무, 아랫동네로 내려가라.

춘희는 간부의 말에 반사적으로 고개를 저었다. 어떻게 처신을 해야 지금의 위기를 넘길 수가 있단 말인가. 대체 보위부 간부의 속셈은 뭐란 말인가. 도강을 하기 위해 담임 교원을 찾아간 사실조차 이미 꿰뚫고 있을 거라는 생각에 숨이 턱 턱 막혀버렸다. 하지만 간부의 이어지는 말속에서 춘희는 어렴풋한 빛이 새어드는 것을 느꼈다.

– 압록강 건널 수 있도록 뒤 봐줄 테니 아랫동네루 가라.

춘희는 간부의 얼굴을 넋이 나간 사람처럼 쳐다보았다. 간부의 말투가 장난이 아니라 사뭇 진지하게 들렸기 때문이다.

– 내래 시키는 대로 하면 무탈하게 건널 수 있도록 도와주가서. 공화국 보위부 이름을 걸고 내 략속하가서. 하니깐, 리명호 선생 찾아가서 먼저 연락 브로커 손전화 번호를 따란 말이지. 그다음엔 브로커 시키는 것을 내게 보고만 하면 동문 무탈하게 압록강을 건널 수 있도록 뒷배를 봐 주가서. 내 말 무슨 말인지 알아 듣겠나?

춘희는 보위부의 간부가 리명호 선생을 무엇 때문에 감시하려는지 이해가 되지 않았지만 앞뒤 재지 않고 고개를 주억거렸다. 간부는 묘한 느낌을 담아 씨익 볼웃음을 지었다. 그는 담배연기를 흡흡 빨아들인 다음 푸푸 하고 뱉어냈다. 담배 연기가 춘희의 코끝에서 회오리치며 천장으로 말려 올라갔다. 순간 적막이 흘렀고 춘희의 시선이 담배 연기처럼 어지럽게 흔들렸다. 간부는 태우던 담배를 비벼 껐고 그의 거친 손이 난데없이 춘희의 가슴을 파고들었다. 춘희는 저도 모르게 파들짝 화들짝 놀라며 몸을 파르르 떨었다.

– 달 못 찬 아이처럼 와이러니?

– 높으신 선생님 제발, 내래 용길 씨한테도 가슴 내주지 않은 녀자란 말입네다.

춘희가 제법 강단지게 간부의 손을 저지하며 대꾸했다. 특수부에 차출되어 사내 못잖은 훈련까지 견뎌냈던 춘희였지만 보위부 간부의 힘을 저지할 수는 없었다. 이런 춘희의 반항을 오히려 기다리기라도 했다는 듯 음흉한 볼웃음을 지으며 간부의 거친 손은 끈질기게 가슴팍을 파고들었다.

– 거 녀성 동무에 순정이란 거는 내처럼 재바른 사내들을 위해 존재하는 거이야. 눈 찔끔 감고 날 용길 씨로 생각하라우.

– 아이 에그나……선생님, 제발~

춘희가 빠져나오려고 몸부림을 칠수록 간부의 손놀림은 점점 거세졌다. 젖집유방을 한 움큼 움켜쥐어 마구 주무르나 싶었는데 거침없는 손을 잽싸게 춘희의 등 뒤로 돌려 가슴 띠브래지어를 해체해버렸다. 본능적으로 저항하는 소리가 춘희의 목구멍에서 간헐적으로 흘러나왔지만 억센 간부의 숨결이 입술마저 덮쳐버렸다. 춘희는 더는 저항하는 것이 사태를 되돌릴 수 없다는 것을 깨달았다. 저항하다 지쳐 신음소리가 되어버린 키대 좋은 춘희의 몸을 간부는 재게 푹신한 의자에 길게 눕혔다. 그날, 춘희의 여성은 보위부 간부의 억센 힘에 눌려 유린당하고 말았다. 간부의 힘에 눌려 저항할 힘조차 써보지 못하고 용길 씨에 대한 미안스러움에 눈물만 흘렸을 뿐이다.

남쪽 어머니에 대한 소식을 브로커를 통해 전해 듣고 은밀히 달러까지 전달받았지만 믿을 수가 없는 브로커들 때문에 압록강 도강이란 하늘에 별따기라는 말도 들었다. 그래서 리명호 담임을 찾아간 것이 어떻게 보면 화근이 되었는지 모른다. 담임이 연결해준 브로커야 믿을 수가 있겠거니 생각한 뜻이었는데 결과적으로 보위부 간부를 만나 녀자의 소중한 것까지 짓밟히고야 말았다. 이제 어떤 남자를 만나더라도 평생 아무도 모르는 상처를 가슴 속에 안고 살아야 하는 숙명이 되고 말았던 것이다.

춘희가 압록강 건너 단동의 외곽 낯선 교회에서 이렇게 숨을 쉬고 있는 것은 결코 살아서 편히 쉬는 숨이 아니었다. 낯선 나라 낯선 환경에서 여전히 불안한 것은 자신의 앞날이었다. 보위부 간부의 약속대로 겨우 중국 단동의 외곽지역에 당도하여 살얼음판을 걷는 것처럼 불안하게 지내고 있지만 내일날에 대하여 어떠한 것도 장담할 수가 없었다. 간헐적으로 몰려오는 공화국에 남은 가족에 대한 미안함과 보위부 간부의 덫에 걸려버린 담임선생에 대한 죄책감이 가슴을 짓눌렀다. 용길 씨에 대한 그리움은 이미 춘희에게는 사치나 다를 바가 없었다.

신의주의 외곽에서 담임으로부터 소개받은 연락책 브로커를 만나고 리명호 담임이 브로커의 자동차를 타고 국경 지역으로 이동한 얘기, 연락책의 손전화로 남쪽의 어머니와 국경에서 통화를 했던 사실, 압록강 도강 하루 전에 담임을 만나 준비된 편지를 지시대로 담임에게 전한 사실 등을 하나도 빠뜨리지 않고 전하며 보위부 간부에게 검정새치 노릇을 했던 것이다.

밤이 이슥하게 깊어가도 잠을 이루지 못한 채로 뒤척이는 시간이 늘어갔지만 춘희로서는 스스로 어떻게 해볼 엄두가 나지 않았다. 제각기 가슴속에 간직한 꿈들을 안고 하루하루 기다리는 살이, 마음을 닫아버리고 공화국에서 있었던 은밀한 얘기들을 밖으로 흘리지 못했다. 사람들은 대개 비슷한 처지들이어서 살아온 여정을 터놓고 풀어놓는 모양이었지만 춘희만은 상처를 풀어헤치고 싶지 않았다.

어둠이 깊고 밤이 깊어갈수록 사람들은 고달픈 세월을 잊어버리기라도 하려는 듯 잠속에 빠져들기도 했지만 개중에는 간헐적으로 훌쩍이며 눈물을 훔치는 사람이 있음을 알 수가 있었다. 저마다 가슴속에 쌓아둔 눈물주머니가 흘러넘쳤다가 다시 빨려들며 곡예를 하는 듯했다. 춘희보다 나이 어린 녀자애도 있고 나이 지긋한 아주머니도 있고 주름살이 사납게 얽힌 할머니도 있었다.

춘희는 조용히 어둠을 펄럭이며 자리에서 일어나 교회의 옥상으로 올라갔다. 가슴속에서 솟구치는 울음을 참을 재간이 없었기 때문이다. 옥상 가녘에서 공화국 쪽을 향해 숨을 들이키는데 그만 참았던 울음이 쏟아져 나왔다.

멀리 공화국을 향하여 펼쳐진 거대한 어둠의 자락 끝에서 춘희의 핏발선 울음소리가 펄럭거리고 있었다. 엉, 엉 소리를 내어 울고 있는 그때 춘희의 등을 누군가 가만히 두드리는 손길이 있었다. 춘희는 칠흑같은 어둠 속에서 자신의 어깨에 얹히는 거친 손가락의 움직임조차 눈치채지 못하고 울음 속에 젖어있었다.

― 춘희 동무, 실컷 울라. 맺힌 한을 푸는 데는 고저 울음이 최고더느마는~

춘희는 같은 방에 묵고 있는 유난히 손마디가 굵은 억세 보이는 중년 녀자의 위로를 받았지만 여전히 울음을 주체하지 못했다. 남쪽의 어머니를 찾아가려는 바람 앞에 선 촛불 같은 위태한 희망이라도 있었다면 단동의 교회에서 낯선 중년 녀성을 만나지 않는 편이 나았을지 모른다. 녀자는 춘희의 곁에서 한참동안 기다리고 있었다. 울음이 그치기만을 기다렸다가 춘희의 울음이 그치자 춘희에게 닥칠 불길한 여정을 예언이라도 하듯 말자루를 잡아나갔다.

2

  — 춘희 동무, 예쁜 처자가 무슨 한이 맺혔는지 모르갔지만 여게 동무들 모두 가슴에 처절한 피맺힌 한들이 맺혀 있어야. 보아하니 다리매각선미도 빼나고 색시꼴색시태이 풀풀 나는 게 사내놈들이 그냥 쳐다만 봐두 혀에 단물이 고이겠다야. 여게 있는 녀자들 밑구멍 성한 녀자 하나도 없다는 거는 지레짐작 했겠지만서두 낯선 타관 땅에 오래 굴러 다닌 녀자들은 거 밑자리 간수하기 어케 힘든 줄은 아나?

  중년의 녀자는 억센 손으로 툭, 툭 춘희의 등을 건드리면서 아픈 가슴에 아예 대못을 박을 작정을 하고 있었다.

  — 배가 고파 도강을 했더래는데 내래 십수 년을 떠돌이 신세로 이국 땅에서 이래 떠돌아다니고 있지 않니. 중국 놈들 말만 믿었다가 고저 이리저리 팔려 다녔더래서. 되놈도 정들면 서방 되지 말란 법이 어디 있겠니. 고저 착실한 중국 사낼 만나 살아 보려고 혼인까지 했드랬지. 하지만 언놈들이 밀고를 해댔는지 배가 불룩허니 고저 태앉기임신 7개

월 이짝저짝일 무렵에 말이야 공안 당국에 붙들리고 말았지비. 이거 이거 무신 운명에 장난짓거리냔 말야.

중년의 억센 녀자는 말자루를 낚아채고 마냥 달리기를 하듯 하다가 제풀에 흐느낌을 섞어 말하고 있었다. 녀자의 말을 듣지 않았다면 까짓 툴 툴 털어버리고 남쪽으로 내려가 어머니와 동생과 상봉할 생각을 더욱 강력히 틀어잡았을지 모른다. 가슴에 상처뿐인 무용담도 아닌 것을 주절거리는 중년 녀자의 말 속에서 애당초 남쪽에 대한 희망을 품은 것이 가당찮은 일이었음을 증명해 보여주는 느낌이었다.

– 시 공안국 3호 감방에 갇혀 있는데 우리 북조선 사람들은 이런 감방에서두 짐승 취급을 받더란 말야. 중국 죄수넘들 심부름을 하지 않나, 한겨울인데도 홑이불 하나 주덜 않구 아주 불법으루 국경 넘어온 죄수들이라믄서 그냥 차별을 해대는데 죽더라두 내 공화국에 가서 죽자 다짐을 했대서. 되놈들 패악질이 아주 극에 달하니깐 그냥 죽여 달라 악다구닐 쓰다가 제풀에 그만 기절을 하더누나. 그래 린근 병원에 갔더래는데 죄인들만 모아놓고 검병진찰이나 하는 공안병원이더란 말야. 뭐 도망치지 못하게 빙 둘러 전기 철조망을 쳤으니 하 신세 처량하두만 그래~

중년 녀자는 한참이나 말을 잇지 못했다. 어느새 춘히가 오히려 녀자의 등을 툭 툭 두드리며 위로에 나섰다. 억세 보이는 녀자의 등이 자세히 보니 슬프게 굽어 있었다. 생각을 더듬어보니 여기 외곽 교회에서 춘히에게 유난히 살갑게 대해준 사람이었다. 뭐든 묻지 않아도 가르쳐 주려고 하던 그 억척 녀자, 뱃속에서 숨 쉬고 있던 아이를 공화국 어느 집결소에서 강제로 꺼내 도둑을 맞았다던 녀자였다.

– 공화국 넘들은 여게 되놈들보다 더 숭악한 넘들이더라니. 쇠사슬

에 묶여 짐승처럼 공화국으로 끌려 갔드래는데 변방 집결소에서 같이 끌려간 녀성 동무들이래 짐승만도 못한 녀자에 수모를 겪었잖가서. 고저 어린년이나 늙은 년이나 죄 발가벗겨놓고 조지기 시작하는데 항문을 벌려라 조여라 밑구녕에 맨손으로 집어넣어 휘젓질 않나 원~

중년 녀자는 갑자기 목울대에 맺힌 분함을 삭히느라 그러는 것인지 어깨가 몇 차례 들썩거렸다. 춘희는 마치 자신의 앞날을 미리 들여다보는 것처럼 덩달아 숨이 막힐 지경이었다. 춘희는 어깨를 들썩거리는 중년 녀자의 허리를 뒤에서 끌어안은 채로 몸서리를 쳤다.

— 됐으니 그만하오. 공연히 아픈 상처 헤작거려 좋을 게 뭐 있갔시오.

어둠 속에 서로 몸을 기대어 의지한 채로 숙소로 돌아왔다. 달이 꽉 차지 못하고 세상 바깥으로 강제로 끌려 나온 아이는 결국 죽고 말았다고 울먹이며 녀자는 어둔 계단에서 몇 번 쓰러지기도 하였다. 중년 녀성의 고달팠던 여정을 차라리 듣지 않더라면 좋았을 것이다. 무탈하게 중국의 외곽 교회에 당도한 것을 그래도 꿈처럼 다행스럽게 생각하고 있던 터에 그 여성의 고백이 춘희의 앞날에 불길하게 깔리고 있는 안개처럼 느껴졌기 때문이다.

공화국 보위부의 도움으로 도강에 성공하고 외곽 교회에 와 있지만 생각해 보면 선량한 인민에게 덫을 놓으려고 하던 공화국 보위부야말로 무섭고 믿을 수 없는 집단이 아닌가. 춘희에게 다가온 보위부의 호의가 진정 가당키나 하던 일인지 춘희로서 도무지 이해할 수 없는 일이었다. 춘희는 숙소에서 가까스로 진정하고 모로 누워 아랫배를 어루만졌다. 천만다행인 것은 여전히 달거리월경를 하고 있다는 것이었다.

녀자로서 감당하기 힘든 상처는 사내로부터 녀자의 곧은 절개를 자신의 의지와 관계없이 유린당하는 것이다. 가까스로 도강을 하고 살아서 국경을 넘어도 목숨처럼 귀한 녀자의 숙명까지 피할 수 있는 것은 아니었다. 녀성 동무들은 산을 넘고 강을 건너 생사의 갈림길을 헤쳐 오면서 겪은 일들을, 살아 여기까지 왔다는 안도감에 밤새 기억의 되새김질을 하였지만 은밀한 치부까지 드러내지는 못했다.

동료들에게 어떤 일이 일어났을 거라는 상상은 자신의 과거의 흔적을 더듬어보면 어렵잖게 짐작할 수도 있을 터이지만 차마 자기 입으로 그 아픈 상처를 드러내지는 못했다. 뜻밖에 국경을 넘어 탈북에 성공한 듯해 보여도 공안에 붙들려 북송당하는 일이 많다는 사실에 춘희는 놀랍고 두려웠다. 북송 과정에서 집결소나 교화소(교도소) 등에서 기회를 틈타 재탈북에 성공한 사람도 있었다. 춘희는 이런 역경을 하나하나 견딜 자신이 없었지만 눈물을 머금은 채로 어금니를 앙다물었다.

춘희는 아직까지 이렇게 살아 있음에 감사해야 할 따름이었다. 또한 여전히 달거리를 하고 있음에 안도의 한숨이 새어 나왔다. 춘희가 달거리가 있다는 것은 적어도 보위부 간부의 태(胎)가 춘희의 뱃속에 들어앉아 있지 않다는 확실한 증거였기 때문이다. 문득문득 춘희를 유린하던 보위부 간부의 모습에 저도 모르게 진저리를 치곤 했지만 어떤 고난도 참고 견디며 악차같이 살아서 남쪽의 어머니를 만나리라 마음을 다지고 있었다. 억센 중년 녀자에 비하면 고통이랄 수 없는 자신의 처지가 천만다행인 것만 같았다. 눈을 뜨면 제발 더는 지금보다 힘든 일이 펼쳐지지 않기만을 기대하며 잠의 늪에 빠져들기 시작했다.

아침에 눈을 떴을 때 춘희는 불길한 예감에 사로잡혔다. 단동의 외곽 교회에 자신을 짐짝처럼 떨어뜨리고 며칠째 자취를 감춰버렸던 북쪽 연락책 브로커가 모습을 드러냈다. 춘희는 처음에 반가운 나머지 활짝 웃으며 북쪽 브로커를 반겨주었다. 하지만 북쪽 브로커의 표정이 밝지 않은 데다가 음흉해 보이는 중국 교포 브로커를 대동하고 있었다. 사람들 모두 교포 브로커가 나타났을 때 그에 대한 인상을 보고 머릿속이 어두워졌을 것이다. 무슨 교묘한 작전을 짜느라 그러는 것인지는 몰라도 북쪽 브로커와 중국 교포 브로커 사이에 오가는 은밀한 눈짓을 사람들이 읽는 것은 어렵지 않았다. 게다가 털북숭이인 교포 브로커의 첫마디는 한데 모인 사람들의 눈살을 찌푸리게 만들었다.

— 돈이 최고예요. 여기 동무들 목숨값은 바로 돈 입네다. 남쪽에서 보내온 달러나 중국 인민폐가 있으면 목숨값으로 내야 합네다. 여러분 생사여탈은 뭐냐 바로 이 사람이 쥐락펴락한다 말입네다. 자유를 찾아 남쪽에 발을 딛는 것도 돈이 있어야 하구 가족의 품에 무사히 안기는 것도 돈이 있어야 한다 말입네다.

브로커들은 사전에 은밀히 작전을 계획한 모양이었다. 가난이 지긋지긋해서 강을 건너고 자유와 가족의 품이 그리워 겨우 국경을 넘었다고 생각했는데 여전히 복병은 곳곳에서 상처를 주고 목숨을 위협하고 있었다.

사람들은 어이가 없어 벌린 입을 다물지 못했다. 춘희 역시 목숨을 위해 남쪽 어머니로부터 전달받은 달러를 허벅지 밑에 은밀하게 칭칭 동여매고 있는 상태였다. 달러가 어디 있냐며 인민폐 구경도 못한 처지를 호소하는 노인도 있었지만 대개 브로커들에게 항의할 엄두를 내지 못했다. 하지만 누구 하나 브로커들의 명령 같은 요구에도 불구하고 돈을 꺼내놓는 사람은 없었다.

그러자 교포 브로커는 중국을 떠나면 인민폐 따위는 아무짝에도 쓸모가 없다며 은근히 돈들을 꺼내놓도록 강요하고 있었다. 사람들은 공화국의 돈이야 휴지나 다를 바가 없다는 것을 알고 있었다. 조선공화국에서조차 공화국 화폐는 가치가 없었고 공화국에서도 달러나 인민폐를 사용했다. 교포 브로커의 꼬드김에도 사람들의 마음은 움직이지 않았다. 사람들의 품속에 어떤 돈이 있는지도 모르거니와 있다손 쳐도 브로커들에게 선뜻 내놓을 만큼의 가진 것이 있는 사람도 없을 것이었다.

― 아니 북송됐다 다시 도망 나온 동무들도 있다고 들었는데 이케 돈들이 없단 말이니? 거 돈 없으니 별 수 있갔나. 고저 여게서 살아 나갈라믄 신역을 쏟아 돈들을 벌어야 할 거 아니가서. 벨 수 없구나야~

교포 브로커는 사람들에게 작업복을 갈아입도록 했다. 어디서 준비했는지 모를 작업복들을 사람들 앞에 내동댕이치듯 풀쳐놓고 주워 입도록 채근했다. 널브러진 옷들을 주워 꿰어 입으면서 사람들은 중얼중얼 불평을 담아 투덜거리고 있었다. 춘희는 이런 상황이 어이가 없어 담임으로부터 소개받은 북쪽 브로커를 은밀히 뒤쪽으로 불렀다.

― 선생님, 여게 동무들 짬수^{형편} 불 보듯 빤 한데 무슨 헛발질입니까?

― 고저 동무가 리해 하시라요. 바깥 나가면 공안들이 판을 치는 터에 브로커 주머니래 두둑해야 위길 모면할 수 있다 말입네다.

너무도 당당하게 말하는 브로커의 말에 춘희는 기가 막혔다.

― 춘희가 드린 달러 이거 적은 거 아니에요. 남쪽 어머니한테 받았잖나 말이요. 남쪽에서 올라온 어머니 피땀이란 말입네다. 남쪽에 무탈하게 인계한단 조건으로 죄 드린 거란 말이오.

― 거 거 춘희 동무, 일 본새라는 게 간혹 썩살^{굳은살}도 배기고 하는 거이야요. 어찌 남조선에 내려가는 일에 타래자^{줄자}를 놓는 것처럼 어

굿나지 않게 재단한단 말입네까. 장애를장애물 뛰어넘으려면 어쩔 수 없는 일이야요. 말이 나온 김에 내 말하갔는데 춘희 동문, 처음부터 보위부 넘들이 끼어들어 이거 순전히 공짜 탈북하는 거야요. 리문利文 남는 장사 아니란 말입네다.

춘희는 북쪽 브로커의 말에 대꾸를 하지 못했다. 사람의 목숨이 걸려 있는 일을 한낱 장사로 취급한다는 사실에 서글픔이 몰려왔다. 그래도 담임선생을 통해 소개받았기에 믿을만한 사람이라고 여겼었다. 춘희가 보위부와 관련되어 있다는 것을 북쪽 브로커가 언제 어떻게 알았다는 말인가. 보위부나 보안원, 중국 공안까지 먹이사슬로 연결되어 있다는 말을 얼핏 듣기는 했지만 정말 자신에게 이런 일이 펼쳐지리라고는 상상도 못했다. 보위부를 핑계로 신뢰를 헌신짝처럼 내팽개쳐버리는 북쪽의 브로커가 순간 원망스러웠다.

브로커는 남녀 따로 줄을 세워 밖으로 나가도록 했다. 교회 출입문 밖으로 나가자 두 대의 승합차가 대기하고 있었다. 교회 선교사라는 인상 좋은 사람은 몸 둘 바를 모르고 있었다. 하나님에 대한 믿음과 인간의 평등, 권리 등을 입에 단내가 나도록 강조한 선교사의 신념은 고작 두 명의 브로커 앞에서도 힘을 발휘하지 못했다. 하나님의 순한 양들을 마치 노예처럼 취급하며 강제로 데리고 나가는데도 한 마디의 저항도 하지 못했다. 춘희는 어쩌면 하나님마저 저들의 편에 서 있는지도 모른다고 생각했다.

승합차는 마치 뜨거운 입김을 뿜어대고 있는 화통처럼 숨이 가빴다. 시동이 걸리자 콜록 콜록 재채기를 하듯 몸을 떨었고 매캐한 냄새가 코를 후벼 팠다. 대여섯 사내들이 모두 타자 승합차는 부릉부릉 취한 사람처럼 흔들리며 골목을 빠져나갔다. 예닐곱 녀자들도 숨을 죽이며 승합차에 올랐다.

중년의 선교사 김국기 씨와 나이가 지긋한 장동식 목사 그리고 목사의 부인 이희순 씨가 비켜서서 손을 흔들어주고 있었다. 즐거운 일도 아닌데 마치 의미심장한 모습으로 손을 흔들어주는 저들의 모습에서 춘희는 마치 작별의 순간을 겪고 있는 느낌이었다.

승합차가 골목을 빠져나갈 때 목울대가 컥 막혔다. 공화국에서 당했던 수많은 설움은 김정은 원수를 향한 충성심의 발로에서 참아낼 수가 있었다. 하지만 중국이라는 남의 나라에 들어와서 노예처럼 취급을 받는다는 생각에 이르자 공연히 감정이 고조되며 울컥 목이 막혀버렸다. 숨이 컥컥 막혀 앞좌석의 등받이에 머리를 박고 있는데 손이 억센 중년 녀자가 교회의 옥상에서처럼 춘희의 등을 툭 툭 두드렸다. 중년 녀자의 마음을 춘희가 모를 리가 없기에 더욱 흐느낌이 커지기 시작했다. 급기야 목울대에 막혔던 울음이 터져버렸다.

— 아니 동무 상세_{초상}난 것도 아닌데 어찌 우는가 말이요.

— 브로커 선생님, 이악하게 그러지 마시오. 피차 살아 보겠다 만난 마당 아니우. 거 연약한 녀성 동무 눈에 피눈물이 나믄 위생종이_{화장지}를 쥐어줘도 시원찮을 판에~

교포 브로커를 향한 중년 녀자의 편잔에 브로커는 눈을 부릅뜨다 말고 입을 다물고 있었다. 승합차가 골목을 빠져나와 조금 큰 길로 들어섰을 때 브로커가 참았다는 듯이 입을 열었다.

— 중국에 발전상들 보고 놀라지들 마시라요. 조선공화국이래 거지의 나라 아닙네까? 저거 저거 치솟은 빌딩들 보시라요. 평양에는 못미치겠지만서두 뭐 북경도 아니고 단동이 이 정도란 말이에요. 눈 호강들 좀 하시라요.

중국 교포 브로커는 마치 서커스단이 막을 여는 것처럼 창문에 길게 드리워진 빨간 커튼을 확 열어젖혔다. 공화국을 떠나와서 처음 마주하는 중국의 낯선 풍경이었다. 브로커는 마치 창밖에 휙 휙 스쳐 지나가는 중국 단동의 발전상을 선전하는 선전원처럼 결의에 찬 모습이었다. 동료들의 입에서 가녀린 탄성 같은 소리가 흘러나왔다. 춘희 역시 고개를 돌려 창문 밖을 바라보았다. 우뚝 솟은 빌딩들이 눈앞을 스쳐 지나갔다. 도로에는 차량들이 넘쳤고 사람들은 분주히 움직이고 있었다.

하지만 춘희의 가슴에는 이런 놀라운 중국의 발전상이 한낱 허상처럼 다가왔다. 눈은 호강하고 있는지 모르지만 중국의 발전상이 춘희에게 무슨 연관이 있겠는가 말이다. 하늘에 치솟은 빌딩들과 넓은 차도에 늘어선 차량들, 제각기 갈 길을 찾아 분주히 움직거리고 있는 중국 인민들의 모습이 강렬할수록 춘희의 가슴에 오롯이 차오르는 것은 가족의 모습이었다. 어서 중국을 빠져나가 그리운 가족의 품에 돌아갈 수 있기를 마음속으로 빌고 있을 따름이었다.

중국 교포 브로커는 중국 단동과 공화국 신의주의 밤 풍경을 빛과 그림자에 비유하며 하늘과 땅처럼 차이가 크다고 말했다. 교포 브로커가 이처럼 단동과 신의주를 비교한 의도는 단지 중국 단동의 발전상을 과시하기 위한 것이 아니었다. 그 브로커의 속내는 남쪽의 휘황찬란한 발전상을 강조하기 위한 서막에 지나지 않은 것이었다.

― 저 아랫동네래 어드렇게 발전한 줄을 아십네까?

― 아랫동네 사타구니 근처에도 못 가봤는데 어찌 알갔시요.

나이 직수굿한 할머니가 교포 브로커를 삐딱하게 바라보며 농을 쳤다. 브로커가 콜록 콜록 사례가 들린 재채기를 가까스로 밀어내며 질긴 툭시발을 발로 차듯 대꾸했다.

– 흐응 할마인 말요 사타구니는커녕 옥문여성의 음부 앞에 당도하기
도 어렵겠누만요. 거 동무들, 개 코를 본 적이 있습네까?

사람들이 무심히 창밖을 바라볼 뿐 심드렁 해버리자,

– 코끼리 코는 보았겠지요?

– 브로커 선생님, 우덜을 어디로 데려가는 거입네까? 궁금한 거이래
따루 있는데 하냥 코만 찾으니 원~

이제야 구석에서 불평이 튀어나왔다.

– 아니 글쎄 가는 데야 응당 가 보면 아는 거이고~ 개 코와 코끼리
코 중 어느 코가 더 큰 코인 줄은 알지요들?

– 거 참 답답한 브로커 선생님이구랴. 개 코하고 코끼리 코를 비교
하다니, 내래 보고 배운 거는 많지 않지만 거 사람을 뭘로 보구 되지도
않는 말을 묻느냐 이거요.

나이 지긋한 아주머니가 가슴을 치며 말했다.

– 여 단동이 개코라믄 저 남조선 아랫동네래 코끼리 코란 말입네다.
동무들이 개코를 보고도 놀라는데 아랫동네 코끼리 코를 보면 글쎄 얼
마나 놀라겠느냐 말입네다. 그런 비까번쩍한 아랫동네에 무사하게 갈
라치면 손에 쥔 돈이 있어야 한단 말이야요. 에이 답답한 사람들~ 중
국 공안이래 예전 같시 않으니 뭐 붙잡히면 꾹돈의뫀이라도 뗴여야 하
지 않갔느냐 말이에요~

중국 교포 브로커는 답답하다는 듯이 제풀에 가슴을 쿵 쿵 쳤다. 브
로커는 오직 춘희 일행을 돈과 결부 짓고 있는 모양이었다. 남쪽에 무
사히 안착하기 위해 필요한 것이 돈임을 강조하는 브코커의 심정을 모
르지 않았다. 몸에 돈만 지니면 남쪽에 갈 수 있다는 것이 국경을 넘는
사람들의 한 가닥 희망이었다. 어쩌다 좋은 사람을 만나 돈을 들이지

않고도 무사히 내려가는 사람들이 있는 모양이었지만 대개 돈과 결부되어 있었다. 춘희뿐만 아니라 일행들 역시 이것을 모르는 사람은 없을 것이다.

돈, 돈 입에 껌딱지처럼 돈을 재잘거리며 춘희 일행을 안내하던 브로커는 그만 차창에 기대어 코를 곯았다. 브로커의 코 고는 소리에 심란해진 사람들 역시 앞 등받이에 이마를 묻고 있었다. 춘희는 앉은 채로 허벅지 속으로 손을 더듬어 보았다. 중국 교포 브로커의 말처럼 남쪽에 무사히 안내해줄 달러였다.

무슨 수가 있어도 이 달러를 지켜야 한다고 춘희는 생각했다. 공화국을 빠져나와 타국에서 있어 보니 이 달러야말로 목숨보다 중요한 것이라는 것을 더욱 절실히 깨닫게 되었다. 위험한 순간에 목숨을 담보할 수 있는 것이 바로 달러라는 것은 무작정 대기하는 날들이 길어질수록 피부로 느껴졌다. 남쪽 어머니의 피와 땀이 결국 춘희 자신을 지켜내고 있다는 믿음 속에서 어머니에 대한 그리움이 더욱 커지고 있었다.

교회에서부터 출발하여 앞서거니 뒤서거니 했던 사내들을 태운 승합차의 모습은 이미 보이지 않았다. 한 시간은 족히 달려서 여태 달려왔던 길을 따돌리기 시작할 무렵 브로커의 코를 곯던 소리가 멎었다. 춘희를 태운 승합차가 당도한 곳은 작은 국수 공장이었다. 정돈되지 않은 공장의 마당에는 밀가루를 뒤집어쓴 듯한 인부들이 분주히 움직이고 있었다. 춘희는 이제야 중국 교포 브로커가 일행을 단동 외곽에 있는 국수 공장에 데리고 왔다는 사실을 알아챘다.

브로커들은 마치 당연한 과정이듯 탈북에 나선 공화국 인민들을 강제노역에 동원시키고 있었다. 탈 없이 탈북하기 위해서는 돈이 필요하다는 명분을 달았지만 이를 믿는 사람은 적어도 춘희와 같은 일행 중에는 없었다. 끌려온 노예처럼 승합차에서 내려져 수건을 하나씩 받아 걸치고 땀을 훔치며 작업에 매진했다. 승합차에서 내리기 직전 브로커는 중국 공안이 언제 불시에 검색을 하러 올지 모르니 되도록 조선말을 하지 말라고 당부했다.

사람들은 브로커의 말에 고양이 앞의 쥐처럼 기가 죽어 몸을 움츠릴 수밖에 없었다. 사정이 이렇게 된 이상 일행 중에 저항하는 사람도 없었다. 이 길이 탈 없이 남쪽으로 내려가는데 반드시 거쳐야만 하는 길임을 힘없이 받아들이는 것만 같았다.

처음에는 일이 손에 익지 않아 춘희는 밥 먹듯 야단을 맞았다. 춘희뿐만 아니라 일행들 대개는 국수 공장에서의 일을 대수롭지 않게 생각했다. 시간을 무료하게 보낼 수가 없어 몸을 움직여 일을 거드는 정도로 여겼다. 하지만 공장관리자는 일을 제대로 배워야 한다며 숙련하도록 채근했다.

밀가루를 배합하는 요령서부터 시작하여 계절에 따른 반죽 횟수까지 주입 시켰다. 소금기의 정도에 따른 배합과 반죽의 기술까지 숙지하도록 했다. 또한 뽑혀 나오는 국수의 종류에 따라서 압연壓延을 하여 년발을 다르게 뽑이냈다. 어쩌다 국수 공장익 노동자가 되어 쫀득한 밀가루 반죽을 임을 이듯 머리에 이고 분주히 날랐다. 국수 가닥을 뽑아 그 가닥을 대나무 위에다 척 척 걸어 말렸다. 마른국수 가닥을 손작두에 넣어 반듯하게 절단했다. 국수 가닥이 손작두에서 일정한 길이로 싹둑싹둑 잘릴 때는 마치 춘희의 몸이 잘려나가는 느낌이었다. 춘희의 몸이 잘려나가는 상상은 안타깝게도 춘희의 희망이 턱 턱 잘려나가는 상상으로 바뀌었다.

공장장은 단동에 사는 중국 교포인 모양이었다. 50대로 겉늙어 보이는 공장장은 은근히 춘희의 미모에 빠져 작업을 하는 중에도 음흉한 눈짓을 보내곤 했다. 춘희와 마주치면 공연히 친숙하게 웃어주며 도움이 되려는 듯해도 춘희는 그 사내의 눈빛 속에 담긴 음흉한 마음을 넌지시 간파하고 있었다. 아무리 친절한 척해도 막 뒷면에 숨겨져 있는 속내를 눈치채지 못할 춘희가 아니었다.

공장장의 지나친 친절에 춘희의 마음은 편치 않았다. 당연히 막 뒤의 모습을 꿰뚫고 있었기에 작업장에서 도구의 쓰임새나 사용처를 가르쳐주는 척하며 은근히 엉덩이를 쓰다듬거나 젖가슴을 툭 툭 건드리고 지나가는 것이 공연한 덧낚시를 거는 속임수임을 알고 있었다. 공장장은 춘희의 관심을 사려고 오직 국수에 관한 지식을 우쭐대며 늘어놓곤 했다.

- 간명태는 소금에 절인 명태라는 거이야. 국숫발 뽑아내는데도 고저 소금이 중요한 법이야. 소금 한 됫박을 뿌리느냐 반 됫박을 뿌리느냐 따라서 국숫발 두께가 달라지는 거지. 대나무 위에 말린 국숫발은 햇빛이 얼마나 세느냐 바람이 어떻게 부냐에 따라 엉겨 붙고 안 붙고 하는 법이야. 엉겨 붙지 않는 국숫발을 고저 삶은 물에 푹 끓이면 입안에 착 착 감기는 맛이 있구 한 사발 다 비울 때까지 쫄깃한 면발이 그대로인 거이지~

국수에 관한 것은 천하제일이라는 듯 우쭐대는 공장장의 말이 귀에 들어올 리 없었다. 오직 중국 단동을 무사히 벗어나는 길, 공화국의 손이 닿지 않는 좀 더 안전지대로 한 발짝 옮기는 것이 최대 관심사일 뿐이었다. 그런데도 조선공화국 국경을 안전하게 넘고 보니 중국 공안이란 덫이 운명이 되어 반드시 넘어야 할 산처럼 앞에 가로놓인 형국이었다. 국수 공장에서 강제노역을 하는 것도 결국 중국 공안을 빌미 삼은 탓이었다.

작업을 마치고 짐짝이 되어 승합차에 실리면 녹초가 되어버렸다. 일을 하는 데도 더욱 바쁘게 수족을 놀리라고 채근했다. 여름날 소낙비는 일꾼들 쉬어가라는 비라는 말이 무색하게 소낙비마저 내리지 않았다. 날 선 칼날이 지나가는 듯 느껴지는 허리 통증을 참느라고 잠시 허공을 쳐다보면 채찍보다 무서운 말의 폭력이 쏟아졌다. 차라리 노예처럼 채찍을 하나 얻어맞으면 그뿐일 텐데 조선공화국 버리고 탈출한 반동 어쩌고 하는 말이 흘러나오면 간담이 서늘했다.

사내 동무들이 노역을 하는 목공소도 지옥이나 마찬가지라고 했다. 중국 놈들은 땅덩어리가 넓은 탓인지 터를 잡아도 크게 잡은 탓에 목재를 등에 메고 노예처럼 달리기를 시킨다고 했다. 강단진 사내조차 처음 얼마동안 깡으로 버텨보려 했지만 분간 휴식도 없는 강제노역 속에서 토안兎眼 : 눈알 튀어나옴이 되어버렸다는 것이다.

다양한 종류의 나무들이 산더미처럼 쌓여 있는데 사내들은 주로 대기하고 있는 트럭에 목재들을 싣는 작업을 했다. 항구로 나갈 트레일러에 기약 없이 몸뚱이를 맡겨야 하는 통나무 신세처럼 괴팍한 날들이었다. 허리가 휘어지도록 작업을 했지만 임금을 얼마나 받고 어떻게 받는 것인지 알지 못했다.

비록 중국이 산림보호정책을 쓰고 있더라도 세계 최대 목재 소비국답게 수입물량보다 중국산 원목 소비량이 배는 넘었다. 중국의 이러한 산림보호정책은 세계 목재시장의 흐름을 좌우할 정도였다. 그런데도 목재소로 나가고 들어오는 목재 물동량은 노역자들에게 한숨 돌릴 틈을 주지 않을 정도로 어마어마한 양이었다.

숙련공이 필요한 노동임에도 인부가 부족하다며 목재 절단 작업에 투입된 한 사내는 그만 오른손 엄지손가락을 전기 톱날에 잘리고 말았다. 하지만 마음 놓고 치료받을 엄두조차 내지 못했다. 치료를 받게 되면 조선공화국 탈북자란 신분이 밝혀질 것이었고 그렇게 되면 당연히 조선공화국으로 북송되는 것이었다.

손가락 잃은 사내는 치료를 받는 것조차 사치에 다름 아니었다. 임시방편으로 소독 약물을 덕지덕지 바른 뒤에 붕대를 감았다. 이런 상황을 보고도 관리자 측에서는 어떤 위로의 말도 건네지 않았다. 처지가 같은 공화국 사내들만이 상심한 마음을 담아 위로의 표정을 지어보일 뿐이었다.

이렇게 고된 날들이 기약 없이 흘러가고 있었다. 브로커에게 항의해보았지만 아무런 대책도 없이 묵묵히 일만 하라는 것이었다. 춘희 일행은 강제노역의 부당함과 장차 남쪽에 어떻게 안전하게 내려갈 수 있는지를 선교사와 목사 부부에게 하소연했다. 하지만 목사 부부나 선교사 역시 뾰족한 방법이 없는 모양이었다. 브로커들의 농간을 알면서도 자칫 이들의 심사가 뒤틀리면 더할 수 없는 낭패가 된다는 것을 염려하고 있었다.

— 선교사님, 무슨 방도가 없을까요?

안타까운 표정으로 중년의 선교사 김국기 씨를 향해 목사의 아내가 물었다.

— 사모님, 국경을 넘나들며 공화국 동포들 도운 지 십수 년인데 저 사람들이 언제 우리 뜻대로 해준 적이 있었습니까?

답답한 심정을 담은 선교사의 푸념에 목사의 아내 이희순 씨가 핏대를 세우며,

– 아니 타국 사람도 아니고 같은 핏줄 두른 사람들이 어찌 그리 이악하답니까? 한 번 그저 도거리흥정_{일괄흥정} 했으면 사내답게 도와줄 일이지~

아내의 목소리가 버럭 커지자 어쩔 수 없는 안타까운 표정을 말에 담아서 쯧, 쯧 혀를 차대며 나이 지긋한 장동식 목사가 거들었다.

– 일 개념 없는 저 사람들 상대로 주먹방망이_{주먹다짐}를 할 수는 없는 일이고 하나님 살아 계시니 우린 그저 십자가 앞에 매달리는 수밖에 없는 일이지~

역시 목사나 선교사나 특별한 대책은 없었다. 조선공화국 동무들 상당수를 우여곡절 끝에 아랫동네에 보냈다는 선교사에 대한 기대를 은근히 하고 있었던 춘희의 어깨가 축 늘어지고 있었다. 억센 중년 녀자마저 처음 얼마간은 핏대를 세워 브로커들에게 항의를 해보는 모양이었지만 하루 이틀 시간이 지나면서 의지마저 꺾여져버렸다. 하나님 살아 계시니 그저 십자가 앞에 매달리는 수밖에 없다는 말은 춘희 일행에게 밑도 끝도 없는 말에 불과했다. 눈앞에 실체가 있는 사람도 믿지 못하는 판국에 생전 듣지도 보지도 못한 형체 없는 하나님이 있다고 우기며 벽에 초라하게 걸린 바람 불면 쓰러질 듯한 십자가 앞에 매달리자고 하나니, 이러다가 징말 중국 공안에 붙들려 조선공화국으로 북송되는 것이 아닐까 조마롭기_{조마조마} 그지없었다. 그러던 어느 날 춘희는 자기에게 닥칠 놀라운 일들에 대한 브로커들 간의 대화를 우연히 엿듣게 되었다.

3

– 이보, 저 공화국 동무들 지닌 돈이 얼마쯤 되오?

– 내래 무슨 수로 알겠소. 있는 돈 죄 털었다는데~ 몸을 훑어댈 수도 없잖나 언~

브로커들은 오직 탈북자들이 얼마나 돈을 가지고 있으며, 탈북자를 통해 얼마나 돈을 벌 수 있는지가 관건이었다.

– 리춘희라는 에미나인 반반한 게 뭐 달러 좀 될 거 같은데~ 오마니가 이미 남쪽에서 자리까지 잡았다고요?

– 군침 삼킬 거 없습네다. 조선공화국 보위부에서 아마 단맛 돈맛 죄 빨아먹었을 것이오.

– 오살할 넘들, 거 은밀한 데에 숨겨놓은 달러라도 있을지 모르잖소. 아무래도 허벅지 밑을 한 번 되누비는 것이~

브로커들은 몸을 수색해서라도 탈북자들의 돈을 찾아내려고 했다.

– 딸애 같은 처잘 어찌 십자가 밑에서~

– 참 답답하누만요. 기깟 십자가 뭐가 두렵소? 내래 수 십 번 여기 들락거렸지만 하나님 하품 소리 한 번 듣질 못했소.

하나님 따위는 이들에게 전혀 두려움의 대상이 아니었다.

– 것 보오. 하나님이 고저 눈 똑 뜨고 있으니까니 하품 소리 나올 턱이 없는 거지~

– 지금 우덜이 농이나 치고 있을 짬이 못 되오. 여 공안국 3호 감방 있었다는 에미나인 말짱 거지 맞지요?

나이 먹은 중년 아주머니에 대해 브로커들은 상당한 정보까지 알고 있었다.

– 인신매매 당하고 되놈 만나 혼인까지 했더래는데 북송에 재탈북에 아주 혼 빠진 녀잡네다.

– 참 립장이 난처하누만요. 내 조국 내팽개치고 압록강 건넌 반동분자들 피를 빨아 먹어야 우덜도 살아갈 수가 있는데 여 중국 공안은 공안대로 손을 벌리고 조선공화국 보안은 또 보안대로 손을 벌리니 이거야 원 어찌해야 좋을지~

브로커들도 나름대로 애로사항이 많은 것 같았다.

– 내 립장 생각 좀 해주시라요. 여 교회 대기자들 중에 절반 정도는 차질 없이 남쪽에 안착시켜야 한단 말입네다.

– 거 중국 공안 립장도 난처하긴 매한가지인 모냥인데 북조선 공화국에서 뭐 잡아들일 북송자 머릿숫 헤아릴 정도라니 언~

국경지역에서는 양쪽 공안들 사이에 은밀히 탈북자에대한 거래까지 하는 모양이었다.

– 말이 되는 소립니까? 공안 넘들도 우덜 피 빨아먹을 만큼 빨아 먹었는데 뭐에 그리 욕심을 부리는가 말이요. 남쪽에 얼마간 안착을 하고 저것들이 남쪽에서 달러를 벌어 우덜 목구멍에 따박 따박 들이밀어야 녹슴 부시할 서 아니난 말입니다. 브로커라고 다 돈구멍 막히지 말란 법이 어디 있갔시오. 실적이 좋아야 돈벌이가 고저 지속적으로다 이어지는 거 아니갔는가 말이요.

– 거 동무에 말이 무슨 말인지 내 알갔으니 그만하오. 기나저나 거 리춘희라는 처자 말이에요.

브로커들은 오직 춘희에 대한 관심이 컸다.

– 흐흠~ 동무 보자니까 하냥 춘희타령이누만요. 딸애 같은 처잘 걸

탐스럽게게걸스럽게 눈독을 들이다니, 그래 곁마누라첩 라도 삼고 싶다 이거에요?

– 에이 말본새 없는 동무하곤~ 아니 춘희래 오마니가 남쪽에서 터를 잡았다구 이녁 입으루 내게 말하지 않았소. 색시 년치나이야 그렇다 치더라두 거 남쪽에 있는 오마닐 무슨 렴치로다 가시 어머닐장모 삼겠나 말이요. 내 말인즉슨~

하고 중국 교포 브로커는 잠시 숨을 가다듬었다. 양심에 털을 자극할 때마다 숨길 수 없이 튀어나오곤 하는 재채기를 콜록콜록 저만치 몰아세우더니 교포 브로커가 귓속말로 속삭이듯 말을 했다.

– 춘희 처자 인물이 붉은 곱저고리적삼 보다도 예쁘잖소. 곱저고리가 다 무어야 고저 파릇파릇 꽃댕기리본보다 곱질 않나 말이요. 우덜이 여적 이 바닥에서 브로커 소리 듣고 일하면서 언제적 꿀비단비 한 번 제대로 맞은 적이 있었는가 말이요. 하니 이번에 뒷심 좋은 한족 사업가 밑으로 한번 춘희 처잘 디밀어 보면 어쩌겠나 해서리~

중국 교포 브로커의 속셈은 따로 있었던 모양이다.

– 동무, 아무리 목구멍이 포도청이래도 그렇지 아니 뭐 위생실 들락거릴 때부터 내래 알아 봤다만서두 동무래 뭐를 잘못 먹어도 한참을 잘못 먹은 거야. 내 여적 이녁하구 한솥밥을 먹었지만 동무래 불망나니개망나니인줄은 몰랐더래는데 오늘 보니 이거 여엉 사다듬이몽둥이 찜질 감일세. 거 예쁜 처잘 고루더래두고르더라두 바둑판같이알뜰하게 골라야지~ 춘희 처잔 우리 맘대로 이리저리 돌려칠 만한 처자가 아니란 말이에요~

– 들자니 섭섭하누만요. 여게 들어온 이상 고양이 앞에 뛰노는 생쥐 꼴인데 어찌 우덜 맘대로 못한단 말입네까?

중국 교포 브로커는 탈북자들을 마음대로 할 수 없다는 데 여전히 불만이었다.

― 아니 글쎄 춘희 처잔 조선공화국에서 공을 들이고 있는 녀자라굽쇼. 공화국 보위부에서 탈북자 색출 실적을 올리느라 그러는지 모르겠지만서도 중국 공안하고도 긴밀히 춘희에 동선을 주고받고 있다 말입네다.

― 그카믄 춘희 처자래 달러벌이 용도가 아니라 공화국 보위부 실적 미끼로 여기 대기시키고 있다 이런 말이에요?

― 상세한 내막이야 모르겠지만서두 중국 공안이 신호를 주면 춘희 처잘 재깍 붙들어 공안에 넘겨야 한다 말입네다. 하면 바로 중국 공안이 공화국 보위부에 속보를 칠거란 얘기지요.

공화국 브로커가 답답하다는 표정으로 설명했다.

― 중국 공안이 춘희 처잘 붙들어다 뭘를 한다는 말입네까? 공안이 춘희 처잘 고저 달러벌이에 리용할 작정들을 하고 있는 거 아니오?

― 아니 기껏 얘길 듣구서두~ 공화국 보위부 실적 미끼로 잡아둔 사냥감이나 매한가지란 말이에요. 그러니 춘희 처자가 아무리 보기 좋은 떡이래두 우덜 맘대로 돌려칠 처지가 아니란 말이지요.

답답하다는 듯 숫세 공화국 브로커는 가슴을 퍽퍽 쳤다.

― 무슨 말인지 알겠시요. 국수 공장 공장장 놈이 어찌나 껄떡대는지 원~ 내래 먼저 선수를 쳐보겠노라 헛다리질을 했소. 기나저나 중국 공안이다 공화국 보안이다 은밀히 내통을 하고 있다는 거를 목사나 선교사 양반이 눈치 채는 날엔 우덜 몰래 저 물건들 어디로 빼돌리는지조차 모를 일이지요.

― 저 두 냥반들 행동반경 빤 알믄서 어찌 걱정을 하오.

말을 그렇게 하고 있지만 두 사람 모두 불안한 마음은 여전했다.

- 하기사 자리 깔아줘도 힘든 판국이누만요. 사회주의인 라오스나 베트남에서는 탈북자 단속이 강력하니 어려울밖에~ 라오슨 특히나 공화국 동맹국인 데다 메콩강 상류래 원체 급류라서 암초에 부딪치기 십상 아닌가 말이요.

- 물귀신 두렵지 않은 이상 어려운 일이고, 달러 짊어지지 않은 이상에는 단동서 인천항으로 배를 직접 띄워댈 리도 없을 테고, 거 공연한 걱정일랑 마오.

브로커들은 탈북자들의 실상이나 탈북 루트 등을 빠삭하게 알고 있었다. 갈수록 탈북이 어려워지는 탓에 고민이 많았다.

- 하긴 듣고 보니, 만만한 게 태국이나 몽골인데 저런 말라비틀어진 몸들루 어찌 몽골 모래사막을 뚫을 것이며 메콩강 악어 이빨을 피해 태국에 당도한들 밀입국 벌금에 재판에다 감방 신세를 어찌 면하겠는가 말이요. 캬아~ 이거 불피코 패는 우리들 패인데 조선공화국이 춘희처잘 제 놈들 먹잇감으로 검발뒷손질 하고 있는 마당인지라~

- 보오 동무, 걸탐스레 욕심부리지 맙시다. 목재소, 국수 공장하고 적당히 타협해서 한 일 년 고저 나머지 동무들 노동력을 이용해서 우덜 여비도 만들고~ 그래도 우리가 동핏줄 가지고 살아가는데 어지간하면 종국엔 탈 없이 보내줘야지요.

춘희는 중국 교포 브로커가 고개를 주억거리는 것을 보지 못하고 돌아서고 말았다. 교회 옥상 은밀한 구석에서 나눈 브로커들의 말을 우연히 엿듣게 된 춘희는 놀라 입을 다물 수가 없었다. 보위부 간부의 지시대로 하기만 하면 탈 없이 국경 넘도록 해주고 남쪽에 무사히 안착할 수 있도록 해주겠다던 말은 말짱 거짓말이었다. 자신의 운명이 어떻게 펼쳐지게 될지 눈앞에서 짐작하게 될 줄은 몰랐다.

압록강만 건너 중국에 당도하면 쉽게 남쪽으로 가게 될 줄 알았는데 정작 이제부터 문제가 되었다. 춘희는 어찌해야 좋을지 아득한 내일날에 숨을 가다듬을 여유도 없었다. 공안에 넘겨져서 보위부에 속보를 하여 북송된다면 자신의 운명이 어찌될지 아찔했다. 공화국에서 나름대로 충성분자로 살아오면서 처형하는 장면을 몇 번 목격했다. 국경을 넘다 북송된 사람도 있었고 물건을 훔친범절도범도 있었고 하물며 전선줄을 훔친 죄로도 처형을 당했다. 춘희의 어머니가 남쪽에서 자리 잡고 살고 있음을 이미 꿰뚫고 있는 보위부의 덫을 누가 감히 빠져나갈 수 있을 것인가.

춘희는 보위부 간부의 꼬임에 넘어간 사실에 창자가 달라붙는 듯 가슴이 아팠다. 차라리 이리될 줄 알았더라면 보위부 간부의 꼬드김에 대항하여 춘희가 열혈 충성분자임을 오롯이 증명이나 해줄 걸 아쉬움만 남았다. 담임선생한테 차라리 보위부 간부 동무의 지시를 발설하고 함께 대처해 나갔더라면 지금의 이런 처지에 맞닥뜨리지 않았을지 모른다. 담임선생한테 은밀히 다가갈 보위부 간부의 계략을 생각하면 처참한 생각뿐이었다.

국수공장과 교회를 시계추처럼 왕래하던 어느 날, 춘희는 때를 보아 조용히 교회 목사와 선교사를 만났다. 장동식 목사와 김국기 선교사는 예배당 뒤편에 자신들만의 기도실을 지니고 있었는데 탈북자들의 중요한 문제를 은밀히 거기에서 상의하곤 했다. 그들은 아무리 궁지에 몰린 탈북자들 입장이라 하더라도 브로커들을 끝까지 온전히 믿어도 된다는 장담을 하지 못했다.

탈북자들이 목사와 선교사를 볼 수 있는 때는 교회 예배당에서 믿도 끝도 없는 십자가를 우러르며 아무리 귀를 열어봐도 들리지 않는 하나님 음성을 듣겠다며 미친 듯이 울부짖는 예배 시간뿐이었다. 브로커는 어떨 때는 탈북자를 돕는 사람들 같기도 하지만 궁극적으로는 자신들의 노예처럼 생각하면서 마음대로 조종하고 기계처럼 부릴 수도 있다고 생각하는 모양이었다.

그래서 탈북자들은 브로커들의 눈치를 살필 수밖에 없었기에 목사와 선교사를 만나 은밀히 상의하는 것을 꺼려했다. 브로커들의 눈 밖에 나면 절대 탈북에 성공하지 못한다고 생각했다. 이런 상황인지라 기회를 틈타 기도실에 찾아온 춘희를 보고 목사와 선교사는 바짝 긴장하고 있었다.

– 춘희 자매님, 무슨 급한 일이라도 있나요?

– 목사님, 선교사님, 저 좀 도와주세요.

춘희는 애걸하듯 말했다.

– 자매님 진정하세요. 우리는 여러 형제 자매님들 도우려고 교회 형제자매님들한테 개방한 거예요.

– 알고 있답니다. 하지만 사정이 워낙 급해서리~

춘희는 입술이 바싹 마른 나머지 말을 할 때 입이 쩍 쩍 달라붙다 떨어지는 소리가 났다.

– 무슨 얘기인지 말씀하세요. 여기 있는 형제자매님들 죄 사정 급하기는 마찬가지인데~

– 브로커 선생님들 애길 우연히 엿들었는데 아무래도 춘힐 중국 공안에 넘길 모양이란 말입네다.

춘희는 말을 하면서 파르르 떨렸다.

– 브로커 양반들이 자매님을 중국 공안에 일부러 넘긴다는 말예요?

이거는 말이 되는 소리가 아니지요. 브로커야 응당 공안 눈을 피해 형제자매님들을 아랫동네에 무사히 내려갈 수 있도록 돕는 막중한 책임을 떠안고 있는 사람들이라는 말예요.

— 목사님, 저들의 속내를 몰라서 하는 말이에요. 브로커 선생님들이 우리 목숨값으로 얼마간 달러를 받았는데도 가타부타 노예처럼 노역을 시키고 있잖습네까?

춘희는 브로커들의 속내를 몰라주는 목사 부부가 순간 서운하게 느껴졌다.

— 노역하는 거야 노는 입에 풀칠이라도 하려면 어쩔 수 없는 일이지요. 목재소나 국수 공장이나 품이 필요하지만 아무 데나 턱 턱 인부 꽂아 넣는 일도 만만찮은 일이고요. 아무 데나 발 뻗고 누웠다가는 공안이 들이닥칠 거 아닙니까. 다 발 뻗고 눕게 하는 게 브로커들 능력이란 말이지요.

— 목사님도 참 된걱정큰걱정 해줄 줄 알았는데~ 브로커 선생님들이 중국 공안하고 은밀히 내통을 하고 있다는 거를 알면 목사님이나 선교사님이 우릴 어디로 빼돌려버릴 거라고 외려 된 걱정을 하더란 말이에요. 어찌 무사태평 하십네까?

— 하니까 춘희 자매님을 브로커가 부리 공안에다 넘긴다는 이런 말이지요?

하며 그제야 선교사가 키에 비해 기다란 목을 길게 빼며 되물었다. 춘희는 숨이 넘어가는데 선교사 역시 목사처럼 목소리에 긴장감이 묻어 있지 않았다. 춘희가 답답하다는 듯이 자신의 가슴을 툭 툭 치며,

— 그렇다니까요. 중국 공안이 신호를 주면 재깍 날 붙들어 공안에 넘긴다는 거예요. 하면 중국 공안이 다시 공화국 보위부에 속보를 칠

거란 애길 은밀히 하더란 말입네다.

춘희 자신의 입으로 되뇌고 싶지 않은 말이었다.

— 허 참, 춘희 자맬 달러벌이에 이용하는 것도 아니고 이제보니 공화국 보위부 실적 미끼로 잡아둔 사냥감이구만요. 내 선교사 생활 십수 년에 현지 공안에 붙들려 조선 보위부에 인계된 형제자매는 여럿 보았지만 붙잡기도 전에 중국 공안이나 공화국 보위부가 은밀히 거래하는 경우는 처음입니다.

목사 부부는 서로 쳐다보며 고개를 끄덕였다.

— 목사 직분을 수행하면서 쫓기는 형제자매님들 여럿 만났지만 일이란 게 미끈하게순탄하게 진행되지 않지요. 춘희 자매님은 키대허우대도 좋고 색시꼴이 그냥 보는 눈 호강하게 생기지 않았습니까. 혹시 공화국 보위부에서 은밀히 잠입한 우리 감시원 아닌지 의심스럽습니다.

춘희는 목사의 말에 대답 대신 고개를 좌우로 흔들었다. 보위부 특수부대 소속 군인 출신임을 알게 되면 더욱 의심받을 수도 있다는 생각이 들었다. 공연히 긁어 부스럼을 내어 남쪽으로 내려가는데 장애가 되겠다는 생각을 하니 머리카락이 빳빳이 서는 느낌이었다. 공화국 보위부 간부에게 순결을 빼앗기고 녀자의 고결한 기대를 짓밟혀버린 자신을 향해 오히려 보위부 첩자로 의심하다니 난데없이 날아든 갑작바람돌풍에 머리가 어질어질했다.

— 목사님, 공연한 염려 마십시오. 춘희 자매가 보위부 감시원이라면 이런 수모 받으면서 노예처럼 작업장에 드나들 수 있겠습니까. 내가 선교사로 신의주에 들락거리면서 알게 된 보위부 요원이 있는데 은밀히 염탐을 해볼까요?

선교사가 한참만에 입을 열었다.

- 선교사님, 지금 염탐을 해서 뭐 좋은 일 있겠습네까. 이 춘희래 붙들려 공화국 보위부에 넘겨지면 죽은 목숨이에요. 날 가지고 장난질하기 전에 도피부터 시켜주시라요. 사례는 하겠습네다. 제발 한번 도와주시오.

춘희는 선교사를 향해 간절히 도움을 청했다.

- 사정이 참 딱합니다. 여기서 나가 중국 거리를 배회하면 며칠 못가 공안이나 변방대에 체포될 거란 말입니다. 중국 내 탈북자 수용시설로 이동해서 간단히 조사를 마치면 곧장 북쪽으로 송환된단 말이지요.

- 선교사님, 그러니까 도와달란 거 아닙네까. 브로커 선생님들 이제 믿지 못한단 말이에요. 여게 말구 다른 은신처는 없답네까?

선교사의 말을 듣고 춘희의 마음은 더욱 간절해졌다.

- 요즘에는 공안들이 하도 설치는 터라 쉽지 않습니다. 이렇게 외곽 규모 작은 일터에서 노동을 하며 피신하는 게 다반사인데 브로커들이 저들과 꿍꿍이가 되어 내통을 한다면 그저 쥐도 새도 모르게 일을 취하는 방법밖에 도리가 없을 것 같습니다.

선교사의 말에 춘희의 머리에서 갑자기 불꽃이 튀는 느낌이었다. 그래도 어떤 방법이 있다는 사실에 순간 위로마저 되는 것이었다. 춘희는 기다릴 순간의 여유가 없었다.

- 쥐도 새도 모르는 방법이 뭡네까. 춘희 뭐든 시키는 대로 할 수 있단 말이에요. 무사히 남쪽 나라에 가서 어머닐 만날 수만 있다면 뭐든 하겠어요.

- 아무리 자매님의 각오가 그렇더라도 명색 목사인 내 입으로 차마 이런 얘기 꺼내기는 민망하지만 얘기 드리겠습니다. 브로커들이 언제

공안을 데리고 여기 쳐들어올지 모르는 판국에 정말 한시가 급하게 생겼습니다. 하니 불법이지만 중국 공민증을 은밀히 만들어서 중국 내부로 잡입해야만 위급한대로 몸을 피신할 수 있겠다는 생각이 듭니다.

목사의 입에서 중국 공민증 위장 얘기가 나오자 춘희는 번쩍 귀가 열렸다.

– 목사님, 중국 공민증이라도 은밀히 만들어 주세요. 사례는 하겠습니다.

– 춘희 자매님, 이런 일인즉슨 우리가 사례받자는 일이 아닙니다. 그저 은밀히 공민증을 만들려면 2만 위안이란 인민폐가 필요하단 말이지요.

공민증 위조에 2만 위안이 든다는 목사의 말에 춘희의 입이 딱 벌어졌다.

– 아이 머나나, 2만 위안이나~ 그래 큰돈이 어디 있다는 말이에요. 공화국 떠나면 맘 편히 살 줄 알았는데 고저 돈, 돈, 돈이구만요.

– 한 발짝 떼면 돈이 필요한 세상이지만 맘껏 자유로운 공기를 마실 수가 있으니 땀 흘려 일을 하고 달러벌이 하는 거지요. 국수 공장에서 노동을 해서 돈을 만들어대려면 꽤나 시간이 걸릴 터인데 가뜩이나 브로커들이 임금을 가지고 수작질을 하는 마당인지라~

브로커의 장난질을 이들은 어느 정도 알고 있는 모양이었다. 하지만 춘희는 포기할 수가 없었던 것이다.

– 목사님, 브로커 선생님들한테 의지하지 말고 우리 스스로 해결책을 찾아 보자구요. 브로커 선생님들 얘길 듣자니까 태국이나 몽골은 한번 해볼 만하다는데 좀 거기로 다리를 놓아 달라 말입네다.

– 춘희 자매가 브로커들 얘길 듣긴 들은 모양인데 몽골 루트는 사실

상 차단된 상태나 마찬가지랍니다. 조선공화국이 몽골에 철수한 대사관을 다시 설치하고 중국 정부도 내몽고 자치구 국경에 철조망을 치면서 긴밀히 탈북을 막아서고 있어요. 예전에는 다수의 탈북자들이 고비 사막을 넘다 죽는 한이 있더라도 몽골로 넘어들 갔지요. 한때 탈북해서 몽골을 거쳐 남쪽으로 내려가는 북방 루트로 긴요하게 이용되었지만 지금은 상황이 많이 달라졌습니다. 선교사님, 태국 미얀마 쪽 전문 브로커 알고 계시지요?

— 몇 사람 알고는 있지만 지금은 사정이 여의치 않아서 태국 남방 루트를 뚫는 방법도 쉬운 과정이 아닙니다. 그저 신심을 다해 하나님께 기도하고 기도의 응답을 듣고서 한번 시도해 보는 수밖에 없을 텐데 그자들도 손에 들어오는 것이 있어야 움직이니 원~

하느님을 진심으로 믿지는 못하지만 하나님께 기도하고 기도의 응답을 듣고 시도해 보자는 선교사의 말에 춘희는 실낱같은 희망을 가져 보았다.

— 선교사님, 제발 도와 주시라요. 중국 공안들 손에서 빠져나갈 수 있다면 춘희 뭐든 다 할 수 있단 말입네다.

— 공안들 감시를 피하는데 한 가지 방법이 있습니다. 뭐 좀 권할 만한 일은 아니지만 춘희 자매 본인이 이렇게 뭐든 하겠다고 덤비는 마당이니 임시방편으로 조처를 취한 연후에 기획 틈타 윈난성 쿤밍에만 당도하면 태국이 그나마 지척이지요.

— 선교사님, 태국에만 당도하도록 도와 주시라요. 임시방편이라는 그 조처가 무엇입네까? 춘희 뭐든 하갔습네다.

춘희는 불끈 주먹을 말아 쥐었다. 아무리 구석에 몰려도 빠져나갈 구멍은 있는 법이라고 생각했다.

– 여기 중국 한족 사내한테 시집가서 한 1년 정도 살면서 기회를 엿볼 수가 있지요. 이게 사실 난처한 일이라서 춘희 자매한테 권하기가 영~

춘희는 선교사의 말에 입을 다물고 말았다. 공화국 보위부 간부한테 갈기갈기 찢어진 몸을 이제 낯선 나라 사내한테 맡겨 만신창이가 되는 길이었다. 이렇게 살아서 남쪽에 당도한들 어찌 어머니를 똑바로 쳐다볼 수가 있으며 장차 어떻게 혼인을 할 수가 있다는 말인가. 막상 시키는 대로 뭐든 하겠다는 말이 얼마나 공연한 말 짓에 지나지 않았는지 깨닫고 말았다. 춘희는 고개를 좌우로 세차게 흔들었지만 먼저 두 눈에서 뜨거운 눈물부터 흘러내리고 있었다. 목사가 안타깝다는 듯 춘희의 어깨를 다독이면서 말했다.

– 춘희 자매님, 우리도 특별히 도와드릴 만한 여력이 없습니다. 이렇게 은밀히 장소는 제공하고 있지만 이제 중국 공안한테도 노출되어 안전을 장담할 수가 없다 이 말입니다. 여기에서 일을 해서 여비를 벌면서 기회를 보는 것도 전적으로 브로커들 영역이고 우리야 그저 심정은 안타깝지만 하나님 말씀을 전하고 하나님의 존재를 받아들이도록 도와주는 일이 우선이지요.

목사의 말에 춘희는 실망이 가득 밀려오는 듯했다.

– 춘희 자매님, 목사님 말마따나 선교사인 나 역시 공화국에서 국경 넘어온 동포들 위해 선교도 하고 복음도 전파를 하면서 종종 남쪽에 무사히 내려가도록 돕는 일을 하기도 했지만 이제 어찌나 공화국에서도 탈북자 체포에 혈안이 되어 있는 데다 중국 공안들마저도 사정을 보아주지 않으니 상황이 어렵습니다. 자매님이 가진 달러가 얼마나 되는지 모르지만 윈난성 쿤밍까지 가는 것도 사람을 사야 하니 돈이고,

우여곡절 끝에 태국에 당도해도 태국 역시 난민협약을 체결한 국가가 아니니 불법 입국자가 되는 것이지요. 태국 현행법상에도 불법 입국자가 되니 벌금을 내거나 구류를 살아야 한단 말이지요.

사방이 막힌 자신의 처지를 춘희는 들여다보고 있었다. 이제 대체 어떻게 해야 한단 말인가.

— 그만 하시라요. 춘희한텐 고저 뜬구름 잡는 격이에요. 조국을 버리고 도망가서 범죄자 취급당하느니 차라리 죽을 바엔 공화국으로 돌아가 죽는 것이 낫겠습네. 나도 한때 조선공화국의 열혈 충성분자였다는 것을 똑똑히 보여주고 죽는 게 낫겠소. 남쪽 어머니 말인즉 중국에서 배를 타고 가는 방법도 있다기에 흠씬 좋아 했더래는데~

춘희는 흐느끼기 시작했다. 설움이 복받쳐 올라왔다.

— 진정하세요, 자매님. 여기에서 배편으로 가는 방법도 있고 여권을 위조해서 비행길 타고 가는 방법도 있지만 검표원들 눈이 매의 눈이란 말이에요. 신분이 노출되는 날엔 재깍 북송행인데 요즘에는 달러를 가지고도 빠져나오기 쉽지 않답니다. 좋은 브로커 만나 라오스 국경까지 가는 데도 여러 검문소가 있고 태국으로 가는데도 메콩강을 4시간 이상 건너야 하고 그저 국경 수비대는 눈을 감고 있지 않아요.

돈이 있어도 지금은 쉽지 않다는 목사와 선교사의 말에 그녀는 기운이 빠졌다. 춘희는 기도실에서 기운이 쭉 빠진 몸으로 눈물을 흘리면서 비틀비틀 걸어 나왔다. 공연히 목사와 선교사를 찾아가 상처만 받고 말았다. 어느 누구의 도움도 받을 수 없는 죄인 아닌 죄인이 되어버린 자신의 처지가 가련할 뿐이었다. 이 가련함을 누구한테 하소연할 수 있다는 말인가. 이쪽도 저쪽도 돌아갈 수조차 없는 몸, 겨우 몸을 가누며 숙소에 당도하니 중년의 억센 녀자가 따뜻하게 손을 뻗는다.

차라리 중년 녀자한테 모든 사실을 털어놓고 작은 도움이라도 받는 것이 낫지 않을까. 생각해 보았지만 중년녀자 역시 처지가 춘희와 다를 바가 없을 것이라는 생각에 춘희는 망설일 뿐이었다.

제25장 배반의 선물

1

조선인민공화국에 강철처럼 단단한 믿음을 주는 것은 오직 핵이라는 괴물이었다. 핵은 김정은 공화국의 생존을 위한 생명의 원천이며 김정은 권력의 상징이었다. 김일성 정권 이후 끊임없이 지속적으로 추구해온 것이 바로 핵 개발이었다. 김일성, 김정일 두 부자가 오직 핵에 집중했다면 김정은 체제에선 핵을 중심으로 경제력을 강화하는 핵과 경제 병진 노선을 혁명화의 전략으로 삼고 있었다.

김일성은 눈을 감기 직전까지 아들 김정일에게 핵만이 공화국 정권을 지킬 수 있는 유일한 힘이라는 것을 강조했다. 김정일 또한 틈만 나면 어린 김정은에게 북조선 공화국의 체제를 유지하기 위해서는 핵을 보유하여야 한다고 뇌리에 각인시켜 왔으며 결국 유훈유언이 되었다. 김정은은 아버지 김정일 사후 권좌를 물려받으면서 귀에 딱지가 앉도록 들었던 핵의 중요성을 항상 가슴속에 품고 살았다.

김정일 사후 김정은은 아버지의 유훈을 받들어 철산군 동창리 로켓발사장에 총력을 쏟았다. 권력 싸움의 소용돌이 속에서 불안한 자신의 미래와 외세의 혹독한 압력들을 견뎌내기 위한 힘은 아버지 말씀처럼 핵으로부터 비롯되고 존재한다고 강력히 믿고 있었다. 아버지 김정일이 죽고 얼마 지나지 않아 김정은은 핵을 통해 인민들의 관심을 끌어보고자 하였다. 하지만 야심차게 준비한 광명성 3호 장거리 로켓의 발사는 결국 실패로 끝나고 말았다.

실패의 쓴맛을 곱씹은 김정은 정권은 거기에서 포기하지 않고 역시 철산군 동창리 로켓 발사장에서 은하 3호의 발사를 성공시켰다. 김정은은 이런 성과에 탄력을 받아 핵실험에 더욱 박차를 가하기 시작했다. 은하 3호 성공 이후 몇 달 만에 길주군 풍계리에서 3차 핵실험을 시도하였고 자신감에 불타 정전협정 백지화를 선언하기까지 하였다. 세계에서 유례없는 독재와 인권유린을 감행하면서 김정은은 거만한 생각을 품고 있었다. 공화국이 핵 개발에 성공하면 남조선 정도를 장악하는 것은 식은 죽 먹기라고 그는 호언장담하고 있었던 것이다.

몇 해가 지나 김정은 공화국은 길주군 풍계리에서 4차 핵실험을 강행했다. 이어 철산군 동창리에서 장거리 미사일 발사에 성공했다. 이른바 '광명성 4호' 발사의 성공이었다. 김정은은 광명성 4호 발사의 성공으로 핵보유국을 만방에 드러낸 것이기라도 한듯 선동선전에 열을 올렸다.

북조선 공화국의 이러한 군사적 도발은 많은 파장을 불러일으키고 있었다. 남쪽 박근혜 정부는 개성공단 운영을 전격적으로 중단했다. 남쪽의 이러한 조치에 따라 김정은 공화국은 즉각 공단 폐쇄 조치를 내려버렸다. 그러면서 박근혜 정부를 괴뢰 정부 운운하며 헐뜯기 시작했다. 개성공단에 입주한 남쪽의 124개 기업은 당장 공단에서 철수할 수밖에 없었고 엄청난 손실을 떠안아야 했다.

유엔에서는 김정은 공화국의 핵실험과 군사도발 등을 압박하는 카드로 경제제재 카드를 꺼내 들었다. 천안함 폭침 사태가 일어난 이명박 정부 때부터 끈질기게 조선인민공화국의 군사적 도발에 상응한 조치를 취하면서 강력한 압박 카드를 꺼내 들었다. 김정일 정권 때인 1차 핵실험 이후 유엔 안전보장이사회안보리는 대북 제재 결의 1718호를 발령했다.

모든 회원국에 북한 무기 금수 조치 의무를 부과하고 대량 살상무기

품목을 비롯하여 재래식 무기, 사치품의 거래 금지와 화물검색 조치 등이 내용의 골자였다. 이후 2차 핵실험을 도발하자 안보리는 대북 제재 결의 1874호를 발령하며 더욱 강력한 카드를 빼 들었다. 무기 금수나 수출 통제는 물론 조선공화국을 드나드는 모든 화물을 검색하였으며 금융이나 경제 등으로 제재 범위를 확대하고 그 이행을 철저히 하도록 강력하게 규정했다.

김정은 정권은 이러한 유엔 안보리의 강력한 규제에도 불구하고 핵에 대한 미련을 결코 버릴 수가 없었다. 핵의 포기는 김정은 정권의 포기요 3대 세습의 포기라는 듯 더욱 강력한 핵 도발을 준비하고 있었다. 이러한 결과물이 광명성 4호의 성공으로 나타나게 되었던 것이다.

이러한 김정은 공화국의 핵실험에 대응하여 남쪽의 박근혜 정부는 미국과 사드THAAD 즉 고고도미사일방어체계 도입을 결정하여 공식화하기에 이르자 김정은 공화국과 중국이 강력하게 반발하기 시작했다. 남조선의 박근혜 정부가 개성공단 가동을 중단하고 미국과 합작하여 사드를 배치하는 것에 맞불이라도 놓을 것처럼 김정은 정권은 물러서지 않았다. 핵 개발에 대한 공화국의 집착이 강하면 강할수록 그 파장이 커질 것이라는 것을 남쪽이나 북쪽이나 모두 예상할 수 있었지만 힘겨루기에 있어서는 어느 쪽도 물러설 기미를 보이지 않았다.

김정은 공화국은 가열찬 자세로 5차 핵실험의 준비에 뛰어들고 있었다. 핵실험 도발이 일어날 때마다 안보리는 더욱 강력한 제재 조치를 취했다. 핵을 보유하여 당당히 핵보유국 반열에 오르는 것이 김정은의 목표였다. 그래야만 김정은은 자신의 정권을 유지할 수 있다고 믿었고 공화국 주민들을 강력하게 통제할 수 있다고 판단했다.

김정은은 핵과 경제 병진 노선을 틀어쥐고 자위적인 핵보유국으로서의 지위를 확고히 하겠다는 조치들을 다발적으로 취해 나가고 있었다. 김정은은 박근혜 정부와 미국이 손을 잡고 사드 배치를 공식화하자 이에 대한 도발로 함북 명천의 한 해안 절벽에 있는 무수단에서 중거리 탄도 미사일을 발사했다. 무수단 미사일 발사 성공으로 인해 한반도는 일촉즉발의 위기 속에 긴장이 고조되고 있었다. 무수단 미사일로 북한 공화국은 미사일 기술에서 가장 어렵다는 대기권 재진입 기술의 성취를 세상에 과시할 수 있었다.

또한 박근혜 정부가 한미 공조를 통한 사드 배치를 공식적으로 발표하자 김정은은 사드로도 방어하기 어렵다는 잠수함 탄도 미사일SLBM을 발사하는 데 성공했다. 남쪽이 갖춘 북 미사일 방어체계인 킬 체인을 총체적으로 무력화시켜버릴 수 있는 실험이었다. 고정기지나 폭격기에 의해 운반되는 탄도탄에 비하면 잠수함에 탑재하여 어느 수역에서나 은밀하게 기습적으로 발사할 수 있는 잠수함 탄도 미사일은 상대의 어떤 방어 능력도 무력화시킬 강력한 전략 무기였던 것이다.

김정은 공화국은 이후에도 핵에 대한 실험을 지속할 것임을 천명했다. 이러한 핵실험의 눈부신 성공은 김정은 공화국의 자부심이었다. 대외적으로는 물론 특히 공화국 주민들에게는 대단한 자부심임을 강조하며 즉각적으로 수민들에게 보도했다. 공화국 하늘 밑에서 주민들은 가난과 굶주림에 허덕이면서 자신과 가족, 즉 스스로를 속이며 열광의 대열에 합류하고 있었다.

이러한 사회적 분위기 속에서 김정은은 자신의 체제를 공고히 하려는 작업에 박차를 가했다. 남쪽 영상물의 비밀시청을 불시에 단속하고 옷차림이나 머리 모양새까지 단속했다. 함북 청진에서는 청소년 10여 명을 소년 교양소로 보내고 부모에게까지 추방령을 내렸다. 이색적인 옷차림, 머리 단장 등을 비사회주의적 행위로 규정하는가 하면 김정은 체제에 이반 되는 현상이 나타나자 김정일 체제에서도 단 한 번 없었던 5만여 명의 주민들을 동원해서 횃불 행진도 벌였다. 이렇게 70일 전투, 모내기 전투를 마치고 곧장 200일 전투에 돌입시키자 주민들은 연일 굶주림과 더위에 기진맥진한 상태가 되어갔다.

또한 공개처형이 두 배로 늘어났으며 심지어 굶주림에 지친 주민이 살기 위해 쌀을 훔쳤음에도 처형을 시켰다. 남의 소를 훔치거나 전선을 훔치면 사회질서 문란죄를 적용해 본보기로 처형을 시켰다. 양강도 혜산에서는 탈북 브로커 10여 명을 적발해 공개처형을 단행했다. 은밀히 적발한 다음 신속히 처단했고 많은 주민들이 볼 수 있도록 장마당이나 광장 등에서 공개처형을 했던 것이다.

지역을 이탈한 주민들을 체포해서 200일 전투 노역장에 투입시켰는데 심지어 지방에 거주하는 주민을 체포하여 평양 려명거리 노역장에 투입 시키는 일도 있었다. 북한 공화국 청소년들의 마음속에는 공화국은 망했다는 원망으로 가득했다. 급기야 외국물을 맛본 상류층 자녀들은 유학길에서 공화국으로의 귀국을 거부하는 사례마저 나타나게 되었다. 어쩌다 귀국한 유학생들의 부모는 입단속을 각별히 했으며 접경지역의 청소년들은 일제히 사상교육을 받았다.

물자가 부족한 북한 공화국에서는 사회 전반적인 분야에서 정상적인 일 처리나 그 과정이 진행되지 않았다. 공정해야 할 상급학교 입시 과정에서조차 돈으로 공공연히 거래되었다. 돈주들은 꾹돈뇌물을 먹여 명문대에 자녀를 입학시켰다. 평양외국어대학은 4천 달러, 김일성종합대학은 1만 달러라는 말이 주민들 사이에 회자 될 정도로 공공연한 비밀이었다. 유엔 안보리의 압박이 해를 거듭할수록 강력해지면서 공화국의 숨통을 더욱 강력하게 조여들었다.

박태산은 찌는 듯한 더위로 지치는 것보다 노동당에서 하루가 다르게 압박하는 바람에 녹초가 되고 있었다. 연일 자금을 마련하기 위한 돌파구를 열어 보고자 책상을 마주하고 있지만 워낙 여건이 열악한 터라 뾰족한 방법이 떠오르지 않았다. 태산은 보위부 부하들을 줄줄이 세워놓고 달러를 벌어들일 묘수를 짜내도록 채근하고 있었다.

– 동지들 보라. 지금 우덜이 전시상태나 매한가지라는 거 잘 알지? 노동당에서도 나한테 직접 잘 좀 부탁한다며 손전화를 했어야. 노동당 누구가 나한테 손전화를 하갔나?

태산의 숨넘어가는 듯한 말에 응대를 하고 나선 사람은 부과장이었다.

– 그야, 응당 노동당 부위원장이갔지요. 중국 내 식당 종업원 13명이서 집단 탈출을 하고 듣자니까 주영 북한대사관 공사마저 남쪽으로 망명을 했다지 말입니다. 내각 과학기술담당이래 이런 연유로 처형을 당하고 김영철 통일전선부장마저 고개가 뻣뻣하다고 경고를 받은 마당에도 노동당 부위원장은 건재하지 않습네까?

– 그래, 너희들도 죄 알고 있지? 하니깐 우덜이 어떻게 달러벌이를 할 수 있는지 말해 보란 말이야. 책임지도원 동지, 어서 말해 보라.

태산의 나그침에 책임지도원이 머뭇대며 안경을 벗어 만지작거렸다. 이런 모습을 보던 태산은 화가 치솟아 서류철을 집어 지도원을 향해 던졌다.

– 너 이 새끼 정신 차리지 못하니? 지금 전시상태라는 말 듣지 아니했느냐 말이야? 내각 과학기술담당이 어쩌다 처형을 당했는지 아니? 바로 동무처럼 안경 닦은 죄를 받은 거이야.

– 죄명이래 반혁명종파분자였댔지요. 제1부부장도 지방농장에 좌천

되어 혁명화 교육을 받은 마당인데 고저 모란봉 악단을 끌고 간 자리에서 최고 존엄을 모독한 처사를 보였다 하니 거 뭐 아직도 혁명화 교육중이라지 아마~

하고 역시 부과장 동지가 불쑥 끼어들었다. 부과장 동지는 항상 태산의 말 중에 끼어들어 말자루를 잡는 버릇이 있어서 태산에게 자주 역정을 들었는데 이날도 여전히 예고 없이 끼어들어 말자루를 잡고 흔들고 있었다. 하지만 부과장에게 말자루를 넘겨준 태산은 이날만은 이러한 부과장의 행동에는 역정을 내지 않았다. 부과장의 입을 통해 노동당 부위원장의 각별한 보살핌이 항상 자신에게 내려지고 있다는 것을 간접적으로 알리고 있는 자리였기 때문이다.

태산은 최룡해 노동당 부위원장과 정치적 운명 공동체라고 생각하고 있었다. 최룡해가 승승장구하면 박태산 역시 공화국이 아무리 수렁에 빠지더라도 덩달아 승승장구할 것이라고 생각했다.

– 거 오늘따라 부과장 동지 술렁술렁 말 잘 한다야. 당 창건일에 맞춰 고층살림집아파트 공사도 마무리해야 하고 여명거리 공사도 자금난이 심하다 하니 어쩌겠니, 우덜이 공화국 살림살이에 힘을 보태야 하지 않겠느냐 말이야.

– 밤새 생각해 보았는데 묘안이 있기는 있습네다.

책임지도원 하나가 불쑥 말머리를 잡고 나왔다. 태산뿐만 아니라 사무실 안에 보위부 직원들의 눈동자가 일제히 지도원에게 쏠렸다. 공화국의 살림살이를 마련하는 일이란 결코 쉬운 일이 아닌 터에 묘안이 있다는 지도원의 말은 모두를 긴장하게 만들었다.

– 거 애간장 타들게 하지 말고 날래 말해 보라우. 밤새 생각한 묘안이라는 게 뭐이니?

― 박 과장 동지, 여기 압록강만 건너면 고저 달러벌이 지천이야요. 단동에 있는 어업회사 하나만 대주면 달러야 지천으로 쏟아져 들어오게 할 방법이 있지요.

책임지도원의 말에 동지들은 모두 입을 벌리며 놀랐다. 태산은 특히 그 지도원을 향해 고개를 내밀면서 관심을 기울였다.

― 뭐 중국 단동 어업회사를 대달라 이거이니?

― 과장님, 어업회사 하나면 충분하지요. 우리 보위부 산하 회사하고 조업 계약을 체결해서 석 달만 굴리면 달러 그냥 들어올 것이오.

책임지도원이 아주 확신을 하듯 말했다.

― 그래 아주 좋은 생각이야. 보위부 직속 회사야 고저 성산이 있지 않니. 장성택 반동분자가 운영하던 무역회사 승리가 성산으로 흡수되었잖나 말이야. 그래 직속 회살 리용해서 머를 어드렇게 한다 말이니?

― 동해 원산 앞바다만 해도 낙지우리의 오징어잡이로 성황이잖소. 우리 보위부가 주도적으로 어업권을 파는 거지요. 어업권을 팔면서 입어료를 받고 중국 배 한 척에 우리 공화국 선원 두세 명을 태워 월급을 받게 하는 겁네다.

― 옳거니, 꿩 먹고 알 먹는 장사구나야 거 참~

하고 태산이 자신의 무릎을 쳤다. 어입권이야말로 안보리 제재 대상도 아니기 때문에 마다할 이유가 없었다. 신의주가 중국의 단동과 가장 가까운 항구도시라는 것이 천만 다행스럽다는 생각이 들었다. 일을 바짝 다그쳐서 시간을 절약하면 10월 10일 당 창건일 무렵이면 충분히 실적이 나올 것이다.

태산은 보위부 사무실 부하들과 늦도록 머리를 맞대고 논의를 거듭했다. 노동당 부위원장의 손전화에 대한 답례를 떠나 공화국이 큰 기념일을 앞두고 혁명화의 길목에서 허덕일 때 태산은 자신의 역량을 힘껏 발휘하여 상부의 눈에 띄고자 하였다. 보위부 직속 회사 성산 역시 마다할 이유가 없을 것이다.

성산만 도와준다면 놀고 있는 공화국 주민 손에 월급도 쥐어주고 당에 세금도 바치고 여기에 자신의 주머니를 채워줄 정도가 된다면 정말 꿩 먹고 알 먹는 일이 아니겠는가. 태산은 입이 절로 벌어지고 어깨가 으쓱거렸다. 보위부 꼭대기에서 찍어 내리는 지시를 감히 성산이 어찌 거절할 수가 있겠는가 말이다. 다음 차례는 자신의 어깨 위에 내려질 빛나는 견장이라고 태산은 생각했다.

태산은 부하들에게 세부 일정과 구체적인 업무 계획을 마련하라고 지시했다. 보위부 관계자들이 직접 단동에 가서 어업권 대금을 받는 문제, 조업 허용 수역 면적, 배 1척당 받아내야 하는 액수, 낙지뿐만 아니라 멸치를 포함한 다양한 어종 선정, 공화국 선원에 대한 한 달 급여 상한액, 급여에 대한 무거운 세금, 중국 선박의 북조선 공화국 선박으로 위장 방식 등 다각적으로 논의했다.

이러한 위장 사업이 성공을 거둘 시에 이 사업을 전면적으로 확장하는 문제나 보위부 사무원들을 신의주 곁 중국의 단동, 랴오둥반도 끝에 있는 다롄, 황해를 끌어안은 모습으로 한반도를 마주하고 있는 산동지역까지 확대하여 진출시키는 방안에 대해 늦도록 머리를 맞대 논의를 거듭했다.

태산의 생각에 만족할만한 계획의 성과물을 얻을 수 있음이 분명했다. 이제 윗선에 보고하고 일사천리로 부하들을 독려하면 새로운 세계가 자신 앞에 펼쳐질 것은 자명한 일이라고 생각했다. 태산은 쉴 틈 없이 부하들을 독려하고 다그치며 일을 몰아치기 시작했다. 상부에 보고

하여 곧장 답신을 받았다.

태산은 놀라운 계획이며 짧은 기간에 소기의 목적을 달성할 수 있는 좋은 방안이라며 상부의 칭찬까지 듣게 되었다. 상부에서는 온갖 지원을 아끼지 않을 것이니 모든 역량을 발휘하여 공화국 살림살이의 큰 축이 되어 달라는 당부까지 하였다.

태산이 힘을 과시하고 있는 시 보위부에서 건의한 어업권 판매계획은 실질적으로 실현 되기에 이르렀다. 시 보위부와 인접한 단동지역에 보위부 산하 회사 성산을 중심으로 사회민간회사 신진과 역시 사회회사 828 등 세 업체가 참여했다. 이 세 회사를 통해 북조선 공화국이 중국에 판매한 어업권은 서해상에만 530여 척에 달했다. 동해상까지 포함하면 실로 놀라운 숫자였고 이를 계기로 남쪽 면적의 삼 분의 일에 해당하는 수역으로 확대되었다.

공화국이 석 달 동안 중국 측에 어업권을 판매하고 얻을 것으로 예상되는 수익은 수백억 원이었다. 원래 북조선 공화국 배에만 내주게 되는 어로 허가증이 중국 배에 제공되었는데 그 실상은 허술하기 그지없었다. 그저 종이에다 공화국 배 이름을 써서 번호를 매기고 비닐을 덧씌워서 부착하면 그만이었다. 돈줄이 마른 공화국으로서 단기간의 어업권 판매를 통해 막힌 숨통을 어느 정도 터보려는 대대적인 작전이었다.

어려운 살림살이에 핍박받던 공화국에 단비를 내려줄 태산의 이러한 작전은 노동당의 칭찬 거리가 되었다. 이런 까닭에 태산의 어깨는 더욱 으쓱해지고 목도 더욱 뻣뻣해졌다. 노동당에서 직접 태산을 불러 격려와 더불어 선물까지 주었다. 태산은 노동당의 선물을 품에 안고서야 어느 정도 긴장이 풀리기 시작했다. 태산의 기를 한껏 살려준 것은 다름 아닌 스위스제 고급시계였다.

태산은 스위스제 고급시계를 손목에 두르자 감격하여 숨이 막힐 지경이었다. 공화국에서 스위스제 시계를 노동당으로부터 하사받는 것은 내일날에 대한 출세길이 활짝 열리고 있다는 것을 의미하기 때문이다. 지난 7차 노동당 대회에서 고위간부 100명에게만 주어졌던 번쩍번쩍한 시계가 태산의 손목에 걸려 있었다. 대북제재 이후 사치품 수입에 철퇴가 내려지고 보석이나 고급 차량, 사치성 시계 등 품목에 유엔 안보리는 치사할 정도로 제재 카드를 빼어 들었다.

시계의 제조 당사국인 스위스마저 북조선 공화국을 향한 대북제재에 동참한 까닭에 고급시계를 구경하는 일이 결코 쉬운 일이 아니었다. 스위스 정부 내에서조차 유엔 제재 담당자가 직접 감독을 할 정도였다. 따라서 김정은 체제 이후 초기 집권 때는 수십만 달러어치를 수입해 들어왔지만 이후 차츰 고급시계의 수입은 곤두박질치던 상황이었다.

보위부에서 태산의 입지는 크게 넓어지고 있었으니 이를 기세로 태산은 더욱 김정은 공화국의 총애를 받고자 피눈_{혈안}이 되고 있었다. 소파에 비스듬히 기대어 앉은 태산에게 당장 노랑져서_{기름져서} 눈이 부신 곳은 왼쪽 손목이었다. 노동당으로부터 선물로 받은 번쩍이는 스위스제 고급시계가 보란 듯이 번쩍이는 탓이었다. 태산은 부러 시계가 드러나 보이도록 셔츠의 소매를 위로 잡아당겼다.

마침 호출을 받은 배가 나온 부과장이 태산의 이러한 치기에 노죽_{알랑방귀}을 날리고 있었다.

– 고저 번쩍번쩍하는 게 박 과장님에 앞날이 번쩍번쩍하는 거 같구만이요. 이 게 달러로 치자면 1000달러는 족히 넘어가지요?

– 1000 달러가 다 머이니. 요 초침 돌아가는 거 보라. 고저 재깍재

깍 에누리 하나 없는 게 그냥 정교 하다야.

태산은 어김없이 찰칵찰칵 돌고 있는 초침을 뚫어지게 바라보았다.

― 노동당 최고 간부조차 구하기 힘들다는 비까번쩍한 스위스제 시곌 선물로 받았으니 고저 앞길이 탄탄하게 열리누만이요.

― 암 그래야지, 여 멋진 로고 좀 들여다보라, 여게 뭐라고 쓰여 있니?

태산이 손목을 부과장 앞에 쭉 내밀었다.

― 엠포리오 아르마니 뭐 잘은 모르지만 공화국 상류층들 사이에선 최고 시계라는 것쯤은 알지요.

― 내래 어찌나 매끈한지 듣고도 이름조차 붙들어 매지 못하겠다이야. 공화국 녀성들이 이런 시계 선물 받으면 고저 눈이 게시시 풀리겠지?

태산의 머리에는 시계를 보고 함박꽃웃음을 지어줄 정숙 동무가 떠올랐다.

― 눈만 게시시 풀리다 뿐입네까? 고저 놀라 발딱코들창코가 될 겁니다. 뭐, 덕순 동지한테 선물이라도~

하는 부과장의 말에 갑자기 태산의 입에서 재채기가 튀어나왔다. 마치 뭐를 잘못 먹었거나 살못 들어 깜짝 놀랐을 때 나다니는 그런 몸의 반응이었다. 태산이 한참 재채기를 털어낸 연후에 숨을 몰아쉬며 부과장을 향해 소리쳤다.

― 거 동무는 잘 나가다가 허망허방을 짚는 게 탈이란 말이야. 내래 노동당으로부터 받은 목숨보다 귀한 선물을 어찌 덕순 동지한테 주겠니, 동무 정신 바짝 차리라.

― 알겠습니다. 내래 공연히 헛말이 나왔습네다. 사실 과장님 가슴

속을 채우고 있는 그 향기 나는 녀성 동무에게 선물을 전해줄 덕순 동지를 우선 생각한 탓에 그만~

― 부과장 동무, 이제야 바른말을 하누만 그래. 날 리해해 줄 사람은 그래도 부과장이구나야. 내래 늘상 고마워하고 있지. 건 그렇고~

태산은 사내끼리 귓속말로 속삭이기 민망했던 탓인지 손바닥으로 자신의 입술 꼬리를 가리며 목소리를 잔뜩 낮추어 말했다.

― 춘희라는 계집애는 지금 어찌하고 있니?

― 지금 단동 외곽 교회에 있다고 합네.

역시 귓속말로 부과장이 대답했다.

― 고건 내래 알고 있는 내용이야. 거게 있다고 보고 받은 게 언제 적 일이니. 뭐 어찌 지내고 있는가 이게 궁금하단 말이지.

― 국수 공장에서 노역하고 있다고 하오. 중국 공안이 날마다 은밀히 감시하고 있답네. 고저 언제든 지시만 내리면 포획을 해서 공화국 보위부에 인계할 수 있도록 연락 취하고 있습네.

자신감 넘치는 부과장의 목소리였다. 태산이 상체를 거두어들이며 역시 작은 소리로 말했다.

― 춘희 간나 몸에 함부로 손대지 말라 당부하라.

― 아이쿠~ 여부 있겠습네까. 감히 춘희 간나 몸에 손을 댄다는 것은 이게 리치적으루다 말이 되지 않지요. 아주 고년 젖집유방이 풍만하더만요. 엉덩이도 실팍한 게 그냥 보자마자 늘어진 하품이 달아나더란 말이에요.

부과장이 태산의 표정을 살피며 말했다. 태산이 입술을 틀어 올리며 말했다.

― 부과장 아주 재미 났구나야. 내래 춘희 간나 몸에 함부로 손을 대

지 말라는 뜻은 저 중국넘들 씨를 뱃속에 품고 올까 두렵다는 뜻이야 뭐 다른 뜻이 있가서?

– 아이쿠 그러믄입죠. 집결소에 그냥 모란봉만한 배를 디밀고 들어오는 에미나들 때문에 골머리를 앓은 적이 어데 한두 번이오? 중국넘들 씨를 두고 볼 수도 없고 어쩌든지 저놈들 씨는 막아야 하니 원~

– 고만하라. 입 뚜껑 열리니깐 두루 아주 살판 났구나야. 건 그렇고 이번 모내기 전투 관내 이탈자 명단 가지고 왔지?

태산은 공연히 달아오른 낯바닥을 쓸어내렸다.

– 어느 분부라굽쇼. 여게 있습네다.

태산은 부과장으로부터 관내 모내기 이탈자 명단을 건네받았다. 이번 모내기 전투에서 상당한 인력이 이런저런 힘을 내세워 이탈을 하였는데 이를 대대적으로 질타하라는 상부의 지시가 떨어졌기 때문이다. 태산은 안경을 벗고 서류의 글씨들을 뚫어지게 살펴보고 있었다.

– 과장 동지, 뭐 지시할 거라도 있습네까? 뭐 그리 고민을 하십네까. 고저 내게 지시만 하시라요.

– 여 고등중학 박상철, 리참 두 학생은 기록에서 빼라우. 너들 눈치가 어찌 없니?

태산이 서류를 직접 손으로 짚이대며 답답하다는 듯이 부과장을 향해 다그치고 있었다. 태산의 다그침에 부과장은 몸을 부르르 떨며 어찌할 바를 몰랐다. 그럴 것이, 노동당 고위간부의 총애를 한 몸에 받고 있으며 장차 승승장구 뻗어 나갈 사람이 바로 태산이란 사람이라 여기기 때문이었다.

– 눈치가 모자랐습네다. 응당 그리해야지요, 헤헤~ 그리고 이거는 과장님한테 은밀히 찔러 드리라는 거인데 분조장들이 꾹돈뇌물으로 받

은 인민폐라오.

자랑스러운 표정을 지으며 부과장이 봉투를 내밀었다.

― 거 거 말조심하자야. 아니 낮말은 새가 죄 듣는 마당인데 꾹돈이 머이니 꾹돈이~그래 확인서를 많이 발급 했더나?

태산이 봉투를 받아 입으로 바람을 넣어 확인하며 물었다.

― 그야, 초소가 가로막고 있는 판에 모내기 전투에 참여하지 않고 어딜 돌아 다니겠습네까? 고저 아침 8시부터 밤 10시까지 일했다는 확인서를 발급받아야 초소를 통과해도 통과할 수 있지 말입네다.

― 분조장 주머니래 간만에 풀칠을 했갔구나야. 고저 총동원령이란 거는 단순한 사업이 아니란 말이지. 이거는 제국주의 폭력에 사회주의 위용으로 맞서는 혁명이란 말이다.

말은 그렇게 하지만 태산의 머리에는 챙길 뇌물 봉투가 더 어른거렸다.

― 옳습니다. 그래 주민들이 집단으로 모내기 전투장에 이동하면서 적기가를 우렁차게 불렀소. 비겁한 자야 가라면 가라 우리들은 붉은 기를 지키리라~

― 알겠으니 고저 흥분하지 말라. 내래 급히 나가볼 데가 있으니 부탁한 직포 공장 기업소 200일 전투 선전원들에 위치를 파악해 달라. 그카고 시 인민반장 연결해 달라.

태산은 수중에 달러가 생기면 정숙 동무 얼굴부터 떠올랐고, 달러가 두둑하면 정숙 동무를 만나고 싶은 생각이 더욱 간절했다.

― 시 인민반장은 무슨 일로~

― 5호 담당제래 인민반 분조 담당제로 바뀌지 않았나? 시 지역 선전원들의 평가를 누가 하갔서. 인민반장이 하는 거 아니냔 말이야. 내래

메달 하나 안길 동무가 있어서 만나보려고 하는 게야.

– 알았습네다. 염려 마십쇼. 헤헤~

부과장이 건들거리며 나간 다음 태산은 손목에서 정중히 시계를 벗어서 일찍부터 은밀히 준비한 선물상자에 넣고 있었다. 태산의 손목에 번쩍번쩍 빛나는 스위스제 고급시계야말로 공화국 여성들의 마음을 움직일 수 있는 확실한 물품이라고 생각했다. 태산은 비록 공화국의 살림살이가 어렵다고 해도 자신만은 결코 자갈밭에 놓이지 않을 자신이 있었다. 보위부 상부에 건의한 사업의 순조로운 진행은 태산의 목표물이 한층 가까이 다가선다는 느낌을 주었다.

지난 시당 사상일꾼 회의 개최 시에 선전 선동의 포성을 더욱 힘차게 높이기 위해 태산은 많은 지역 일꾼들을 독려했다. 70일 전투의 성과에 힘입어 경애하는 김정은 위원장의 현명한 영도로서 모든 일꾼들이 총궐기하여 세차게 번영에의 길로 들어서자고 목소리를 높였다. 바로 그 자리에 5호 담당 선전원, 200일 전투 기업 선전선동원으로 정숙 동무가 참여하고 있었기에 태산의 감동은 헤아리기조차 힘들었다. 세상일이란 것이 지금처럼 술술 풀리기만 한다면 얼마나 좋을까. 생각할수록 태산의 가슴은 설레고 벅찼다. 사내에게 힘이란 세상을 단단히 버티고 살아갈 수 있는 토내가 되는 깃임을 대산은 누구보다 잘 알고 있었다.

2

신의주시의 직포 공장방직공장 노동자들이 일을 마치고 쏟아져 나오고 있었다. 정숙은 한복을 곱게 차려입고 목에 표찰을 두르고 어깨 밑에도 완장을 찼다. 70일 전투가 끝나고 공화국 전역에는 곧장 200일 전투가 시작되었다. 70일 전투에서 기업소의 선전원으로 뽑혀 당당히 공로 메달을 받고 정숙은 크게 고무되어 있었다. 공화국에서 한번 대차게 살아보자면 무엇이든 선봉에 서야 눈에 띄고 목이 터지라고 외쳐대야 충성 분자로 인정받는다고 생각했다.

70일 전투에서도 앞장서서 목에서 피가 나도록 외쳐댔고 겨우 집에 돌아와 까무러칠 정도로 사상의 고삐를 바짝 당겼다. 이런 결과는 공로 메달이라는 훈장으로 깜짝 빛을 발휘했다. 기업소 동료들의 모범이 되어 상부의 훈장을 거머쥔 마당에 두려울 것이 없었다. 직포공장 정문 네거리에서 기업소 선전원들이 대열을 이루어 선창과 후창을 하고 있는데 노동자들이 물밀듯이 쏟아져 나오면서 선전원들을 따라 후창을 하고 있었다.

– 집과 담장에 회칠을 합시다!

– 집과 담장에 회칠을 합시다!

정숙이 밤새 정성껏 준비한 구호들을 선창하자 선전원들과 노동자들이 일제히 따라 외쳤다. 일터나 마을을 꾸리는 사업은 단순한 사업이 아니다. 연일 텔레비전에서 토해내고 있는 제국주의 책동에 사회주의 위용으로 맞서는 길이었다.

– 도로 석축 작업을 앞당깁시다!

- 도로 석축 작업을 앞당깁시다!

정숙이 준비한 선전 문구들은 독특하지만 조선인민공화국 주민들이 반드시 외쳐야 하는 구호였다. 독특한 선전 문구란 사실 주민들의 생활 속에 있는 것인데 아직 실천하지 못했던 것들을 상기시키는 것이었다. 세 끼 식사도 두 끼로 줄이며 허리띠를 죄면서 생활 속에서 총화를 실천할 수 있는 것이 지금 공화국 주민들에게 필요했다.

- 담장을 낮춥시다!
- 담장을 낮춥시다!

정숙이 선창을 할 때마다 노동자들은 가슴속에 콕 콕 박힌다는 뜻인지 흥겹고도 발랄한 몸짓과 음성으로 후창을 하고 있었다. 정숙은 이런 모습에 마음속으로 뿌듯함을 느끼고 있었다. 차량들이 심심찮게 직포 공장 기업소 네거리를 돌고 있고 지나가는 사람들도 기업소 노동자들의 대열에 합류하는 모양이었다. 공화국 전역이 200일 전투 대열에 크게 고무되고 있었다.

- 거리에 나무를 심읍시다!
- 거리에 나무를 심읍시다!

정숙의 입에서 선전 문구 하나가 튀어나올 때마다 여기에 호응하는 기업소 노농자들의 반응은 뜨거웠다. 지나가는 사람들도 대부분 선전 문구를 함께 후창하고 있는 판에 어떤 노인 하나가 작은 소리로 불만을 토로하고 있었다.

- 흥, 하루하루 벌어 먹고살기 힘든 판국에 총화는 무슨~
- 장마당 나가 장살 해야 목구멍에 풀칠을 하지비~ 나무는 무슨 나무~

이때, 네거리 교차로에서 이러한 불만을 늘어놓는 주민들을 예리하게 쏘아보는 눈이 있었다. 그의 차림은 누구보다 번쩍번쩍 빛이 났다. 머리에도 기름을 먹였는지 번질번질했고 이마가 훤해 보였다. 선전원들의 외침에 푸념을 늘어놓는 그 노인이 네거리 한 곳으로 방향을 틀며 걸어가자 그는 재바르게 노인의 뒤를 쫓고 있었다. 노인은 어느 골목길에 접어들었고 골목길로 막 접어든 순간 노인은 영문을 모른 채로 목을 잡고 맥없이 쓰러졌다. 노인이 땅바닥에 쓰러지는 것을 보고서야 머리에 기름을 칠한 사내는 선전원들의 목소리가 우렁차게 솟아오르는 네거리로 돌아오고 있었다. 그는 아주 민첩하고 정교한 동작으로 노인을 제압했는데 매우 순식간이었다.

여름 해가 길게 그림자를 만들면서 낮 동안 달군 땅의 열기처럼 노동자들의 열기도 하늘을 찔렀다. 정숙은 목에 핏줄이 터지도록 힘껏 선전 문구를 선창하고 있었다. 기업소 노동자들이 집으로 돌아가는 중에도 정숙의 외침에 걸맞게 호응을 해주니 정숙의 어깨가 으쓱해졌다. 저만치 보니 선전선동부의 지도원이 주위의 반응을 열심히 살피고 있었다.

당과 공화국의 방침을 선전원들에게 선전하고 교육시키며 평가를 하여 상부에 보고하는 일을 하는 지도원은 정숙을 매우 신뢰하고 있었다. 70일 전투 때에도 함께 일하며 정숙을 인정한 바가 있고 그 지도원의 적극적인 추천으로 훈장을 받은 것이다. 이번 200일 전투에도 지도원은 정숙의 의견을 적극 반영하고 정숙의 머리에서 나온 선전 문구 등을 아주 좋다면서 격려해주었다.

열기가 한껏 고조 되었을 때 정숙의 선창으로 선전가를 부르기 시작했다. 거리 선전의 최대 효과는 이렇게 선전가로 이어지면서 극대화되는 것이었다.

봄날에도 가리라 겨울에도 가리라~

백두산 백두산 내 마음의 고향에~

항일 혁명의 노정에서 선열들이 필승의 신념을 불태우는 과정을 담은 노래였다. 이를 토대로 인생의 좌표로 삼아 백두의 혁명정신을 본받고 백두의 칼바람 정신을 가슴에 품고 힘겨운 난관을 뚫고 나아가는 공화국 인민들의 끝없는 의지를 구가하고 있었다.

인공기가 펄럭이면서 감격에 젖어 흐느끼는 소리까지 들리고 있었다. 정숙은 이런 순간을 결코 놓치지 않았다. 반쪽짜리 세포 분자로 공화국에서 사람답게 살려면 누구보다 혹독한 대가를 치러야 한다는 것을 정숙은 잘 알고 있었다.

폭풍에도 굽힘 없는 의지를 주고~

신념을 벼려주는 혁명의 전구~

정숙이 땅에서 펄쩍펄쩍 뛰면서 밝고 명랑한 선전가를 부르는데 이런 정숙의 모습이 돋보이는지 사내 하나가 사진을 찰칵찰칵 찍고 있었다. 지도원이 사진을 찍는 사내에게 다가가더니 놀라면서 정중히 거수경례를 붙이고 있었다. 어둑한 네거리에서 정숙은 자신에게 향하는 사내들의 관심이 부담이 되었지만 자신의 내일을 위해서는 견뎌낼 수 있었다. 이악한 여성들은 부러 위에서 내려온 사내들의 눈에 띄려고 안달을 했다.

정숙의 심중에는 항상 자신의 세대주^{남편}인 명호가 있었다. 여태 공화국에서 힘겹게 살아오면서 세대주의 체면에 누가 되지 않도록 처신했다. 세상을 살면서 수많은 우여곡절을 겪었지만 진정 힘든 시기에 자신을 붙들어준 사람이 명호라고 생각했다. 남쪽에 뿌리가 박힌 태생적인 운명은 어쩌면 공화국의 체제 속에서 퇴락한 자신과 공동운명체가 되어 마치 업보처럼 만나게 되었는지도 모른다고 생각했다.

기업소 노동자들이 마지막 꼬리를 감출 때까지 정숙은 선전원 동료들과 함께 목청껏 구호를 외치고 있었다. 당으로부터 훈장을 하나 받고 나니 정숙은 없던 충성심이 더욱 샘솟는 느낌이 들었다. 정숙은 지난번처럼 가슴속에 불이 타는 듯한 착각이 일었다. 훈장이 어찌 한번밖에 빛을 내지 못하겠는가. 목이 터지라고 외쳐대면서 정숙은 훈장이야 한 번은 빛이 되겠지만 영원히 앞길을 닦아대지는 못한다는 세대주의 말을 떠올리고 있었다. 세대주의 말은 정숙에게 가당찮다는 생각이 들었다.

훈장이란 가슴에 달아준 떨어지지 않는 별이어야 한다. 하늘에 박힌 별이 영원히 아래로 떨어지지 않고 빛을 발하듯 공화국으로부터 받은 훈장도 그래야 한다. 어둠 속에 길을 잃은 자신과 같은 막막한 처지의 사람들에게 훈장은 빛나는 별이 되어 나아갈 길을 밝혀 주어야 한다. 세대주의 말처럼 정숙이 그저 빨간 표식이나 없애자고 이렇게 공로 메달에 목을 매는 것이 아니었다.

정숙의 그림자가 어둠 속에 녹아들고 기업소 노동자들의 자취가 모두 사라질 무렵 정숙은 지친 몸으로 당일 선전원 직분을 마무리하고 있었다. 선전원들끼리 격려하는 자리에서 불쑥 책임지도원 동지가 다가와서 아낌없는 칭찬을 해주었다. 책임지도원 동지와 지도원 동지 등 지역 간부들이 나와 선전원들을 격려해 주었던 것이다.

- 정말 엄청난 혁명가요의 열기가 후끈 달아오르고 있습네다. 우리 같이 제창 합시다.

- 선전원 동무들의 열혈 충성을 적극 지지합네다. 백두산으로 가리라, 아주 혁명의 진리요 계승의 진리 자체를 보여주는 노래입네다. 총알 1개는 한 사람의 심장을 뚫을 수 있지만 노래 1곡은 천만인의 심장을 움직이지요.

꿈결에도 가리라 그 언제나 가리라~
백두산 백두산 내 마음의 고향에~

누가 먼저랄 것도 없이 선전가를 부르기 시작했다. 노동자들의 열기가 식기 전에 다시 한번 후끈한 열기가 솟구쳐 올랐다. 선전원들은 망설이지 않고 책임지도원과 지도원 동지, 그곳에 함께 참석한 다른 동지들과 같이 손을 맞잡고 선전가를 불렀다.

이 땅 우에 기적들과 행운을 불러~
영웅조선 승리의 길 향도하는 곳~

정숙의 한쪽 손은 책임지도원 동지의 손에 잡혀 있었다. 다른 한쪽 손을 잡은 사람이 누구인지 알 겨를이 없었고 캄캄한 밤이라 얼른 눈에 띄지도 않았다. 선전가의 열기가 어찌나 후끈 달아오르는지 지나는 주민들까지 다시 자기 일처럼 달려와 사이사이 손을 맞잡고 노래의 후렴구를 부르기 시작했다.

가리라 가리라 백두산으로 가리라~

우리를 부르는 백두산으로 가리라~

선전가를 마치고 흥분을 가라앉히지 못하고 일제히 박수를 쳤다. 정숙 역시 박수를 치려고 손을 올리려는데 한쪽 손이 움직이지 않았다. 사내의 투박한 손이 정숙의 손을 붙들고 있었기 때문이다. 정숙은 순간 고개를 사내 쪽으로 돌려 사내의 얼굴을 자세히 바라보았다. 정숙은 순간 입이 벌어졌다. 정숙의 한쪽 손을 불끈 끌어 쥐고 있는 사내는 바로 박태산이었기 때문이다.

― 아이 에그나~

― 정숙 동무, 놀라지 마시오. 어찌나 열성적인지 감동했습네다. 책임지도원 동지, 오정숙 동무 아주 메달감이지요?

― 메달감이고 말고요. 선전 문구 외는 것 보시오. 고저 공화국에 숨은 충성분자지요.

책임지도원이 태산에게 허리를 굽실거리며 노죽알랑방귀을 날리고 있었다. 정숙은 뜻밖의 상황에 놀라 어서 자리를 떠날 생각이었다. 속히 귀가하여 5호담당선전원으로서의 임무를 완수해야 하기 때문이었다. 정숙은 마을 5호담당선전원에 뽑혀 퇴근 후에도 열성적으로 선전원 역할을 수행하고 있었다.

― 책임지도원 동지, 오늘 수고 많았습네다. 오늘 과업이 끝났으니 이만 가겠습네다.

정숙은 허리를 꾸벅 숙여 인사하고 대열에서 빠져나왔다. 정숙은 정갈한 한복 차림 그대로 네거리를 지나 무궤도전차 정류소에 당도했다. 기다란 줄이 늘어져 있고 인민들이 분주한 모습으로 전차를 기다리고 있었다. 태산이 언제 정류소로 자동차를 몰아왔는지 조수석 문을 열고 소리치듯 말했다.

― 정숙 동무, 트롤리버스 무한정 기다리지 말고 타시오. 인민반 세대원들 대표로 뛰자면 트롤리버스론 택도 없지, 고저 동작이 날래야 인민반 사상의 고삐도 틀어쥘 수 있단 말이야요.

― 정숙이 일없습네다. 내 걱정일랑 말고 동무 어서 가시라요.

태산이 안 되겠다는 듯 자동차 운전석 문을 열고 튀어나오더니 정숙의 손을 무작정 잡아끌었다. 정숙은 끌려가지 않으려고 힘껏 저항해 보았지만 소용이 없었다. 태산의 힘은 강력했고 정숙은 강제적으로 이끌려 준마 세단 자동차의 뒷좌석에 오르게 되었다.

태산이 정숙을 뒷좌석에 태우고 무작정 자동차를 몰기 시작했다. 태산은 이제 정숙 앞에서 다른 때보다 자신이 넘쳤다. 명호의 목숨을 확실히 틀어쥐고 있다고 생각했으며 노동당 간부의 절대적인 지지를 받고 있다는 것도 자신감을 끌어올렸다.

태산은 한뉘 연분 하던 정숙과 자신의 자동차 안에 함께 있다는 것에 만족감이 느껴지고 있었다. 태산은 스위치를 눌러 음악을 켰다. 기업소 네거리에서 선전원들과 노동자들이 열정적으로 불렀던 백두산으로 가리라는 선전가가 우렁차게 차내에 피졌다.

― 소리 좀 줄여 달라요.

정숙이 좁은 차내에 소용돌이치듯 울려 퍼지는 선전가가 공연히 못마땅하게 여겨져 큰 소리로 말했다. 태산이 정숙의 소리치듯 하는 태도에 뒤도 돌아보지 않고 소리를 줄인 다음 자동차의 속력을 올렸다. 한참 어디론가 내달리다가 태산이 입을 열었다.

― 정숙 동무 충성 분자 아주 다 되었구나. 올 연말에 공로 메달 하

나 매달게 생겼다이야.

- 정숙인 메달 같은 거 관심없습네다.

정숙은 마음에도 없는 말로 태산에게 저항하고 있었다. 정숙이 이렇게 새벽부터 밤늦도록 기업소 선전원과 5호 담당 선전원에 매달리는 것은 오직 가슴 위에 훈장을 매달기 위해서였다. 정숙은 반쪽짜리밖에 되지 못하는 자식들을 위해 손발이 부르트고 목이 터져라 외치고 다니는 것이었다.

- 어찌 속없는 말을 하니. 정숙 동무야 목에 메달 걸려고 진종일 이리 뛰고 저리 뛰는 게 아니니?

- 보자니 동무 남의 안해아내 한테 마냥 반말지거리구만요. 명호 동무가 이걸 엿보면 내 체면이 뭐가 되겠소. 어서 내려주오.

정숙은 찬바람이 가슴에서 불어오듯 차갑게 말했다.

- 정숙아, 어째 이리 냉정하니? 내래 이녁 위해 이리 열심히 뛰고 있단 말이야. 호젓한 차 안에서라도 좀 태산이한테 숙부드럽게 하면 아니 되니? 여기 단 둘밖에 없잖나 말이야.

정숙의 차가운 태도에 태산은 애가 닳았다.

- 아이 에그나~ 내래 임자 있는 몸이란 말이에요. 이거 지금 날라리짓이 아니고 뭐란 말입네까? 정숙이 갈길 바쁘단 말이오.

정숙은 달리는 차 안에서 여차하면 문을 열고 달아날 생각까지 하고 있었다. 기업소 네거리 앞에서 순식간에 이루어진 이날의 상황이 명호 동무에게 쉽게 설명하기도 어려울 것이었다.

- 보위부 박태산이 하고 있는데 뭐가 두렵니? 내래 리당위원회에 손전화 하나 때리면 그만 아니니?

태산은 사내답게 큰소리를 치듯 말했다. 메달이야 자신의 전화 한

통이면 받아낼 수 있는 것이었다.

― 태산이 동무, 정숙이 한번 살려 주시라요. 이거 경우가 아니란 말입네다. 어서 내려 달라고요. 내래 밤새 5호가 아니라 이제 이웃 10호를 담당하는 세대주란 말이오.

― 정숙 동물 10호 세대주 되게 선전가로 만든 게 이 태산이란 말이야. 내래 이런 말까지 하지 않을라 했다만서두~ 교원을 했다고 머 아무나 10호 선전원 되는 줄 아니? 거 정말 너무 하누마니~

태산이 자동차를 길가에 끼익 세웠다. 정숙은 애처롭게 매달리는 태산이 안타깝게 여겨지면서도 명호 동무를 생각하면 이렇게 자동차 안에 함께 있는 것은 옳지 않다고 생각했다. 정숙은 태산이 마음만 먹으면 공화국 내의 어느 누구의 목숨도 자유롭지 못하게 할 수 있다는 것을 모르지 않았다. 군인 가족 출신이며 그 핏줄을 몸에 거미줄처럼 감고 태어난 명호와 참이 봄이를 생각하면 아찔해지는 것이었다.

― 동무 미안합네다. 공연히 오해받기 싫단 말이오. 여게서 그만 내리갔시오.

― 황소고집 하고는~ 내래 품위 있는 사내이니 정숙이 뜻이 그러하면 보내주갔어. 이 거 받으라, 내 마음이니 이것만은 거절하지 말라.

태산이 운전석에서 손을 뒤쪽으로 길세 뻗어 정숙에게 신물꾸리미를 건네고 있었다. 정숙은 마음에 내키지 않았지만 공연히 실랑이하다 늦어질 것만 같아 그냥 모른 척 받아들었다. 정숙은 선물에 대한 어떤 말도 덧붙이지 않고 자동차 뒷문을 열었다.

― 정숙아 문 닫으라. 내래 아무런 말 하지 않고 집 근처까지 태워다 주겠어. 늦었잖니~

정숙이 내딛으려던 발을 거둬들여 뒷문을 닫자 자동차가 부릉 달려

나갔다. 손에 들린 선물꾸러미를 어찌할까 생각하다 정숙이 물었다.

– 이 꾸러미 뭐이에요? 설마하니 아랫동네 피아스파운데이션는 아니
겠지요?

– 임자 립장 난처하지 않을 테니 걱정하지 말라.

태산은 한숨을 내쉬며 마음을 진정시켰다.

– 남의 안해한테 임자 임자 하지 마시라요. 어째 내래 그쪽 임자란
말입네까?

– 거 단둘이 있는데 간지럽게거북하게 굴지 말라~ 정숙이하고 이 태
산이 사이에 아들애가 있는데 어드렇게 우리가 남이란 말이니? 정숙이
가 몰라서 하는 말이야. 핏줄이란 거 태생적으로 운명이란 말이지~ 핏
줄을 어찌 바꾸겠니?

태산이 정숙 동무 앞에서 자신감이 있는 것은 둘 사이에 태어난 참
이가 있기 때문이었다.

– 핏줄 핏줄 하지 마오. 주체 104년이에요. 울 아들애 참이 고저 공
민증 만들게 생겼는데 아버지 성씨 덜컥 받게 될 테니깐~

– 말 잘 했다야. 아버지 성씰 제대로 받아야지~ 내래 눈 뻔히 뜨고
있어야. 참이를 명호 동무 반쪽 만들 수야 없지 않겠니?

태산은 언제나 기회가 되면 참이를 데려올 생각이었다.

– 기깟 몸속에 흐르는 피가 뭐가 그리 대수에요? 이름도 리참이고
구역도 로동자 구 5반이에요.

– 거 자조하지는 말라 정숙아. 이번 모내기 전투 이탈자 명부에서
참이 꺼낸 사람도 나란 말이야. 헷 명호 제 놈이 울 아들애한테 뭐를
해줄 수 있겠나? 태어난 날도 태어난 곳도 사는 곳도 명호 동무 쪽이
지만 피 형혈액형은 어찌하니? 내래 이미 간파하고 있어야. 느이 둘 사

이에서 나올 수 없는 피 형 가졌다는 거 이거야말로 피할 수 없는 운명 아이니? 인민보안성이야 내 손아귀에 있다는 거는 알겠지. 어드렇든 참이 공민증은 내가 알아서 기록할 거야. 이 게 참이한테 내일날에 세대주로서 살아갈 밑천 마련해주는 거란 말이지. 다 왔으니 내리라우.

정숙은 태산의 집요함에 놀라고 말았다. 그래도 자식 가진 부모로서 당장 닥칠 모내기 전투 이탈자에 대한 혹독한 시련을 태산이 막아냈다니 한편으로는 안심이 되었다.

정숙이 마을 입구에서 지친 몸으로 비틀비틀 걸어 들어가는데 어디서 나타났는지 모르게 명호가 자전거를 타고 나타났다. 정숙은 그만 얼굴이 달아올랐다. 공연히 태산의 자동차에서 내린 것을 들킨 것만 같아 어두운 가운데도 얼굴이 붉어지는 느낌에 고개까지 숙여지고 있었다.

– 언 어찌 이케 늦게 들오나 그래. 나도 늦었지만서두~ 아니 어찌 세대줄 처다보지도 못하고 고갤 숙이고 있니?

– 봄이 아버지, 아무 일도 아니에요. 고저 200일 전투라는 게 쉽지 않구만이요.

정숙은 명호 동무를 처다볼 수가 없었다.

– 아니 정숙 동무, 목소리가 이찌 그새 갈라지니? 오늘도 피 터지게 선전 문구 고저 고아댔구나?

명호가 자전거에서 내려 손잡이를 잡고 밀어가며 물었다. 명호의 목소리에도 매우 지친 모습이 역력했고 어둠 속에 겨우 곁눈질로 올려다본 명호의 모습 역시 고된 모습이었다. 정숙은 마음이 급했지만 태산의 자동차를 타고 돌아온 죄책감에 천천히 명호와 발을 맞춰 걷고 있었다.

– 별 수 있습네까. 이게 정숙의 운명이에요.

– 정숙아, 고만하라. 못난 세대주 때문이지~

명호가 자조섞인 목소리로 말했다.

– 못된 생각 하지 마오. 어찌 봄이 아버지 탓입니까? 몸은 고달파도 요즘 마음은 그래도 한결 편하오. 가꾸잖은 곡식 잘 되는 법 있습네까?

선전원 일을 하면서 그래도 정숙에게 작은 희망이란 것이 있었다.

– 아니 그저 또 그 소리~ 공화국 주민들 지식이니 소질이니 사상이니 정숙이가 어찌 동태를 다 파악해 위원회에 보골 하느냐 말야. 애기 궁전유치원 다니는 애들부터 구부렁 노인까지 정숙이 제대로 하려믄 이거 몸 상한단 말이지. 고저 적당히 하자야. 기깟 메달 누굴 위해 쓰겠다고 이러나~ 참이야 그저 태산이 놈이 있으니 그만이구 봄이 그저 저 할 일 잘 하고 있잖나 말이야~

명호의 입에서 태산의 이름이 튀어나오자 정숙은 다시 슬픔증불안증이 일었다. 예전까진 태산의 이름을 입에 함부로 올리지도 않던 명호의 입에서 이제 태산의 이름이 불쑥불쑥 튀어나올 때면 정숙은 정말 슬픔증이 솟아올랐다. 더군다나 태산의 자동차에서 내린 정숙의 심장에 마치 대못을 박듯 박아대는 태산의 이름이 야속했다. 정숙은 잠깐 걸음을 멈춰 명호를 쳐다보다 공연히 관계마저 서먹해질까 두려워 부러 팔짱을 끼며 아양을 떨어보았다.

– 아니 날라리 짓 하는 녀자도 아니고 아이 망측하구나 정숙 동무~

– 봄이 아버지, 우덜이 이케 팔짱 끼고 걷는다고 누가 흉을 보나요? 정숙인 고저 오랜만에 좋기만 합네.

태산의 모습을 떨쳐버리려고 정숙은 과장된 행동을 하고 있었다.

– 아니 글쎄 자전거 바큇살이 웃겠다니까 글쎄~

정숙은 부러 몸을 바짝 붙여 명호의 옆구리에 매달리듯 걸었다. 이렇게 어둑한 길을 명호와 같이 나란히 걷는 것이 언제 적인가. 하필 태산의 자동차에서 내린 날이 되었지만 이런 모습이 싫지 않은 정숙이었다.

– 봄이 아버지, 가까이 닿아야 정도 두터워진다고 하지 않습네까?

– 아니 글쎄, 틀린 말은 아니다만서두, 아니 무장 옆구릴 끌어당기니 이거야 원 세대주 체면에 소가죽 무릅쓸 수도 없고~

골목길의 황구가 자전거 소리에 컹컹 짖어댈 때까지 정숙은 명호의 온기를 느끼며 오랜만에 잠깐 마음속의 여유를 부려보았다. 대문을 열고 들어와 들가방_{손가방}을 방에 내던지듯 하고서야 10호 선전원 직분을 수행하기 위해 이웃들을 방문하기 시작했다.

3

덕순은 방바닥에 누워 배신감을 느끼고 있었다. 공화국과 당을 위해 첩자 아닌 첩자 노릇을 했고 여자로서 치욕적으로 웃음마저 팔았다. 나그네_{남편}의 벗에게 휘둘려 여러 사람 힘들게도 했고 못된 일도 저질렀다. 태산에게 속아 시키는 대로 했는데 이제 돌이켜보면 아무런 소득이 없었기 때문이다. 하나같이 만났던 명색이 지역 시 당 간부라는 사람들은 덕순을 보자마자 희롱 거리로 삼으려고 덤벼들었다.

마치 밀가루 반죽 같은 노리개가 되었고 레닌모를 쓰고 폼을 잡고 다니는 개똥 모자들은 허울만 좋은 당 간부에 지나지 않았다. 앞에서는 누구 못지않은 열성 당원처럼 행동하지만 뒤에서는 마냥 빈둥거리는 공타공개타도 동무들이었다. 행세깨나 한다는 사람들도 겪고 보니 그저 공화국 우상화에 김정은 충성 분자처럼 떠들어 대지만 말로만 떠들어대는 까투리 새끼들에 지나지 않음이었다.

기껏 보위부 앞잡이 노릇에 죽으라면 죽는 시늉을 했건마는 남는 것은 수치요 찔러주는 달러는 가려울 정도로 궁색했다. 당장 먹고 마실 것에 눈이 혹해 정신 못 차리고 분수 넘는 짓을 했던 자신한테 부끄럽다는 생각이 들었다. 나그네의 묘비 세워줘서 메마른 감정에 움이 텄고 평양 병원에까지 데려가서 호의를 베푸는 것은 좋았는데 마치 우물에 물이 고이듯 때가 되면 어김없이 차오르는 간 복수 빼내는 병은 낫는 병이 아님을 깨달았다. 그래도 아들애를 생각하며 죽은 나그네의 혼령이 기쁘도록 힘껏 살아온 날들이었다.

평양 시내 가서 맛있는 음식을 먹으며 호강이란 것도 했다. 드러내고 내세울 것도 못 되지만 고급 찻집에 들어가서 남정네의 냄새란 것도 맡아 보았다. 지역에선 이름 석 자만 대면 떠르르 하다는 사내들을 혹하게도 해보았다. 생각하면 덕순 자신도 배꼽이 거꾸로 뒤집힐 정도지만 이제 간 군음증이 더욱 심해졌는지 출렁거리는 복수가 원망스럽기 짝이 없었다.

덕순은 강건한 몸이 될 수 있을까 하는 바람이 사치일지 모른다는 생각마저 들었다. 정숙 동무의 지나가는 농처럼 그저 몸이 강건해져서 공화국 남정네들에 혼이 쑥덕쑥덕 빠진다면 얼마나 좋겠는지. 지난날의 순간이 떠올라 피식 웃음마저 펄럭이는 것은 무슨 인생의 격조란 말인가. 이 생각 저 생각에 뒤척이다 덕순은 먼저 떠난 나그네가 그리워 가만히 자리에서 일어났다. 삐그덕 방문을 열고 퇴마루로 나와 마당으로 걸어가는데 공연히 뜨거운 눈물이 흘러내렸다.

병들어 누워있어도 나그네 있는 녀자가 무척 부럽다. 이름값 하느라 기백이 넘치니 어쩌니 하면서 왁작 떠들어대던 시절이 사무쳤다. 나그네가 없으니 만나는 사람마다 자신을 무시하고드는 것만 같아 더욱 기백이 동무가 그립다. 덕순이 이렇게 늦은 밤에 잠들지 못하고 서성이는 것은 비단 이런 이유 때문만은 아니다. 아들애가 나그네 대신이란 말도 있지만 기백이 동무 죽고 그래도 아들애 동실에게 많은 의지를 했다. 아들애를 위해서는 무슨 짓을 못하겠는가 하는 마음에서 은밀히 태산의 첩자 노릇도 했던 터였다.

하지만 이제 태산의 눈 밖에 난 것이 분명한 까닭은 모내기 전투 이탈자들에 대한 색출에서 태산의 힘이 작용하지 않았다는 때문이었다. 덕순은 물론 아들애마저 허울뿐인 소조원 취급을 당하고 말았다는 것에 배신감이 느껴졌다. 쓸모없어 끈 떨어진 뒤웅박 신세가 되어버린 나그네 없는 녀인의 마음을 누가 알아줄까.

동실이 자기 깐엔 그저 공화국 보위부 끄나풀이 되었다고 좋아하던 것을 생각하면 더욱 화가 났다. 이제 아들애도 태산이, 아니 공화국 보위부한테 쓸모없는 조병_{버려진 병사}이 되었구나. 덕순은 낮은 담장 너머로 한숨을 흘려보냈다. 저 뒤로 어둠 속에 깊이 잠든 마전동 공동묘지 나그네의 영혼은 넉순의 곁에 떠돌고 있을까? 공연한 생각을 하게 된다. 사람 살아가는 것이 분명 장난바치_{장난꾸러기}도 아닐 터인데 사람을 가지고 장난질을 하는 것만 같아 덕순은 퉤~ 가래침을 뱉었다.

덕순은 이런 의리 없는 공화국에서 자신한테 퍼붓는 갑작비_{소나기}는 군소리 없이 맞아줄 수 있지만 아들애한테 내리는 불순한 것은 꽃의 향기라도 대적하리라 마음먹었다. 태산이 이놈, 네가 감히 나를 가지고 놀다니~ 벗의 아내를 은근히 꼬여내서 간부들의 여흥을 북돋게 하고 은밀히 발로 뛰어 마련한 돈줄을 자기 목줄에 끌어당기는 야비한 놈, 절대 가만두지 않으리라 다짐을 하고 있었다. 날이 새는 대로 태산을 찾아가 죽는 한이 있더라도 멱살잡이를 하리라.

덕순은 뜬눈으로 밤을 새운 다음 치장도 하지 않은 칙칙한 몰골을 하고 태산의 사무실로 향했다. 목에 총을 들이댄다고 해도 아들애의 일 만큼에는 죽음도 두렵지 않았다. 혼자 사는 것도 서러운데 아들애를 모내기 이탈자라 하여 노동단련대에 잡아들인 처사가 마치 나그네 없는 녀자라고 무시당한 것만 같았다. 더군다나 똑같이 이탈을 했으면서도 노동단련대에 제외된 참이나 상철을 생각하면 더욱 피가 거꾸로 솟았다.

공연히 설쳐서 병을 만들었으니 누구 탓할 노릇은 아니지만 숫제 마른하늘에 날벼락인 것만은 틀림없어 마냥 참을 수는 없는 노릇이었다. 숨이 가빠서 턱밑이 자꾸만 고꾸라지는데 걸음을 떼어놓을 때마다 간복수는 야속하게 출렁거리는 느낌이었다. 살아야지 살아야지 어금니를 물어 다짐을 해보지만 이런 몸으로 어찌 살아낼 수가 있을지 공허하게 뚫린 하늘이 야속하기만 했다.

사방천지를 둘러봐도 덕순에게 위로를 주는 사람은 없었다. 가족이란, 울타리를 단단히 쳐서 온갖 시련을 함께 막아내라는 뜻으로 붙여진 이름이겠지. 모자母子 사이에 이어진 끈끈한 정마저 이제 위태롭게 흔들거리는 느낌이었다. 아들애는 단련대에서 얼마나 모진 노동과 고초를 겪고 있을까. 노동단련대에서는 고된 노역은 물론 온갖 구타와 심하면 고문마저 서슴지 않는다고 했다. 먹는 것은 시래기 섞은 소금국이나 불린 강냉이가 전부여서 숫제 태반이 영양실조에 걸린다는 것이었다.

실태가 이런데도 공화국 당국은 오히려 단속과 통제의 고삐를 늦추지 않고 있었다. 주민들을 닦달하려고 단속과 통제를 확대하고 닥치는 대로 잡아들였다. 누구든 반항하면 죽는다는 것을 알기에 쉽게 반항하지 못했다. 기업소나 공장도 제대로 돌아가지 않은 터에 주민들은 어떻든지 먹고살기 위해 돈벌이에 나서지 않을 수가 없었다. 닥치는 대로 살아가다 보니 당국의 덫에 덜컥 걸려드는 것이었다.

덫이야 그저 올가미나 매한가지지만 헤쳐 나오는 데는 목숨마저 저당 잡힐 정도였다. 공화국의 사회 구조도 잔뜩 기울어져서 그 사회의 구성원들에게 적용되는 모든 처사가 공정한 것은 찾아볼 수가 없었다. 공화국은 이렇게 단련대에 들어온 주민들을 강제노역에 활용하고 있었다. 주민들의 불만이 커지고 국제사회에서 조선인민공화국 수용소 등에서의 강제노역이나 인권유린에 대한 문제가 제기되자 주민강연회에서 단련대를 축소한다고 공개했지만 주민들은 이를 믿지 않았다. 노동단련대는 원래 여행증 없이 다니다 적발된 주민들을 단속하기 위한 시설로 인민보안서가 관할하며 도내 1개소씩 두고 강제노역의 장으로 이용하고 있었다. 하지만 시간이 흐르면서 도내 1개소이던 노동단련대는 각 지역마다 설치되었고 죄의 경중에 따라 수용 기간을 달리했다.

공화국 당국은 노동단련대를 축소하겠다는 약속과는 달리 은밀히 잡아들이는 대상의 범위를 확대해 나갔다. 교통 위반자나 무직자, 불법 장사 행위에서 옷차림 불량까지 무차별적으로 포획했다. 마치 곤충 채집자가 포충망을 설치하여 그 포충망에 걸려든 곤충을 마음대로 처리하듯 그런 행태마저 보이고 있었다. 포충망에 걸려든 곤충들처럼 팔, 다리가 꺾이면서도 죽도록 노동을 해야 했는데 결국 부족한 일손을 대체하는 역할을 하고 있었다. 여차하면 노동단련대에 잡아들여 강제노역을 시키는 까닭이었다.

덕순은 시 보위부에 당도하여 숨을 헐떡거리면서 태산의 사무실로 쳐들어갔다. 부하 사무원들이 제지했지만 아픈 몸에도 불구하고 그 순간만은 힘이 넘쳤다. 덕순의 머리에는 오직 아들애를 노동단련대에서 꺼내야 한다는 생각뿐이었다.

― 덕순 동지, 아침 일찍부터 어쩐 일이요? 이 몰골이 어찌~ 아니 보위부에 오면서 진단장은 못할망정 그 꼴이 뭔가?

― 이놈아 지금 그 아가리에서 진단장 얘기가 나오니? 내 나그네가 있음 너 같은 놈은 애저녁에 맞아 죽었지~

덕순은 대뜸 욕설부터 늘어놓았다.

― 아니 머이야? 마전동 공동묘지에 누워있는 나그네가 무슨 염치로 살아 돌아오니? 아니 글쎄 마구잡이로 덤비지 말고 말로 하라야~

덕순이 후줄근한 몸을 기를 쓰고 일으켜 세워 다짜고짜 태산의 멱살부터 움켜잡았다. 간복수 때문에 숨이 가쁜 덕순이 어디에서 그런 힘이 나오는지 태산은 입심 좋게 받아치면서도 쩔쩔매는 모양새였다.

― 세상에 못된 놈이 보위부 박태산이지~ 기백이 동무 마지막 눈감을 적에 내 귀에 대고 뭐라 당부하고 간 줄 아네?

덕순은 야무지게 태산의 멱살을 부여잡고 흔들었다.

― 내래 기백이 죽는 뒤끝을 무슨 수로 안다는 말이니? 아니 글쎄 이거나 놓고 말을 하라니까 두루~ 아니 난데없이 튀어나와서 캑~ 캑~ 이거 놓으라니까~ 아니 멱살부터 낚아채면 태산이 체면이 머가 되겠니?

태산이 안 되겠다는 듯 힘을 제대로 쓰자 덕순이 바닥에 푹 고꾸라졌다. 덕순은 숨을 헐떡거리며 겨우 비틀비틀 의자에 주저앉았다. 태산은 벽을 보고 짓구겨진 의복을 털털 털어내고 있었다. 덕순의 난데없는 방문과 갑작스러운 공격에 계면쩍었던지 태산이 슬몃슬몃 의복을 털면서 곁눈질을 하고 있었다.

– 덕순이 동지, 무슨 일루 화가 났는지 모르겠다만서두 내래 동무 나그네 벗이란 말이야. 가타부타 말도 없이 태산이 멱살부터 낚아채면 덕순이 동무가 똥이 마려운지 오줌이 마려운지 알 턱이 없잖겠나 말이야.

태산이 여전히 멋쩍다는 듯이 벽을 보고 옷을 털어내는 시늉을 하며 조금 나긋해진 태도로 말을 하고 있었다. 덕순은 여전히 숨이 가빠 몸을 가누지 못할 정도였다. 태산이 등을 돌려 덕순이 앉은 쪽으로 가까이 걸어와서 맞은편 자신의 자리에 의젓한 자세로 앉았다. 태산의 뒤쪽 벽에 김일성, 김정일, 김정은 3 부자의 초상화가 고압적으로 노려보고 있었다.

– 덕순 동지, 게 몰골이 머이니? 아니 무슨 일이 있음 우덜 사이에 조용히 속삭이듯 하면 어디가 덧난다니~ 거 덕순 동지, 마냥 귓속말 속삭이는 맛이 우정 하는 것도 아닌데 참 좋더라 하지 않았니~ 자, 물이나 한잔 마시라우. 거 숨 좀 돌리라 가만히~

태산이 자리에서 일어나 덕순에게 물 잔을 가져다주었는데 이럴 때는 누가 봐도 자상한 사람 같았디. 덕순이 숨을 길게 들이마셨다가 천천히 내뱉었다. 서너 차례 숨을 눅이며 끓어오른 분노를 가라앉히고 있었다.

– 거 기백이 동무가 눈감을 적 덕순 동지 귀에 대고 속삭였다는 말이나 좀 들려주라. 아주 그냥 옛 동무가 그리워서 궁금해 죽갔구나~

– 내래 눈에 흙 들어갈 때까지 그저 꺼내지 말자 했는데 말 나온 김에 하겠소.

덕순은 숨이 다시 가빠오기 시작했지만 이를 악물고 입을 뗐다.

— 기백이 동무가 안간힘을 쓰며 귓속말을 하는데 자기 죽으면 고저 태산이 동물 가장 경계하라 하더만요.

그러나 덕순은 마음에도 없는 거짓말을 뱉어낸 것이었다. 기백이 동무가 눈감을 적에 덕순에게 안간힘을 쓰며 남기고 가던 말이 아직도 덕순의 귓전에 생생하게 남아 있었다.

— 헛 고 고연 자식 같으니~ 허어~

— 버릇 굳히기는 쉬워도 버릇 떼기는 어렵다는 말도 있다면서 고저 가르릉 가르릉 숨을 몰아쉬더니만 태산이 개 놈에 손끝에서 놀아나지 말라 하더만요.

한번 터진 거짓말이 이렇게 몸집을 불리게 될 줄 덕순은 몰랐다. 사실 기백이 동무가 죽어가면서 당부하던 말은 아들애와 장차 공화국에서 살아갈 방편이었다. 공화국에서 살아남으려면 어찌하든 보위부 태산이 동무 꽁무니를 붙들라고 했었다. 아낙네 앞에서 눈을 감으면서 자기 동무 꽁무니를 잡으라는 나그네 앞에서 그저 가을 뻐꾸기 우는 소리 같은 말 하지 말고 편히 눈 감고 가오, 했던 기억이 여전히 새로웠다.

— 머이야 이런 넋 떨어진 기백이 동무래 아주 그냥 곱게 뒈지지 않았구나야. 아니 간덩이 쪼그라져 뒈진 주제에 어찌 그렇게 무지막지하게 간덩이가 부었대니? 머이야 태산이 개 놈에 손끝에 놀아나지 말라굽쇼?

태산이 화가 치오르는지 어깨를 크게 들썩거렸다.

— 기백이 동무래 마냥 헛말은 아니었지요. 태산이 동지가 내 젖통을 툭 툭 건드릴 때 알아 봤시오. 기백이 동무가 잘난 나그넨 아니지만서

두 두 눈 감을 때까지 고저 안까이아내 지켜보겠다고 그래 안간힘을 써 댔구나~

— 헛 참, 아니 고 덕순이 동지가 예뻐서 슬쩍 건드린 걸 또 그렇게 몰아 붙여대면 기백이 혼백한테 이 체면이 뭐가 되겠나~ 어휴 고저 당장 죽을 수도 없고 기백이 이놈을 그냥 어찌한다~ 흐엉 것도 모르고 내래 기백이 동무에 묘비를 세워줬구나이 흐어~

태산은 지레 어찌할 바를 몰라 자리에서 일어나서는 허리춤에 손을 올리고서 입으로 쉬 쉬 소리를 연발하고 있었다. 덕순은 자신이 지금 이렇게 입으로 싸움질할 때가 아니라는 것을 깨닫고 흔들거리는 상체를 겨우 진정시켰다.

— 태산이 동지, 우리 정말 동지 맞지우?

— 아니 덕순 동지 보자 하니 개탈병신경쇠약 걸린 사람처럼 서운한 말을~

태산이 자세를 고쳐잡으며 말했다.

— 우리 동실이 꺼내 달라요. 태산이 동지가 힘 써줘서 모내기 전투 이탈을 하지 않았소? 공화국이 200일 전투를 꺼내들어 빈대탄다노동착취는 말은 들어보았지만 세상에 이런 경우는 없는 법이에요. 상철이나 참이는 귀하고 울 아들애 동실이는 어찌 죄수 취급을 당하는가 말이에요.

— 거 이제 보니 아들애 노동단련대 입소 때문에 이른 아칙부터 요 모양을 하고 오두방정을 떨었구나야. 내래 동실이까정 꺼내보려 했다만서두 상부에서 고저 입소자 명단 하나하나까지 착실히 검사하는 바람에 그만~

태산은 이제야 덕순 동무가 아칙부터 달려와서 행패 부린 내막을 알 것 같았다.

- 차라리 비참하게 쑥섬신세^{범죄자집단 수용지}를 질망정 울 동실이가 중노동에 심장아바이^{쓰러진 사람} 되는 꼴은 못 보겠다 말입네다. 하니까 태산이 동지래 날쌔게 꺼내 달란 말이오. 어서 략속을 해주오.

덕순이 집게손가락을 척 하니 태산이 동무 앞에 내밀었다.

- 참 난처하게 생겼구나야. 노동단련대 일이란 게 우리 보위부 소관도 아니고 지역 인민보안성에서 하는 일인지라 이거 그냥~

- 믿었던 동지가 그렇게 비겁하게 나오면이야 별수 없지요. 내래 요 아가리만 열면 고저 정숙 동무에 귓구멍이 놀라 자빠질 거우다. 날래 략속 하자우요. 울 아들앨 당장 꺼내 오실거우 아님 덕순이 아가릴 고저 ~

덕순은 보위부 태산의 사무실로 향하면서 나름대로 태산을 꼼짝 못하게 할 방도를 머릿속에 대기시켰다. 덕순은 누구보다 태산의 약점을 잘 알고 있었고 보위부에서 그의 지위가 올라갈수록 태산의 약점은 덕순에게 빛을 발할 것이라는 것을 깨닫고 있었다. 덕순의 약삭빠른 예상은 태산에게 생각보다 훨씬 빠르게 먹히고 있었다. 태산이 덕순의 입을 본능적으로 틀어막으면서 말했다.

- 아이쿠 덕순 동지 진정하라. 내래 당장 꺼내 오갔으니 작작 하라.

정숙 동무를 팔고 나서는 덕순의 태도에 태산은 두 손을 번쩍 들었다.

- 가만 보니 모내기 전투 이탈이란 게 우리네겐 동지가 병을 준 거야요. 응당 병을 주면 약을 줘야지 않나. 고저 정숙이 간나에 참이 아들애하고 양고기 먹을 생각이 급해 울 아들애 이탈시킨 거 이제 알겠소.

- 덕순 동지, 너무 몰아세우지 마오. 내 이번 일엔 저 위에서 어찌 닦달을 해대는지 동실이까지 꺼내줄 겨를이 없었다니 원~

- 고저 당장 동실이 꺼내오지 못하면 요 덕순이 당장에 정숙이 간나

한테 달려가서 그저 태산이 동지가 이 덕순이 젖가슴을 물컹물컹 주물 러대고 저 강가 찻집 젊은 간나하고 압록강 려관 개집 드나들 듯 드나 든 얘기 죄~

덕순은 태산의 눈치를 보며 예민한 말을 툭, 툭 던졌다.

– 아이쿠 덕순 동지~

예상대로 태산이 동무의 숨이 깜빡 넘어갔다. 덕순의 입을 틀어막는 거친 태산의 손바닥 기세에 눌려 덕순의 말은 덜컥 멈췄다. 덕순은 이제 야 마음 한구석이 풀리는 느낌이었다. 태산을 옆에서 보아오니 그에게 있어 정숙과 참은 태양과도 같았다. 태산의 내일날은 오직 정숙과 참에 의해 바퀴가 돌아가야 하는 듯이 보였다. 태산의 출세나 태산의 치부나 가만 곁에서 들여다보면 그 중심에 정숙과 참이 존재하고 있었다.

덕순에게는 이런 태산의 마음을 적절히 이용할 만큼 영악한 면도 있 었다. 공화국에서 나그네 없이 아들애와 짱짱하게 살아가려면 눈치코 치는 물론 촉기마저 빨라야 했다. 나그네 죽고 살아오면서 눈치를 사 먹고 다닐 정도로 무디지는 않았다. 덕순의 촉기에 나가떨어지는 태산 이도 공화국 보위부에서는 촉이 좋은 사내로 꼽혔다. 위기에서 기회를 잡아 승승장구하는 데다 노동당 떠르르한 간부의 총애를 받고 있으며 당으로부터 스위스제 시계끼지 희시받은 사람이면 덕순이 머리 꼭대기 에 앉은 사람이었다. 그런데도 정숙의 얘기만 나오면 쩔쩔매는 순진한 구석도 있었다.

– 덕순 동지 미안하구만~ 내래 눈칫밥 먹고 바늘방석 앉은 꼴이지, 이제 그만 돌아가오. 내 동실이 꺼내줄 거니까 어서 돌아가오. 아니 그 꼴이 머이니, 고저 덕순 동진 진단장을 해야 보아 줄만 한데 말이야~

태산은 당장 전화를 넣어 동실이를 꺼내지 않으면 더 큰 낭패를 당하리라 생각하고 있었다.

  - 태산이 동지가 아니라 내 나그네 벗의 략속으로 알고 이만 돌아가 겠소. 나그네 없는 헐렁한 집에 하나밖에 없는 아들애까지 뺏어가려는 공화국에서 그래도 태산이 동질 믿고 이래 찾아왔으니 꼭 울 동실이 꺼내주오.

  덕순은 끙 힘을 주어 겨우 자리에서 일어섰다. 태산의 약속을 믿었기에 벽에 매달린 김일성, 김정일, 김정은 3 부자의 초상화를 우러러보며 고개를 숙였다. 태산은 뒤에서 이런 덕순의 모습을 묵묵히 지켜보며 속으로 끌, 끌 혀를 차고 있었다. 덕순은 기력이 다해 쓰러지려는 몸을 가까스로 가누며 시 보위부를 절뚝절뚝 걸어 나왔다.

  덕순이 보위부 정문을 걸어 나오는데 뒤에서 자동차 경적소리가 삑 울렸다. 자동차는 덕순을 곧장 앞질렀고 이렇게 덕순을 막아서는 자동차의 운전석에서 예전에 덕순을 자동차에 태워 집까지 데려다주었던 태산의 부하가 손을 흔들었다. 덕순은 꾸벅 고개를 숙여 시늉으로 인사를 했다.

  - 어서 타십쇼. 과장님 지십네다.

4

동실은 오늘 하루도 짐승처럼 일을 했다. 자신이 조선인민공화국 인민이 아니라 공화국의 노예처럼 여겨졌다. 관내에 늘어나는 범죄자들을 수용하려고 급조된 수용소라고 했다. 첩첩산중, 비록 변두리 외곽 지역에 살지만 명색이 서북지방의 항구도시임에도 이런 깊은 산중이 있다는 것에 덜컥 겁부터 났다. 깡다구 세다는 강철이 동무마저 동실 앞에서 입이 딱 벌어지며 혀를 내둘렀다.

- 동실 동무야, 우리 이제 죽었구나야.

- 하늘도 있고 태양도 있는데 어찌 주민들 사는 데가 보이지 않는 거이니?

상철과 참이 사이에서 어쩔 수 없이 척을 지고 살아가는 동실과 강철은 모내기 전투 이탈자로 색출되어 결국 노동단련소에 끌려간 처지가 되었다. 동실은 임시방편이지만 보위부 끄나풀 노릇을 하고 있었기에 믿었던 구석이 있었고 강철 역시 상철의 힘을 믿고 있었다. 모내기 전투에서 동무들의 부러움을 받으며 보란 듯이 대열을 이탈해 나올 때에는 어깨에 없넌 견장을 단것처럼 든든한 뒷배기 지신들을 봐주고 있는 듯이 보였다.

- 이거 이런 데서 어찌 한 달 넘게 노예처럼 노역을 한다 말이니?

- 강철이 동무도 뾰족한 수야 없지?

강철이 힘없이 고개를 끄덕여주었다. 동실은 강철의 힘없는 고개 끄덕임에 어깨가 축 늘어지는 느낌이었다. 상철의 오른팔인 강철은 동실의 눈밖에 있었어도 두 치 세 치 앞을 미리 내다보는 촉수를 지닌 동무라고 생각했다. 재치 바르고 강단도 세어 막상 붙으면 쉽게 꺾을 수 없는 동무였다. 동실은 강철이 동무가 학교에서처럼 자신 만만하고 용맹스런 기상을 가져주기를 은근히 바라고 있었다.

- 강철이 동무, 우린 공화국에서 아무리 뛰어봐야 결국 짓밟히는 종자라구~

- 상철인 보위부 지 아버지가 이탈자 명단에서 **빼내줬을** 텐데 참이 동문 무슨 힘이 있어 이탈자 명단에서 제외되었는가?

- 기야 모르는 일이지, 숨겨놓은 힘이라는 게 있을지 누가 알갓나~

동실은 힘없는 목소리로 말끝을 흐리고 말았다. 상철과 참이 동무의 힘은 당연히 보위부 간부인 아버지로부터 나온다는 것을 간파하고 있었다. 이런 생각을 하니 동실은 자신의 처지가 매우 안타깝게 여겨졌고 부끄럽다는 생각마저 들었다. 참이 동무의 보이지 않는 힘을 믿고 은근히 어깨에 힘을 주었던 지난날을 생각함에 절로 빈두룽거릴_{빈정거}릴 만도 했다.

- 력사 생코_{선생} 주제에 참이 동물 이탈자 명단에서 꺼내지 못할테구~

- 어데, 력사 생코도 벌 받느라 아낙_속 옷차림으로 운동장 열 바퀴 돌았잖네~

동실과 강철은 자신들이 아무리 상철과 참이 동무의 그늘에 있다고 한들 그 그늘은 잠시 태양이 지나가면 사라지고 말아버릴 것임을 **뼈저**리게 느끼고 있었다. 동실은 지금껏 참이와 같이 형제처럼 의지해온 세월의 깊이가 컸지만 노동단련소라는 커다란 장애물 앞에서 분명한 차이를 느끼고 있었다. 그래도 동실은 자신이 보위부 태산의 소조원 노릇을 하고 있었고 어머니 역시 보위부의 끄나풀 일을 하고 있는지라 이렇게까지 노동단련대에 끌려오리라고는 상상도 못했다.

상철이 등과 달리 첩첩산중 단련소에 끌려와서 짐승처럼 얻어터지고 허리가 꺾이도록 쉼 없이 노역에 시달리게 되고서야 동실과 강철은 공화국에서 자신들의 한계를 뼈저리게 느끼고 있었다. 동실은 비록 강철이와 오랜 시간 대립하고 갈등을 일으켰지만 이곳 노동단련대에서는 가까운 동무가 되어버렸다. 처지가 같은 삼이웃끼리는 내키지 않던 손도 맞잡을 수 있는 것이 사람의 본능이었다.

조선인민공화국에서는 김정은이 후계자가 되면서 주민들 사이에 불만이 확산되기 시작했다. 주민들이 크게 동요하는 것을 막으려고 김정은은 대대적인 검열선풍에 나섰고 단련대와 보안서 유치장에는 수감자들로 넘쳐났다. 이러한 현상은 공화국 전역에 걸쳐서 일어나고 있었는데 이들은 헐벗고 굶주림에 시달려야 하였고 노예처럼 노동을 해야 했으며 밤에는 사상학습에 시달려야 했다.

시당 소속인 단련대는 시에서 파견되어 나온 소장 1명과 관리원, 경리원을 비롯하여 담당 보안원이 있었다. 이곳에 파견 나온 담당 보안원은 단련소 내에서 무소불위의 권력을 행사했다. 형편없는 식사에 대해 감히 누구도 불만을 드러내놓고 토로하지 못했다. 동실과 강철 역시 서로 눈짓으로 실망하는 표정을 드러낼 뿐이었다. 죽도록 허리가 꺾이도록 일한 대가로 제공받은 한 끼니의 식사는 굶주림이 극에 달해 있는 시장기라도 속일만한 것이 되지 못했다. 반찬은 없고 150그람의 옥수수밥을 제공 받았는데 이마저도 간부들의 비리 때문에 100그람으로 줄었다. 하루종일 배고픔에 시달려야 했던 것이다.

동실은 하루하루 날이 지나가면서 행여 어머니를 통해 좋은 소식이 오리라는 기대를 접어버리고 있었다. 그래도 동실에게 견딜 수 있는 것은 강철이 동무와 함께하고 있기 때문이었다. 이곳에서는 서로 알고 지낸 동무는 강철이밖에 없었고, 또한 이 노동단련소에는 모내기 전투 이탈자만이 아닌 마약장이, 훔친범절도자, 손전화 사용하다 적발된 자, 폭력을 휘두른 자들 별의별 사람들이 한데 섞여 있었다.

첫날 조를 편성했는데 동실과 강철은 다행히 같은 6조가 되었다. 5명씩 한 조로 편성이 되었는데 둘은 같은 조로 호명이 되었고, 그나마 둘은 서로 힘이 되어주었다. 누구랄 것도 없이 호상 손을 덥석 잡아주었다. 동실이 강철이 동무한테 처음 느껴본 벗의 따스함이 맞잡은 손으로부터 전해졌다. 둘은 이제 노동단련소에서 나가면 어떤 경우에도 대립하지 않고 호상 의지하는 벗이 되리라고 마음속으로 다짐하고 있었다.

담당보안원이 허리에는 권총까지 착용하고 있어서 단련소를 탈출한다는 생각 자체를 하지 못했다. 하지만 너무 힘겨운 나머지 도망을 치다 붙들려오는 경우도 있었고 이럴 경우 도망자가 속한 조의 대원들은 단체로 처벌을 받았다. 첫날 입소와 동시에 조를 나누더니 무조건 통나무를 어깨에 메고 먼지 풀썩이는 황토 운동장을 돌도록 채찍을 날렸다. 이튿날에는 도망자가 몇 명 적발되었는데 집단구타를 당하고 노동단련대 입소 기간이 배로 연장되었다.

공화국은 어느 지역에서나 죄를 지은 주민들을 붙잡아 수감을 시키고 노동을 시켰다. 탈북하다 붙들려온 자들 역시 취조를 받은 다음 이런 단련소나 건설대 등에 끌려가서 노예처럼 일을 해야 했다. 매춘을 했다는 녀성들을 따로 모아 노동을 시키는 경우도 있었는데 그나마 운이 좋은 축들에 속했다. 공화국은 사회주의 경제 질서를 어지럽히는 인민들에 대한 처벌을 강화했는데 공화국 재산에 대한 절도나 마약거래 등의 범법자들에게는 사형까지 가능하도록 법을 고쳤다는 것이다.

아침 6시에는 기상을 해서 토끼 세수하듯 대충 얼굴을 닦고 사상학습에 들어갔다. 동실은 물론 나무토막처럼 단단하게 생긴 강철 역시 몸이 축 늘어져 있었다.

– 네놈들은 조선민주주의인민공화국에 배신자들이야. 미제 축출을 하고 위대한 아버지 김정은 위원장의 혁명화 시대를 선도하지 못할망정 발목을 걸어 젖혔다. 사상이 불량하면 세상이 좋아져서 그렇지 어제날 같으면 처형이란 말이지. 공화국에 9월 위기설이 돌고 있다는데 네놈들이 위기설을 조장하는 선동자들이야. 조선공화국 주민들이 허리띠 졸라매고 구슬땀을 흘리고 있는 200일 전투 기간에 공화국 주민들의 목구멍을 건사하는 모내기 전투 대열에서 반동을 일삼았다. 이거 세상 좋아졌지 처형감이란 말이야. 네놈들은 개천14호정치범수용소에 끌려가도 시원찮을 놈들인데 고저 코빠크노동단련대에 끌려온 거는 김정은 위대한 위원장님의 하해와 같은 배려와 은덕 덕택이란 거를 명심하도록 하라.

시에서 파견 나온 단련대 소장의 말에 어느 누구도 얼굴을 찌푸리지 못했다. 동실과 강철 역시 나란히 앉아 눈만 씀벅거릴 뿐 표정으로라도 어떠한 감정을 나타내지 못했다. 구타는 흔히 자행되는 형벌이었고 수감자들은 굶주림에 의한 영양실조로 피골이 상접해 있었다.

노동단련대는 하루가 다르게 입소자들이 늘어났다. 공화국에는 이미 노동단련대 따위 입소자들에게는 정당한 법이라는 것이 적용되지 않고 있었다. 인민보안성의 임의적 판단에 따라 자기들의 마음대로 주민들을 수감할 수가 있었다. 수감자들로부터 얻으려는 것은 김정은 체제에 대한 불만을 잠식시키고 부족한 노동력을 착취하기 위함이었다.

인민보안성은 이처럼 노동을 착취하여 이득을 얻자 무자비하게 주민들을 잡아들였던 것이다.

김정은 체제는 특히 핵실험이란 중대한 과업을 내걸면서 주민통제를 강화하기 시작했고 이런 연유로 인해 노동단련대에 입소자를 대대적으로 늘리기 시작한 것이다. 말을 듣지 않은 자는 엄벌에 처한다며 김정은은 은근히 공포통치를 확장시켜 나갔다. 수용자들은 같은 조 소속 동무들을 호상 감시하기 시작했고 다른 조의 동무들 행태마저 호상 감시하여 소장의 눈에 들고 경비병들의 환심을 사려고 했다.

사상학습 이후에는 옥수수밥을 우물우물 몇 알 넘기고 나서 조별로 노동지역 배당을 받았다. 동실과 강철은 노동 배당을 받고 나서 잠깐 위생실에 볼일을 보러 가게 되었다. 위생실에 들어서면서 이들은 긴 한숨을 뱉어냈다. 위생실 옆에서 아무렇게나 잠시 앉아 하늘을 올려다보았다. 하늘은 야속하게도 맑고 푸르렀다. 공화국의 산천초야는 말이 없고 옆 동무의 마음마저 엿보기 위해 의심의 눈초리를 들이대야 하는 긴장감이 엄습해 들었다.

- 강철 동무, 조선공화국 하늘이 오늘따라 어찌 이케 푸르니?

- 그야 김정은 떼떼_{말더듬이,어린시절 별명} 은덕이 아니겠나?

동실은 순간 깜짝 놀랐다.

- 동무, 떼떼라니 고 말조심 하라. 여게 있자면 고저 벙어리 귀머거리 가릴 게 없지~

이때 지나가는 사내 하나가 옆에 나란히 앉으며 둘의 사이에 끼어들었다. 동실과 강철은 긴장하며 한참 나이 들어 보이는 사내를 경계하고 나섰다.

- 나이 어린 동무들은 모내기 전투 이탈자라 했더나?

– 게 뉘신 데 우덜 놀음에 끼어드는 거요?

강철이 대살지게 경계하며 되물었다.

– 나이 어린 동무래 위대한 김정은 위원장더러 떼떼라고 하지 않았니?

– 우덜이 그저 지껄이는 얘기 두고 시비하지 마시라요.

강철이가 이렇게 둘러대는 말을 했지만 동실은 공연히 사내가 마음에 거슬리고 있었다. 자칫 잘못 행동했다가는 더욱 크나큰 봉변을 당할 수도 있다고 생각했다. 동실은 강철의 옆구리를 툭 툭 치며 자리에서 일어섰다. '떼떼'라는 말이 김정은을 비하하는 말이라는 것을 모르는 사람은 없을 것이었다. 공화국 체제에 대한 불평을 늘어놓는 사람들의 입에서 스멀스멀 흘러나오는 소리가 '떼떼'라는 별명임을 공화국 주민들 중에서 모르는 동무는 없었다.

하루의 일과 중 노역을 마치고 돌아오면 생활총화 시간이 기다리고 있었다. 가장 무서운 것이 바로 생활총화 시간이었는데 누구나 대원들 앞에서 자신의 양심을 까발려야 했다. 총화시간에 반성할 내용이 나오지 않으면 없는 죄도 스스로 만들어내야 했다.

– 6조 34번 동무, 뻗대지 말고 자아비판 하라.

동실은 소장 앞에서 돌아가며 자아비판을 하는 총화시간에 살을 바들바들 떨었다.

– 뭘 잘못 했는지 생각나지 않습네다.

동실의 이러한 총화는 소장에게 변명으로밖에 들리지 않은 모양이었다. 재깍 몽둥이세례를 받았는데 소장은 관리원들을 대동하고서 망설이지 않고 사정없이 몽둥이를 내리쳤다. 동실은 그 자리에서 푹 고꾸라졌다. 시 보위부에 잡혀가서 고문을 당해본 경험이 있었고, 보위부의 배신을 확신한 터라 동실에게는 더욱 큰 압박감으로 다가왔다. 그것으로 끝나지 않았다. 동실은 겨우 죄목을 만들다 못해 꿈속에서 몽정을 하고 말았다고 자신을 비판했다.

　– 나 어린 동무래 어찌 심혈을 쓸데없이 낭비하는가. 고저 꿈에서도 몽정을 하지 말라. 힘이 있다면 공화국 번영을 위해 쏟아야 하지 않나. 34번 동무, 옆 35번 동물 한번 비판해 보라.

　동실은 갑자기 앞이 캄캄해졌다. 이런 총화시간은 숫제 핏줄이 팍, 팍 터지도록 노역을 하는 시간보다 훨씬 힘이 들었다. 동실은 막상 강철에 대한 비판의 내용이 떠오르지 않았다. 사실 고등중학에서의 일을 생각하면 수없이 떠오를 법도 한데 살벌한 수용소에서 섣불리 비판했다가는 강철에게 위험이 따를 것이라는 생각이 앞섰다. 동실은 이곳 수용소에 입소하여 힘이 되어주고 있는 강철이 동무에게 죽어도 의리를 지켜주고 싶었다. 동실이 강철을 비판하지 못하자 답답하다는 듯이 소장은 강철을 지명했다.

　– 35번 동무, 자아비판 하라.

　강철이 앞으로 불려 나갔고 강철 역시 파랗게 질린 모습이었다. 상철의 그늘 아래서 나름대로 공화국에서 권력의 쓴맛을 겪지 않은 강철인지라 지금 이런 상황이 믿기지도 않았고 소장의 허리춤에 덜렁거리는 권총을 보니 강철의 기개는 재깍 꺾여버렸다. 수틀리면 총질이 자행되는 곳이라는 것을 입소와 동시에 깨달았기 때문이다. 강철은 입이 떨려 머뭇거릴 뿐 자아비판을 하지 못했다.

　– 자아비판 못 하면 34번 동무에 대해 호상 비판하라.

　– 동실 동무는 충성분자예요. 교원의 아들애지만 공부보다는 놀길 좋아합네다.

　강철의 호상 비판은 매우 뜻밖이었다. 동실은 강철의 입에서 충성

분자에 교원이란 말이 튀어나오자 안심을 했다. 하지만 강철의 이러한 비판의 태도가 오히려 문제가 되어버렸다. 고등중학에서 방과 후에 동무들과 갖는 총화 시간과는 딴판이었다.

－ 네놈들은 총화가 뭐인 줄 모르나? 대원들 중에 34번 35번 비판할 동무 있나?

－ 5조 조장이요. 내가 저 동무들을 비판하겠소.

하고 사내 하나가 번쩍 손을 들었다. 동실은 순간 가슴이 철렁 내려 앉았다. 손을 번쩍 든 사내는 다름 아닌 위생실 앞에서 시비를 걸던 대원이었기 때문이다. 강철 역시 사태의 심각성을 눈치챘던 모양으로 몸을 파르르 떨고 있었다.

－ 6조 34번 35번 동무는 나이 어린 주제에 위대한 김정은 위원장 더러 '떼떼'라고 모욕을 주었습네다.

－ 모함입네다. 결단코 그런 모욕 한 적 없습네다.

강철이가 먼저 위험이 닥친 것을 알고 몸부림치듯 항의했다. 5조 조 장이란 사내는 첫눈에 강단지게 보였다. 어딘가 모르게 노동단련대에 끌려와서 노역이나 하고 있을 사람처럼 보이지 않았다. 그럴 것이 생김 새나 하는 태도가 당당해 보였고 다른 대원들과 달리 느긋해 보였다. 노동단련대 대원들은 내 불만스런 표정에 무엇엔기 쫓기는 듯이 불안 해 보였지만 5조 조장이란 사내는 분명 무슨 잘못을 범해 끌려온 동무처럼 보이지는 않았던 것이다.

－ 나 어린 반동새키들 여가 어데라고 꽝포거짓말를 치니? 위생실 앞에서 네놈들이 태양 같은 지존을 모함하는 것을 이 두 눈 두 귀로 똑똑히 듣고 보았단 말이다.

－ 감히 지존을 모욕하다니 당장 끌어 내라우.

동실과 강철은 펄쩍 뛰며 항변해 보았지만 소용이 없었다. 순식간에 김정은 지존을 모욕한 반동이 되어 대열 앞으로 끌려나갔다. 노동단련대에서뿐만 아니라 가족끼리도 호상 감시하는 체제 속에서 동실과 강철은 자신들이 얼마나 크나큰 실수를 저질렀는지 가슴을 치고 울부짖으며 후회하고 후회했지만 이미 쏟아진 물이었다.

- 이놈들을 내일 낮에 공개 처형장에 데리고 가라.

소장의 입에서 청천벽력 같은 말이 튀어나왔다. 아아~ 이 무슨 날벼락이란 말인가. 동실과 강철은 멱살을 잡혀 끌려가면서 모욕하지 않았다고 펄쩍펄쩍 뛰었다. 조선공화국 주민들은 누구나 다 아는 '떼떼'라는 말이 이토록 죽을죄가 된다는 말인가. 관리원들은 한 치의 망설임 없이 동실과 강철을 제압하여 노동단련소 내에 있는 어떤 장소로 이동시켰다.

희미한 불알^{백열전구} 하나가 가엾게도 미동도 하지 않고 겨우 눈만 뜨고 있는 어둑한 강당에 동실과 강철은 감금되었다. 강당 벽에는 김정은 지존의 초상화가 걸려 있었다. 동실과 강철은 밤새도록 벽을 향해 절을 하며 반성을 했다. 무릎이 까지고 허리가 휘청거릴 정도로 절을 하자 마치 벽 속에서 지존이 걸어 나오는 환영까지 보이는 느낌이었다.

시간이 흐르면서 강당으로 끌려오는 대원들이 늘어나기 시작했다. 새벽이 아직 되지 않았을 때 강당 안에는 100여 명이 넘는 대원들로 가득 찼다. 설마 이렇게 많은 대원들을 공개처형 한다는 말인가? 동실과 강철은 여전히 혼이 빠진 사람처럼 벽을 향해 절을 올렸다. 온몸이 땀으로 범벅이 되었다. 호상 눈도 마주치지 못하고 호상 입을 열지도 못했다. 동실과 강철에겐 오직 이 위기에서 벗어나는 길이 최대의 과업이었다.

대원들은 뜬눈으로 벽에 절을 하며 아침을 맞았다. 옥수수밥마저도 주어지지 않았고 허리에 권총을 찬 관리원들의 감시는 삼엄했다. 모두 땀으로 범벅이 되었고 수령님, 수령님 하며 울부짖는 대원들도 있었다.

갑자기 문이 열리자 따가운 햇살이 순간 대원들의 눈을 마비시켰다. 어둠 속에서 만난 강렬한 빛은 대원들의 눈을 멀게 하고 손길을 길게 뻗어 벽에 매달린 김정은 지존의 얼굴까지 파고들었다. 시든 파처럼 초주검이 되어 휘늘어진 대원들과 달리 햇빛에 비친 김정은 지존의 모습은 젊고 탱탱해 보였다. 동실은 지존의 모습을 감히 제대로 올려다보지 못했다. 지존의 모습을 뚫어지게 쳐다보는 일도 동무들의 눈에 비판의 대상이 될 수 있기 때문이었다.

동실을 비롯해 100여 명의 대원들은 여러 대의 털털한 써비차에 태워졌다. 써비차에 타자 경비원들이 검은 천을 나누어주었다. 모두 검은 천으로 눈을 가리자 써비차가 콜록콜록 재채기를 하며 출발했다. 아아, 이렇게 죽는 모양이구나. 동실과 강철은 서로 손을 붙들고 울먹거렸다. 어머니가 야속하고 상철이 아버지가 야속하다는 생각이 들었다. 갑자기 죽은 아버지의 혼령이 나타나서 뭐라 소리치는 환영도 보였다. 동실은 아픈 몸으로 혼자 남을 어머니를 생각하자 속에서 울컥 울음이 솟구쳤다. 동실은 치기 속력을 내어 달리는 순간 어머니! 하고 소리쳤다. 어머니, 용서해 달라요! 동실이 입을 열자 여기저기에서 울먹거리며 어머니, 아버지, 아우성치며 가족을 부르짖고 있었다.

어떤 한 동무가 갑자기 소리쳤다.

– 김정은 지존 만세! 만세! 만세!

– 김정은 지존 만세! 만세! 만세!

누구와 약속도 하지 않았는데 되다만 말들이 쏟아졌다. 죽음을 목전에 두면 없던 용기가 생긴다는 말을 동실은 그때 실감했다.

　– 우리는 죽어도 아버지 대원수님을 위해 죽겠습네다.

　– 조선민주주의인민공화국 번영을 위해 죽습네다, 어머니 용서하시라요!

　대원들은 모두 흔들리는 써비차 안에서 연기처럼 몰려 들어오는 황토 먼지와 싸우면서 마지막을 준비하는 모습이었다. 차가 흔들리며 달릴수록 동실은 어머니에 대한 원망보다 죄스러움으로 가득 찼다.

　짧은 시간이었지만 보위부 태산을 만나 소조원 노릇을 하면서 잠깐 허망한 꿈속에 갇혀 있었다는 것을 노동단련대에 끌려오면서 깨닫게 되었다. 저토록 김정은 지존 만세를 외치며 아버지 대원수를 위해 죽겠다는 동무들의 음성은 광기에 지나지 않음이었다. 동실은 어머니마저 보위부의 꼬임에 빠져 허망한 꿈속에 갇혀 지냈음을 생각할 적에 물밀듯 가슴속에서 분노가 치밀어 올랐다.

　써비차가 한 시간쯤 달려 멈추었다. 차가 멈추자 대원들이 더욱 오열했다. 대원들은 이제 모두 죽었다는 생각을 하고 있었다. 감시원의 지시에 따라 눈을 가린 검은 천을 걷어내었을 때 동실은 이제 정말 죽었다는 생각이 들었다.

　어느 외곽 공원 같은 곳의 언덕배기에서 일제히 내려졌다. 언덕배기 공터에 말뚝이 여러 개가 세워져 있었는데 그 말뚝에는 이미 죄수들이 매달려 있었다. 동실은 이제 여기에서 저들처럼 죽는 모양이라고 생각했다. 노동단련대에서 써비차를 타고 왔던 대원들은 감시원의 안내에 따라 말뚝에서 가장 가까운 곳에 앉았다. 동실과 강철은 사시나무 떨듯 몸이 떨렸지만 눈 앞에 펼쳐진 살벌한 광경에 입이 다물어지지 않았다. 난데없이 죽음을 맞을지도 모른다고 생각하니 하염없이 눈물만 흘렀다. 공개처형인 까닭에 구경꾼들이 구름떼처럼 모여 있었다.

방송차가 앞쪽에 나타났고 죄수들의 죄명을 각각 알렸다. 보안원의 지시에 따라 죄수의 가족들이 가장 앞쪽에 앉아 자기 가족의 처형 장면을 지켜보고 있었다. 재판관들이 말뚝 옆에 건성으로 만들어진 자리에 앉자 처형이 시작되었다. 죄수들의 입에 재갈이 물려 있었고 죄수의 머리와 허리 쪽에 기왓장이 매달려 있었다. 마지막으로 진행원에 의해 죄수의 다리가 묶이고 있었다. 죄수들은 이미 고문을 겪은 탓인지 저항할 힘도 없어 보였고 축 늘어진 상태였다. 재판관이 근엄한 목소리로 소리쳤다.

– 노판수, 이 자는 남몰래 하나님을 신봉한 자니 처형에 마땅하다!

– 박대철, 이 자는 최고 존엄에 대한 불경죄를 저지른 자이니 처형에 마땅하다!

– 리용택, 이 자는 공화국 체제에 불만을 토로한 반역자이니 처형에 마땅하다!

재판관의 말에 죄수들은 몸부림을 치려고 했지만 몸이 움직이지 않았다. 재판관의 처형사유 고지에 가족들은 힘없이 고개를 떨구었다. 가족들 중 누구도 저항하지 못했다. 집행관이 총알 1발 장전! 하자 앞에선 보인원들이 일제히 총알을 장전했다. 발사! 하는 명령이 내려지자 보안원들이 자신의 앞에 매달려 있는 목표물을 향해 1발씩 발사했다. 총알 1발이 발사되자 말뚝에 묶인 죄수들이 마지막 몸부림을 쳤다.

동실은 어렸을 적에 몇 번 공개처형을 지켜본 적은 있었지만 이처럼 잔인한 장면은 처음이었다. 세 발의 총알이 죄수의 몸을 뚫었다. 죄수들의 머리에서 뇌수가 하얗게 솟아나왔다. 주검처럼 매달려 있던 죄수들은 마지막 총알을 맞자 이 땅에서의 모든 기운을 한데 모아 발버둥을 쳤지만 시뻘건 피를 흘리며 숨이 멎어버렸다. 총성이 먼 산에 메아리를 남기는데 모든 슬픔마저 메아리 속에 묻혀버린 느낌이었다.

공개처형이 끝나자 노동단련대 대원들은 다시 써비차에 태워졌다. 처형자들의 시신은 수레에 아무렇게나 실려 운반되고 있었다. 대원들은 죽지 않고 살아남은 사실에 모두 안도감에 젖어 있었다. 노동단련대에서 공개 처형장에 강제로 데리고 나가 처형 장면을 보게 함으로써 주민들의 기를 꺾으려는 당국의 의도가 깔려 있었다. 검은 천으로 다시 눈을 가리고 써비차에 올라 노동단련대에 돌아왔다.

동실은 배가 고픈 것도 잊어버리고 살아 돌아온 사실에 안도했다. 죽음의 문턱에서 다시 돌아온 대원들 역시 어느 때보다 사상의 고삐를 바짝 잡아당기고 있었다. 동실은 허기지고 지쳐 쓰러지면서도 입에서는 김정은 지존 만세를 외치고 있었다. 동실은 아무리 김정은 지존을 외쳐도 눈앞에 어떤 보상도 내려지지 않음을 알고 있었지만 본능적으로 살기 위해서 목청껏 외치고 있었다. 그러나 동실의 이런 생각과는 전혀 다른 뜻밖의 일이 펼쳐지고 있었다. 공화국에는 분명 인민들이 기대하지 못하는 기적이라는 것이 간혹 존재한다는 것을 동실은 바로 눈앞에서 보았던 것이다.

― 6조 34번 동무, 당장 퇴소 준비하라!

― 6조 34번 조동실!

보안원이 목소리를 조금 낮추어 말했다.

― 34번 동무, 어찌 말하지 않았나? 시 보위부에서 긴급 퇴소 명령이 떨어졌다이야. 동무, 그간 고생 많았다. 여게서 보고 들었던 것은 모두 극비사항이란 거 명심하라!

동실을 태우고 가기 위해 자동차가 대기하고 있었다. 동실은 강철 동무와 손을 맞잡고 작별을 했다. 입을 열어 말을 할 수는 없었지만 죽음의 문전에 함께 의지할 수 있었던 기억을 통해 장차 강철과는 마음을 나눌 수 있는 동무가 되리라는 것을 확신했다.

동실이 보안원의 안내를 받으며 기다리고 있는 자동차로 향했다. 동실은 자동차 문을 열고 들어가기 전에 뒤에서 자신을 호명하는 소리에 뒤를 돌아보았다. 뜻밖에 5조 조장이란 사내였는데 동실은 다시 한번 놀라지 않을 수가 없었다. 동실을 기다리던 자동차 운전석에서 색안경을 끼고 나온 사람은 예전 동실과 어머니를 태우고 평양 김만유 병원에 다녀오던 때의 보위부 직원이었다. 더욱 놀란 것은 5조 조장과 동실을 데리러 온 보위부 사내와 아는 사이라는 것이었다.

– 6조 34번 동무, 어찌 이런 든든한 뒤 힘이 있다고 말하지 않았는가?

동실은 공연히 어깨 뒤가 간지러웠다. 마음 같아서는 우쭐대고 싶었지만 동실은 자신의 처지를 누구보다 확연히 깨닫고 있었다. 함부로 날뛰지 말아야 한다는 다짐을 하며 발을 조심스럽게 자동차 안으로 밀어 넣었다.

동실을 태운 자동차가 떠날 때까지 5조 조장은 뒤에서 손을 흔들어 주고 있었다. 동실은 태산이가 보낸 부하직원의 호위를 받으며 황천벽 ^{황천길}이 될 뻔한 상황을 기까스로 모면하고 안도의 심호흡을 하고 있었다. 5조 조장이란 사내는 보위부에서 은밀히 심어놓은 독거미라는 존재였다. 동실은 태산의 부하로부터 독거미의 존재에 대해 전해 듣고서 혀를 내둘렀다.

다음권에 계속